U0132870

巴基斯坦 和 金鹰

李风原 著

天津人民出版社

图书在版编目（CIP）数据

巴拉提和金鹰／李冈原著．—天津：天津人民出版社，2011.12

ISBN 978-7-201-07243-2

Ⅰ.①巴…　Ⅱ.①李…　Ⅲ.①长篇小说—中国—当代　Ⅳ.①I247.5

中国版本图书馆 CIP 数据核字（2011）第 238362 号

天津人民出版社出版

出版人：刘晓津

（天津市西康路 35 号　邮政编码：300051）

邮购部电话：（022）23332469

网址：http://www.tjrmcbs.com.cn

电子信箱：tjrmcbs@126.com

山东临沂新华印刷物流集团印刷　新华书店经销

2011 年 12 月第 1 版　2011 年 12 月第 1 次印刷

880×1230 毫米　32 开本　11 印张　1 插页

字数：220 千字　印数：1－2000

定　价：28.00 元

序　言

这是一本寓言式的故事。书中的每一个形象都有自己的寓意。

书中有一千只天鹅的故事：一群天鹅在蓝天高飞，其中一只飞得最高的天鹅，远远地望见那碧蓝翠绿的天池，就告诉它的伴侣们，这儿就是我们美好的新家。于是，天鹅们一个个平展翅膀飞向那个美丽的天池。

故事简单得不能再简单了。可它寓意却是颇有启发性。

笔者借助一只小天鹅的口吻，解释天鹅为什么必须群居：

"在一起的天鹅越多，我们的眼睛就会越多。天鹅群中，有一千只天鹅，我们就会有一千双眼睛，就有可能发现更多美丽的湖泊，就能够更快地防备灾害的突然降临。我们就能够更好更安全地生活。"

笔者是在暗示独生子女的小读者们集体的价值是什么？那就是，自己多一位小朋友，身边就会多一双可靠的眼睛。

小说中还创作了一个神奇智慧羽毛的故事：透过这根羽毛，可以看透一个人的本质。如果拿到这只羽毛，透过它去识别一个坏人，或者可看到它是一条凶残的狼，或者看到它是一只狡猾的狐狸。

这故事似乎有些荒诞，可是它的寓意却具有深刻性。笔者告诉小读者们，要学会透过现象看本质。还可以再向前引申，要学会透过可看见的现象，认识其中看不见的内在因素。

在这里，作者遵循的是意大利伟大诗人但丁在他的《神曲》中实践的法则：语意包括四种并存的意义。它们是：字面意义、寓言意义、精神意义、奥秘意义。不是吗?！神奇羽毛是字面意义，透过现象看本质是寓言意义，探索未知未见世界是精神意义，认识看不见的内在因素是奥秘意义。

为什么说这本故事书是写给独生子女和他们的父母的呢？因为书中的一些情节寓意可能超出还没有踏上人生旅途的孩子的领悟能力。在他们的大脑中还不会区分现象与本质，所以，希望孩子们的父母在闲暇的时候和孩子们一起，一节一节地阅读这本故事书，把书中的一个个故事情节当做谜面，寓意当做谜底，启发孩子去领悟。可能孩子们对故事的涵义有自己的看法，他们还可能提出自己的疑问。这是最好的事情了，父母和孩子可以各自说明自己的想法，这样家庭里的讨论就有可能从这里开始。但丁坚持的"语意"包括四种并存的意义，在讨论中有可能逐步延伸，逐步升级孩子们的领悟高度、深度、宽度和广度，使这本故事书能够激活孩子们的创新思维，使这本故事书的意义具有开放性、探索性和延伸性，从而赋予这本述说古老故事的书以浓烈的现实意义。须知，探索现象中的看不见的本质，是人类的目的。这本书中的许多故事情节寓含着当代儿童应该具备的基本素质。

全书的主旨是积极向上乐观开朗的。全书是赞美奉献精神的。这是维吾尔人民的传统文化，也是我们中华民族的优秀传统文化。

时代需要这样的精神。

目录

一、金鹰和雪莲 …………………………………… 1

二、许婚 …………………………………………… 7

三、红喜帕 ………………………………………… 14

四、骆驼刺 ………………………………………… 18

五、黑色沙暴 ……………………………………… 25

六、幸福泉 ………………………………………… 32

七、山鹰之子 ……………………………………… 36

八、"红宝石"的来历 …………………………… 41

九、"腾飞吧！" ………………………………… 50

十、金鹰展翅 ……………………………………… 56

十一、红蓝钻石 …………………………………… 60

十二、金杯和银杯 ………………………………… 65

十三、银杯绿酒 …………………………………… 72

十四、金杯红酒 …………………………………… 77

十五、古兰丹的心思 ……………………………… 85

十六、鹿角头盔 …………………………………… 90

十七、夕阳斜照 …………………………………… 96

十八、钻石王冠 …………………………………… 103

十九、黄牙登基 …………………………………… 112

二十、骆驼刺的力量 ……………………………… 116

二十一、毡房奶茶香 ……………………………… 123

二十二、阿娜尔罕大婶 …………………………… 133

二十三、小金雕的故事 …………………………… 143

二十四、天鹅的一千双眼睛 155

二十五、魔鬼花和玫瑰花 162

二十六、阿米尔突然听到 170

二十七、阿米尔突然看到 175

二十八、游吟诗人 179

二十九、回到穆拉罕草原 189

三十、英雄相聚 197

三十一、红衣富商 205

三十二、夷平王宫 215

三十三、智慧羽毛映出的 225

三十四、阿西娅 233

三十五、耍狗艺人 242

三十六、翅膀的力量 247

三十七、蒙面女人 253

三十八、蓝色钻石 264

三十九、纳合拉鼓声 269

四十、红色钻石 275

四十一、铸成大错 285

四十二、鹦鹉姑娘 289

四十三、双臂的颤抖 301

四十四、魔王挣扎 305

四十五、老人的回忆 310

四十六、堇色丝绢的秘密 314

四十七、取回财宝 321

四十八、魔王的苦笑 325

四十九、伏兵瓦解 329

五十、永生的伊犁河 337

五十一、结伴同行 341

后记 344

一、金鹰和雪莲

洁白的雪峰是蓝天边晶莹的钻石,闪烁着悦目的光辉。

暗蓝的峻岭是凝结的海涛,起伏在草原的尽头。

墨绿的雪岭杉林带是柔和的波浪,荡漾在翠绿的原野上。

山岭、草原、雪岭杉林似乎都在薄纱般透明而和暖的空气中慵懒地小憩。

无数生命也在享受着原野无边的恬静。雪鸡、黑琴鸟静卧在小草间梳理着自己的羽毛。赛加羚分散在翠草丛中品尝着带露的碧叶。

远处传来急促的马蹄声,顿时打破了山岭、草原和雪岭杉林的宁静,惊跑了雪鸡,惊飞了黑琴鸟,惊逃了赛加羚。

卡拉尼耶提可汗在宠臣巴赫迪江和五十一名武士的簇拥下,策马追逐,围猎赛加羚。但是,他们只是张弓,却并不射箭。他们似乎在寻找其他的"猎物",他们时而远处张望,时而侧耳细听,焦急地搜索这个"猎物"。

一只目光哀愁的山鹰双脚被一条铁链锁住,铁链紧扣在宠臣巴赫迪江臂膀的披甲上。山鹰环视森林和草原，挣扎欲飞。卡拉尼耶提可汗每次看到它振翅，就立即挥动长鞭抽打它的双翅，长长的翅羽被击中，羽毛飞溅开来。山鹰挥动着翅膀，发出一声声愤怒的鸣叫。这鸣叫声在草原上空回荡。山鹰每次鸣叫以后，卡拉尼耶提可汗都四处张望。他似乎在利用山鹰的鸣叫声引诱"猎物"。当看不到他所期待的"猎物"而失望的时候，他就再次挥鞭抽打那只山鹰。山鹰很快觉察出他的企图，无论卡拉尼耶提再怎样恶狠地抽打，它只是愤怒地挥动翅膀，绝不再发出任何声音了。

但是，山鹰刚刚发出的尖厉的鸣叫声已经传遍草原，惊跑了跳鼠，惊逃了沙蜥，传到了清溪蜿蜒的碧草间。在宛如碧空朵朵白云的羊群中间，一位年轻牧人轻吹着牧笛，笛声舒缓而悠扬。山鹰尖厉的鸣叫声打断了他的笛声。他就是勇敢的穆拉罕草原牧人巴拉提。他勒马侧耳细听。他知道这是一只山鹰在受难。他立即掉转马头，寻声奔去，踏过溪水，驰过草原，跃过雪岭，穿越杉林。他听到了卡拉尼耶提抽打山鹰的刺痛人心的鞭声。这声音仿佛皮鞭抽打在自己的心上。他策马急驰，冲出密林，望见了那从灌木丛中钻出的耀武扬威的一群恶棍。他看见了振翅的山鹰，他看到了滴血的翅膀。他感到那是自己的血在滴落。他急速奔向残忍的恶棍们。

卡拉尼耶提看到雪岭杉林间奔出一匹白色的骏马。骑马的青年正是他等待已久的"猎物"巴拉提。巴拉提棱角分明的红铜色脸膛上表情纯朴而刚毅，周身蕴涵着雄狮般的力量，令卡拉尼耶提虚怯的内心感到一阵战栗。他强作镇静，和他的宠臣巴赫迪江交换了一下狡诈阴险的目光。他嘴角上流露出一丝阴森的奸笑，似乎在说：

"我的'猎物'，你终于露面了！死亡的陷阱正等待着噬尽你最后一滴鲜血！"

巴拉提横马挡在卡拉尼耶提的马队前面。只见五十一名卫士同时张弓搭箭。巴拉提毫无畏惧。他高声道：

"不允许你再抽打山鹰！还山鹰以自由！自由是山鹰的生命。山鹰的生命是为了高翔。山鹰是草原人民的灵魂。山鹰是草原人民的生命。还山鹰以自由！"

"你要它自由吗？用你的头颅交换！"卡拉尼耶提可汗狞笑道。

"好，那么打开它脚下的锁链！"巴拉提坚定地回答。山鹰急速地摇着头，猛烈地挥动它的翅膀阻止他。可是巴拉提却毫不迟疑地抽出利剑，策马冲向巴赫迪江。

惊恐的卡拉尼耶提吼叫道：

"放箭！放箭！"

五十名卫士的弓弦同时嘣响。五十只利箭同时嘶鸣。五十只利箭同时集中射向巴拉提。

无畏的巴拉提挥剑相挡。一道白色的剑光闪过，五十只利箭纷纷坠落。但是，狡诈的卫士长布克的毒箭迟发了。他听到弓响箭嘶，看到剑光闪现的时候，才拨动弓弦。这支阴险的毒箭擦过巴拉提的剑锋，射中他的胸膛。鲜血喷洒出来，染红了草地，映红了雪岭杉林。他伟岸的身躯倒向碧草。

赛加羚踟蹰不前，群鸟飞落雪岭杉林间。

卡拉尼耶提的缺齿黄牙间迸出一阵鸱枭般狂笑。

他笑得太早了。他狂妄得意的笑声未落，一个奇迹出现了：

山鹰脚上的锁链脱落了。山鹰伸展自己的双翅，骤然高大起来，化做一位俊美的少年。他头上佩戴着耀眼的金冠。金冠上装饰着一只

金鹰,金鹰两旁镶嵌着一块红钻石、一块蓝钻石。它们闪烁着夺目的光辉。金鹰少年俯身看到英雄巴拉提双目未闭,他急切地呼唤:

"不要闭上你的双眼!不要闭上你的双眼!"

他一边呼唤,一边抱起巴拉提,站起身来,腾空而起,像山风中的雄鹰一样,闪电般飞向那皑皑群峰。这位挣脱链锁的金鹰少年似乎有着无穷的力量,飞速腾跃,飞向最高的白雪皑皑的托木尔夏峰。

金鹰少年奔跑、跳跃、腾飞,越过一座一座的雪峰。雪山上空,回荡着他悲壮的声音。这悲壮的声音是:

"不要闭上你的双眼!不要闭上你的双眼!"

卡拉尼耶提远望着消失的金鹰少年的身影,惊呆了。当他的意识渐渐地恢复的时候,就立即狂叫道:

"抓住他!抓住他!他知道老可汗克里木宝库的秘密!"

他的五十一名卫士被眼前的景象惊呆了。他们呆立在那里,不知所措。卡拉尼耶提的吼叫声随即被愤怒的林涛淹没。

金鹰少年呼唤着,腾飞着。他的身影消失在雪山之巅。他跃上一座陡峭莲青色的悬崖。在那海蓝色的宝石隙间,盛开着一朵朝霞般美艳的雪莲花。她娇艳华美,宛如散花的飞天,婀娜多姿,临风摇曳。

"请您挽救这位用生命换取我自由的青年吧!"他恳求雪莲花。

雪莲花亲切地回答:

"他的双目未闭,他的精神未死,他将醒来。把我花瓣上晶莹的露珠撒在他的伤口上吧。"

"露珠是雪莲花的生命。您失去了露珠,您将枯萎,您将再也看不到艳红的朝霞了。"金鹰少年说。他迟疑了,他落泪了。

雪莲花说:

"巴拉提是穆拉罕草原的希望。他不能死。我枯萎了，但是，万年以后，我将重新绽放，永不凋谢。"

盛开的雪莲花摇曳起她的美艳身姿，洒落一颗颗闪烁着珍珠般华彩的露珠，在明亮的阳光映照下，发放出一环环艳丽的彩虹。这彩虹环绕着勇士巴拉提雄健的身躯，不断向四周扩散，将雪山笼罩在这华彩夺目的光环之中。

又一个奇迹出现了：巴拉提胸前的毒箭萎缩了，渐渐消失。巴拉提胸前的伤痕渐渐平复，苍白的面颊渐渐红润，双眼渐渐恢复青春的明亮。他双臂支撑着，缓缓地坐了起来，环视四周，把目光凝聚在眼前这位英俊少年的身上，似乎在询问：

"你是谁？是你救了我？"

那位少年明白他目光中的意思，说：

"我是你用生命换来自由的那只山鹰。是她，是雪莲花的露珠使你获得新的生命。雪莲花就要离我们而去，快向她告别吧。"他充满敬意地躬身，伸展双臂，指向花叶开始低垂、花瓣开始枯萎的雪莲花。

当巴拉提把目光转向雪莲花的时候，雪莲花娇美脸颊的红艳已经开始褪去，花瓣渐渐变成金黄色。她努力睁开双眼，看着两位英雄，启动她的双唇，用力说出她的嘱托：

"穆拉罕草原期待着你们，穆拉罕部落期待着你们。像春天雪山用甘泉滋润草原一样，把你们的智慧、勇敢和生命奉献给草原吧。"话音刚落，她就闭上了美丽的眼睛。一轮轮彩虹般的光环从四周缓缓收拢，渐渐凝聚在她的周围。

"穆拉罕草原期待着你们！穆拉罕部落期待着你们！"的回声依然在雪山之巅由近及远地回荡着。

两位英雄用他们的双手作为利刃,劈开冰山,砍成一块一块的冰砖。他们的手被冰刃划破,鲜血滴落在冰砖上,顿时化为一朵一朵的玫瑰花,镶嵌在冰砖里面。他们将冰砖垒起来,为雪莲花建造一座晶莹的玫瑰冰花的殿堂。他们的双手交叉在胸前,向雪莲花深深地鞠躬告别。

　　站在高耸的雪山之巅,金鹰少年俯瞰山下,那蓬勃的生命享受着原野无边的恬静。雪鸡、黑琴鸟静卧在小草间梳理着它们的羽毛。几只赛加羚分散在翠草丛中品尝着带露的碧叶。

　　金鹰少年远望连绵的雪峰,静默无语。

　　他的心情顿时无比开朗。

　　豪情满怀的金鹰少年对巴拉提说:

　　"卡拉尼耶提和巴赫迪江还在施展他们的阴谋。我们必须尽快赶回穆拉罕草原!走,草原在等待着我们!"

二、许婚

通向王城的大道上，正在举办大巴扎集市。沿着大道排列着各种各样的摊贩，让你看不到尽头。场面喧嚷热闹。歌声、鼓声和叫卖声融会成火炽的交响乐曲。

巴扎集市上，最诱人的是摆放满街的、天山南北盛产的瓜果。一位面色红润的大婶盘膝坐在她的葡萄摊旁，摇着响鼓，唱着自编歌，夸奖自己的葡萄美：

"天山流下的晶莹雪水滋润它，大漠灿烂的阳光温暖它，纯净的黄土地抚育它，结出的是一串串翡翠珠宝。不镶嵌在孩子的花帽上，不缀在姑娘的裙边上，放在孩子的嘴边，孩子甜甜地笑。噙在姑娘的小嘴里，看看她明亮的眼睛，她的心事你就会知道。"

一位身穿绛色锦袍、来自贵霜的客人说：

"这葡萄是你们的珍宝。我走遍世界，没有尝到过这么香甜、清脆可口的葡萄。我要跨上我的骏马，驰骋千里，把这翡翠葡萄带给我的心上人，从她的眼睛里，看出她的心事来。"

大婶挑选出最新鲜的三串葡萄，放在银盘里，双手托着送给这位客人。她说：

"请把我的祝福带给你的心上人吧。"

一位身穿紧身猎装、来自遥远的罗马客人说：

"我走遍世界，只有你们的葡萄可以和我家乡媲美，一样的可爱，一样的香甜。这甜美的葡萄是献给爱人最好的礼品，能够让心爱的姑娘猜出你的心事，明白你的心意。这甜美的葡萄像玫瑰花一样，它是传送爱情的信使。品尝你的葡萄，让我想起家乡，想起我心爱的人。"

大婶挑选出最新鲜的三串葡萄，放在银盘里，双手托着送给这位客人。她说：

"请品尝我的葡萄吧，像你回到自己的家乡一样。"

一位银须老汉盘膝坐在堆积似小山的鄯善甜瓜旁边，弹奏着热瓦甫，唱着自编的歌，赞美自己的甜瓜香：

"闻着这甜瓜的清香，就想起心爱的人。品尝这金色的甜瓜，就唤起甜蜜的思念。带回这金色的甜瓜，美丽的姑娘笑脸相迎。甜瓜的蜜汁滋润你们纯洁的爱情。"

老汉的甜瓜圆的像满月，甜瓜的金黄色像姑娘的金簪，醉人的浓香胜过盛开的玫瑰。牧民亲切地给这种甜瓜起的名字叫"黄金蛋子"。轻轻咬一片，香甜满口。醉人的香甜会让你记起初恋的甜蜜。人们都说这是爱情蜜瓜。品尝了这爱情蜜瓜，就会得到真正的幸福。许多英俊的牧民青年人围着瓜摊选购。他们想把这爱情蜜瓜带给自己眉毛细长、眼睛明亮、笑靥甜美的姑娘。

巴扎集市上，最吸引美丽姑娘们的是叮叮当当的金银首饰摊。

工匠心灵手巧，能够打造出令每个姑娘爱不释手的金银首饰。年轻的徒工用力拉着风箱。老艺人正在把熔化成一颗流动的金珠倒进陶模里。片刻一只耀眼的金簪出现了。一群身穿艾得莱斯绸的姑娘围在他的摊旁。她们不由得发出惊喜的赞美声。这些姑娘比画家还要善于运用色彩。她们有的穿着桃红的小坎肩，有的穿着鹦哥绿的小背心，却罩上金黄色半透明的绢纱裙。透过金黄的绢纱，你能够看到她们穿得时而金红，时而银绿，那魅人的、变幻莫测的色彩，甜蜜着每一个人的心。她们选择自己心爱的头饰，定做自己描画图样的戒指。她们春潮似的、银铃般的甜美笑声，她们宛如在春风中摇曳的红柳的身姿，粘住了所有小伙子火炽的目光。这目光给姑娘们的笑脸染上酡颜，像阳光照耀下闪耀着光芒的红苹果。

工匠们打制银壶、银盘、酒杯和茶碗，让大婶、大姐们爱不释手，流连忘返。

巴扎集市上，最珍贵的是在胡杨木架上摆放的和田产的美玉。

一群老汉盘着双腿围坐在和田玉器的小摊边。有的赞美黄玉的华贵，翠玉的鲜丽，羊脂玉的温润，烟紫玉的明澈。有的称赞雕刻在玉石上的常春藤纹饰精美，睡莲花透雕的华丽，玫瑰花镶嵌的精巧。

一位长须老人举着一方镶嵌着一朵红玫瑰的翠玉说：

"你闻这朵红玫瑰的清香。心会醉的。"

"带回这朵睡莲吧。幸福和安宁永远伴随在你的身边。"

"我要把这常春藤带给我银发的妻子，纪念她来到我家生孩子的日子。"

老汉们爽朗的笑声盖过周围的人声笑语。

巴扎集市上，最难得的是摆放大道两边的、来自喀什噶尔的陶器。这是有心人最珍重的。那陶器古朴的风格令人惊喜。鹅黄的陶器上朴拙的花纹，一如新石器时代淳厚的风度，粗犷、豪迈而大气。手持这陶杯饮啜甘泉,你的心就仿佛回到远古淳朴岁月,携弓佩刀,入林狩猎。

巴扎集市上,还有闻名遐尔、绚丽多彩的丝绸,精美锐利的英吉沙小刀。远近草场的牧民赶来,用自己的牛羊换取美丽的艾得莱斯丝绸、富丽的波斯驼绒织毯、色彩鲜丽的真丝地毯。人们选购自己喜欢的乐器都塔尔、热瓦甫和冬不拉。无论是都塔尔、热瓦甫,还是冬不拉,艺匠们都为它们镶嵌上多彩的宝石。他们说自己做的美琴多漂亮,它们发出的声音就多优美。牧民们挑选英吉沙小刀。这种小刀产自喀什噶尔附近的英吉沙小村庄。那里的工匠千锤百炼打制而成永不卷刃的宝刀。富商们选购富丽华贵的真丝地毯和来自世界各地的珠宝。

赶巴扎,就是这里人们盛大喜庆的节日。

这时,远处滚动着黄尘。卡拉尼耶提可汗马队扬起黄色的沙尘,策马奔回王宫。沙尘瞬间滚向热闹的巴扎集市。卫队前面的武士挥鞭驱赶人群。

他们撞飞摊上的蔬菜,践踏地上的瓜果,砸碎架上的陶器。他们挥鞭抽打那些不向他们低头示敬的牧人。这些人的脸上立刻出现绽血的鞭痕。

一群恶棍耀武扬威,拥进王城。

望着这黑压压的恶棍们,收拾散落地上陶器碎片的老人愤愤地说:

"真主在上,真主在上! 将降罪于残暴的恶人!"

恶棍们拥进王宫。

卡拉尼耶提可汗直奔软禁着天仙般美丽的阿依古丽公主的寝宫。

寝宫的花窗上镶嵌着铁丝盘成的墨绿色、美丽的常春藤纹饰。现在,它们已经成为关押着阿依古丽公主的铁窗。十八名紧握长矛的卫士在铁窗的两旁不停地巡视,不允许任何人出入黑色的大铁门。

天仙般美丽的阿依古丽被迫禁闭在宫中。她失去了自由,心里却时刻记着父王克里木可汗和母后古兰慕罕离开自己时候的遗言。

阿依古丽秀美的脸颊洁白如玉,淡淡的青色从眉宇间散开,玫瑰般的红晕几乎完全消散。她紧蹙双眉,纯净明亮的大眼睛里,充满哀怨和愁苦。她坐在挂毯织机的面前,编织丝毯。在丝毯上,她正在编织的是她日夜思念的草原勇士巴拉提骑马奔驰的英姿。

卡拉尼耶提站在铁窗前,指着勇士的绣像,对阿依古丽愤怒地吼道:

"你不要再做梦了!你梦中的巴拉提已经死了!做好准备,明天,你将是我的第六十六位妃子。"

他转身对跟随身后的宠臣巴赫迪江命令:

"巴赫迪江,去筹备婚礼庆典!向臣民宣告我的大喜事!举国欢庆三个月!"

阿依古丽平静地站了起来,缓缓地离开挂毯织机,走到窗边,对獐头鼠目、牙黄缺齿的卡拉尼耶提说:

"真主赋予草原勇士巴拉提双臂能够移山的力量。草原勇士巴拉提是无人能敌的。他是永远不会离开我的!"

"他的力量是无敌的。他的智慧却是可笑的。我用这条皮鞭抽打山鹰,激起他对山鹰的同情。他竟然相信自己敌人的话,甘愿用自己的生命换取山鹰的自由!"

阿依古丽公主深知牧民之子巴拉提的纯朴与刚毅。她低下了头,颦蹙双眉,大眼睛里噙满泪水。她为英雄的献身万分痛苦。她对卡拉尼耶提的阴险和狡诈充满憎恨和鄙视。

憎恶使阿依古丽公主转身背向这个卑鄙的野兽。她知道必须用自己的智慧对付这凶残而阴险的敌人。她思索着。她知道自己必须尽快脱离这个黑暗的牢笼。突然,她感到她清晰地看到了飞出囹圄的道路。黑云破裂了,一线天光出现了。

她立刻擦干眼泪,转过身来,冷静地说:

"我同意做你的妃子。"

这意外的回答令卡拉尼耶提疑惑地呆立片刻,继而,眉飞色舞,露出仅有的几颗黄牙,跨进大铁门,得意地说:

"我将用世界最美的珠宝装饰你的婚纱,用紫金制造我们豪华的婚床!"

阿依古丽公主再次转过身,背对着缺齿黄牙,继续说:

"我只要一巾红喜帕。举行婚礼的时候,我一定要按照我们世世代代的习俗,头蒙一巾最美丽的红喜帕。现在,戴在你头上的王冠是我父王的。王冠上镶着两块钻石,一块是红的,一块是蓝的。红色的象征财富,蓝色的象征坚贞。我要把它们缀在红喜帕上,作为婚礼的喜物。让我的贴身宫女阿曼尼帮助我,把钻石缀在我的红喜帕上。阿曼尼会买到最好的红丝绸、最好的金丝和银线,送进宫来。我和她将连夜绣成婚礼用的红喜帕。"

卡拉尼耶提不由得转动他那黑豆般的眼,一时犹疑不决。他舍不得那两块珍贵的钻石。他深知这两块钻石的重要,但是,他又一想,阿依古丽逃不出他的手心,何愁钻石会丢失呢。他摘下王冠,取下镶嵌在上面的两颗钻石,递给阿依古丽。钻石在她的手上顿时发放出异样的光辉。

"召阿曼尼进宫。只允许她出入这个宫门。"卡拉尼耶提向十八名卫士命令道。这时,巴赫迪江在他的耳边窃窃私语。他点着头,高声喊道:

"卫队长,再调十八名卫士看守宫门,保护阿依古丽公主!明天,她将是我的妃子。所有的卫士必须尊敬你们的新主人!"

卡拉尼耶提说完以后,带着他的侍从匆匆离去。他边走边下命令:

"巴赫迪江,立即派一万名武士去抓捕逃跑的山鹰!"

喧嚣远去,宫内渐渐安静下来了。阿依古丽公主双手捧着闪闪发光的钻石,低声说:

"父王,也许惩罚邪恶的时候即将到来。卡拉尼耶提将无法打开宝库。我将有可能逃出宫去寻找我们忠诚的金鹰博斯腾。"

三、红喜帕

蒙着褐色纱巾、穿着艾得莱斯绸裙的阿曼尼被带进宫来。

当后宫的大铁门被卫士关紧的时候，她揭开面纱，看见和自己一起长大的小公主，立刻把她紧紧地抱在怀里，禁不住泪流满面。

阿依古丽公主为阿曼尼揩着眼泪，说：

"不要哭。时间不多了。我们有许多事情要做。"

她小心翼翼地从怀中取出一个用堇色丝绢手帕包成的小包裹，轻轻展开手帕，两颗光彩夺目的钻石出现了。她匆匆对阿曼尼说：

"这是母后亲手绣成的丝绢手帕。这是父王的两座宝库的钥匙。蓝色钻石是储藏着武装五百名战士盔甲和利剑的武库钥匙；红色钻石是珍藏着无数珍宝宝库的钥匙，那里的珍宝可以使穆拉罕草原的所有牧民人人有一千只羊、一千匹马。宝库在雪山汗腾格里峰冰川，只有一位名叫博斯腾的青年知道登山道路的秘密。如果我不能逃出卡拉尼耶提的魔掌，你一定要找到博斯腾，将这方堇色丝绢手帕和钻石交给他，让他执行我父王的命令。记住了吗？"阿曼尼含泪点头。

阿依古丽把钻石小心包在堇色丝绢手帕中，递给阿曼尼，接着说："现在,你就出宫去,将堇色丝绢手帕和钻石带回家,放在你卧室壁龛铜灯灯座底下。去巴扎买两匹马,将它们栓在您家的门口。带一件与你现在穿的同样花色的衣裙和纱巾,立即赶回来。出宫的时候,你一定要紧紧地蒙着面纱。"

说罢,阿依古丽高声招呼:

"卫士长,请允许阿曼尼出宫,去为我买做红喜帕的红绸和金丝银线。"

卫士长知道明天阿依古丽公主将是卡拉尼耶提可汗的妃子,他立即顺从地打开了大铁门,低着头,让蒙着面纱的阿曼尼出宫。

离开王宫的阿曼尼立即赶往巴扎,她买了两匹栗色的骏马,配好马鞍,跨上马,直奔家门,将它们栓在门口。她回头向四处张望,看到没有人跟随,然后,迅速打开家门,跑进卧室,走到壁龛前,取下铜灯,将堇色丝绢包放在铜灯灯座底下,小心翼翼地用灯座遮盖严实。她又仔细端详,觉得毫无痕迹,才去寻找衣柜中收藏的红绸,用它裹起一方和自己现在蒙的一样的褐色纱巾、一身和自己现在穿的一样花色的艾得莱斯绸裙。她仔细看了看室内的一切,便迅速出门,把门锁好,匆匆赶回王宫。

黄昏将近。阿依古丽公主点燃红烛,烛火在微风中颤抖着。她看着这颤抖的烛光,焦急地等待着。蜡烛燃烧近半的时候,大铁门吱呀做响了。她感觉到自己的心在跳动。蒙着褐色面纱的阿曼尼抱着"一匹红绸"跨进大铁门,走进内室,走到自己心爱的公主身边,把红绸递给她。阿依古丽摸着红绸,微微点了点头。她轻声问:

"他们一直没有掀开你的面纱吗?"

"没有。"她小声回答。

阿依古丽公主激动得都有些颤抖。她立即换上阿曼尼带来的绸裙，说：

　　"我们必须抓紧时间。现在，我就出宫。记住，再过半只蜡烛燃烧尽的时候，卫队将要换班。刚接班的卫士不知道我们进出的次数。在他们换班以后，你模仿我的声音请卫队长开门，要求出宫买珍珠。这次出宫你绝对不要再披面纱。我将在东城外的红柳林中等你。从红柳林向外看，可以看清远处的来人，向里可以躲避追兵。"

　　随后，阿依古丽大声责备：

　　"怎么你没有买金丝和银线来，还得去买。明天，可汗就要和我举行婚礼了，红喜帕都来不及绣了。"

　　说罢，阿依古丽高声招呼：

　　"卫士长，请允许阿曼尼出宫，为我去买做红喜帕的金丝银线。"

　　阿依古丽一边招呼卫士长，一边迅速换上阿曼尼带来的艾得莱斯绸裙，蒙上阿曼尼带来的褐色纱巾，匆匆走出内室，走向黑色的大铁门。

　　卫士长毕恭毕敬地打开铁门，殷勤地护送蒙着褐色面纱的阿依古丽公主缓缓步出后宫。

　　阿依古丽公主一跨出王宫的大门，飞似地跑向阿曼尼家。她冲到壁龛旁，从壁灯灯座下取出裹着钻石的堇色丝绢手帕包，小心地揣在自己的怀里，匆匆跑出门，跨上栗色的骏马，向城东飞驰而去。她在东城外的红柳林边停下来，等待着。

　　一弯血红色的月牙在沙丘顶上露出来的时候，天边还留着一抹玫瑰色的晚霞。不久，阿依古丽公主远远望到地平线上出现一个骑马人的身影。这个身影渐渐清晰，她是按照公主的主意出宫来"买珍珠"

的阿曼尼。她没有带头巾，阿依古丽公主远远地就看清楚是她。她们会合了。刚刚见面，阿依古丽公主立刻就把裹着钻石的堇色丝绢手帕包又一次交给阿曼尼。

阿依古丽公主说：

"如果我再次落入魔掌，我的生命即将结束。重要的使命将落在你的肩上，你一定要按照我的话去做。"阿曼尼含泪接过堇色丝绢手帕包，郑重地放在怀中。

她们终于能够赶在卡拉尼耶提派人检查后宫之前，踏上红柳茂密的小路。她们策马启程，奔向月色朦胧的荒原，去寻找知道父王宝库道路的金鹰博斯腾。夜幕轻垂，星空里弥散着金色的云纱。她们轻快地奔驰在起伏的沙海上。

在她们远逃的时候，卡拉尼耶提才发现后宫早已人去楼空。疯狂的卡拉尼耶提声嘶力竭地叫喊：

"派一万名武士追捕她们！阿依古丽知道老可汗克里木宝库的秘密！"

这声音有如黑色魔影笼罩着她们的征程。乌云从地平线上涌来，不时遮盖血色的新月。

阿依古丽公主和阿曼尼在起伏的黑红色沙丘间驰骋。瞬间，她们的身影消失在地平线上。

四、骆驼刺

月色凄凉。骏马在奔驰。

阿依古丽公主望着凄凉的新月,她心碎了,泪水从她美丽的大眼睛涌出。在月光中,她晶莹的泪珠在滴落。

"恶魔卡拉尼耶提在欺骗你。"阿曼尼安慰她。

"我了解巴拉提的心胸。他是一个能够为了别人的自由而献出自己生命的英雄。"

阿依古丽公主转身远望王城,往日幸福的时光涌上心头。

清晨,阿依古丽公主推开宫室的花窗,涌进窗来的是明亮的阳光、沁人心脾的花香和欢乐的鸟鸣。

离开花窗,在梳妆台前,阿依古丽公主坐下。阿曼尼为她梳头。

"亲爱的阿曼尼,雪山汗腾格里峰千姿百态的冰川上真的有一座美丽的冰宫吗?"

"是的。"她看着秀美的公主,亲切地回答。

阿依古丽公主闪动着一双明亮的大眼睛,还没有梳完头,她倏地站起来,跑向玫瑰园。她的秀发在身后飘荡。

老可汗克里木正在玫瑰园散步。他戴着他形影不离的王冠。王冠上的一颗红色钻石和一颗蓝色钻石闪闪发光。

迎面跑来阿依古丽公主。远远地,她就喊道:

"父王,您好! 我想去汗腾格里峰看冰宫!"

"那儿很远呀!"

"阿曼尼陪着我。"

老可汗克里木点着头,说:"去吧。你去认一认路也好。"

父王这样爽快地答应自己出宫,阿依古丽公主感到十分意外。"认一认路"是什么意思,她更是不明白。

她闪动着明亮的大眼睛迟疑片刻,转身蹦蹦跳跳地跑回她的宫室。

阿曼尼给她编好辫子,盘在头顶,用湖绿纱巾包起她的秀发。她变成一个英俊的少年。她和镜中的自己相视而笑。阿曼尼自己围上褐色的纱巾,裹上自己的柔发。她看着镜中的自己,也笑了。她变成一个小伙子了。

她们骑在马上,奔向远方起伏的、蓝色的天山,奔向钻石般闪光的汗腾格里雪峰。

"在宫外,你别叫我公主吧。"

"公主,那怎么称呼您呢?"

"叫我伊犁姑娘。"

看着顽皮活泼、冰雪聪明的公主,阿曼尼笑着点了点头。

她们纵马驰骋,很快来到汗腾格里峰。她们远眺山峰间宛如玉龙飞舞的冰川,景象新奇而壮美。她们策马急行。片刻,来到冰川的边缘,她们留下自己的骏马,步入晶莹悦目、变化万千的冰谷。她们完全被眼前的冰宫景色迷住了。

她们欣赏千姿百态、婀娜多姿的冰塔林。她们绕着冰塔林捉迷藏。她们钻进冰晶玉洁的水晶宫。这是水晶的世界,冰宫四周陈设着晶莹的冰桌、冰椅、冰灯、冰花和冰树。特别新颖的是冰树上挂着大大小小莹洁的冰花,有的像含苞的玫瑰,有的像初开的睡莲,有的像绽放的牡丹。

看到这样美丽的水晶宫, 阿依古丽公主和阿曼尼不由得放轻步履。她们怕打扰了这里的主人。

阿依古丽公主轻轻地说:

"这是冬姑娘住的地方。"

阿曼尼点点头。她不说话,心里不忍搅扰这里的宁静。

她们穿过水晶宫,进入了一个更加奇幻的世界。一缕阳光从雪峰倾泻下来,将彩虹般的色彩撒进冰宫,仿佛将无数绚丽多彩的宝石一环一环地镶嵌在冰宫穹顶和冰柱间。

阿依古丽公主轻轻拍拍她的小手,轻声说:

"这是冬姑娘的宝石宫! "

阿曼尼点点头,没有说话。她被这艳丽的景象迷住了。

在阳光隐去的冰宫里,四周变成了湖绿色。阿依古丽和阿曼尼仿佛游弋在翠绿的湖水中,满目新绿。这里有翡翠砌成的月门,有翡翠镶嵌的窗棂,有翡翠雕刻的屏风,有翡翠装饰的宫灯。

"这座玲珑剔透的翡翠宫,也许是冬姑娘的书斋吧。"

阿曼尼点点头。她笑了。她的心里在赞美自己的小公主冰雪聪明。

这时,她们聆听到翡翠宫旁传来丁冬作响的琴声。那是一股清泉涌流的时候演奏的。她们禁不住踏着琴声的节奏,跳起欢快的夏地亚那舞。

她们一出冰宫,眼前的景象骤变。她们惊呆了:面前横卧的是黑色砾石铺成无边无际的戈壁滩。龙卷风扬起漫天黄沙,聚成一个顶天立地的黑色沙柱。伴随着雷鸣般的巨响,沙柱旋转着,摇晃着,向她们袭来。

正当阿依古丽公主想躲回冰宫的时候,阿曼尼惊奇地说:

"看!沙柱边有一个移动的黑影!"

"那是一匹骆驼!"骆驼追随着沙柱在移动着,距离阿依古丽公主和阿曼尼越来越近了。

"骆驼上有一个人!"阿依古丽公主说。

"他好像是在追逐沙暴,追逐龙卷风。"

的确,他是在追逐沙暴,追逐龙卷风。他是穆拉罕草原的少年英雄巴拉提。黄沙扫过穆拉罕部落的草原,草原就会变成干渴的荒漠。

巴拉提记得赛里木老爹说的:

"很早很早以前,在草原牧民中间有一个神秘的传说。传说威力无比的龙卷风扬起黄沙,聚成成双成对的沙柱。双柱龙卷风非常神奇。它们四处游荡,到了地下隐藏着清泉的地方,就会停下来。这是为了告诉牧民就在它们停下来的地方, 沙漠下面隐藏着清凉甘冽的泉水。但是,去追逐沙暴、寻找双柱龙卷风、探索清泉的勇士自古以来没有一个人能够回来。他们都被沙暴卷走,被黄沙吞噬了。"

看到穆拉罕部落的草原正在变成干燥的荒漠,巴拉提决定进入沙漠腹地追逐沙暴,寻找双柱龙卷风,寻找牧民期望的清泉。他带上馕包和马奶袋,牵上他心爱的骆驼沙米拉。在黄沙骤起的时刻,他辞别了赛里木老爹,上路了。他追逐黑沙暴,寻找龙卷风,期待着看到成双成对的沙柱,在双柱龙卷风消失的地方,探寻草原期待、牧民渴望的清泉。他知道,也许自己也会被沙暴卷走,被黄沙吞没,但是,他更清楚自己必须去寻找清泉。穆拉罕草原正在被黄沙蚕食。

当巴拉提透过迷茫沙幕,看到阿依古丽公主和阿曼尼身影的时候,他站住了。

他高声问道:

"尊贵的而勇敢的草原客人,你们到哪儿去?黄沙是会带走陌生人的生命的!"

"我们到冰宫去玩,迷路了。"阿依古丽公主大声回答。

巴拉提低头对骆驼沙拉米说:

"我们去看看草原的客人吧。"

巴拉提的话音刚落,沙拉米就放开脚步迅速跑向阿依古丽公主和阿曼尼。

很快他们就来到阿依古丽公主和阿曼尼的身边。巴拉提看到秀美的少年和相貌和善的青年疲倦而惊恐的样子,立刻解下栓在腰间的马奶袋和馕包递给她们。饥渴的阿依古丽公主忘记自己尊贵的身份,接过来就喝了两口马奶,掰下一块烤馕放在嘴里。她仿佛从来没有喝到过这么甘美的马奶子,也从来没有尝过这么香甜的烤馕。她把马奶子和烤馕递给阿曼尼,小声说:

"这真是我们宫中的珍馐佳酿不能相比的琼浆玉馔。快尝尝吧。"

风沙减弱了。巴拉提看到砾石间有一丛丛骆驼刺。他牵着骆驼沙米拉走过去。沙米拉立刻开始享用自己的美餐——骆驼刺。巴拉提自己也折断几枝骆驼刺放到嘴里,细细品尝起来,就好像在细嚼新出炉的酥馕,香脆可口。

看着他吃得那么津津有味,好奇的阿依古丽公主跑过去也折了一枝。她刚刚放在自己的嘴里,立刻就吐出来了。骆驼刺又苦又涩,根本无法入口。

"初尝骆驼刺是难以入口的。你吃的还是味道最好的一种骆驼刺。有的骆驼刺的叶子像针一样尖利,我也难以咀嚼,但那是骆驼最普通的食物。你看这种骆驼刺的叶子一个一个像绿色的翡翠珠。当风沙把它们从瘦枝上撕下来的时候,它们便被播撒在沙漠上了。夜幕降临,露珠出现,滋润它们。它们就会长出细根。每一颗翡翠珠都有可能长成一株新的骆驼刺。你看,骆驼刺矮矮的,可是,它们深入沙面的根却很长很长。它们是在寻找沙漠深处的潮润。它们最富有生命力的。这种翡翠珠骆驼刺是最可口的。"

阿依古丽摘下一颗翡翠珠,放到自己的嘴里,重新品尝它的苦涩。接着,她一颗一颗地吃下去。她颦蹙着月芽般的细眉,小小酒窝露了出来。她微笑了。她感到了苦涩的翡翠珠在嘴里溢出的清香。

巴拉提赞许地笑了。

他接着说:

"我从小和骆驼一样,是吃骆驼刺长大的。我的爷爷说,吃骆驼刺的人,能够像骆驼一样坚强无畏。品尝苦涩,能使人勇敢刚强。在沙漠里骆驼比人坚强是因为它们以苦涩为食。苦涩给骆驼力量。苦涩也会助人成长。没有一个具有神力的人,不是从苦涩的磨炼中站立起来的。"

阿依古丽公主认真细听她从来没有听到过的道理。一向知道自己柔弱的她，从巴拉提的话中感到了力量。她站到骆驼沙拉米的身边，轻轻地抚摸它。她感到在柔软的绒毛下面，有着比钢铁还要坚强的身躯。她感受到苦涩给骆驼的力量。

她拉起巴拉提的大手。她感到这厚实的大手蕴涵着撼山倒海的力量。她体会到苦涩的确会助人成长，具有神力的人是从苦涩的磨炼中站起来的。她用自己的小手轻轻地抚摸巴拉提粗壮厚实的大手。他们并肩坐在沙丘上，亲切交谈。

他们刚刚相识，就已经成为知心的好朋友了。看着他们并肩坐在沙丘上，亲切交谈，阿曼尼像一位大姐姐一样，高兴地笑了。

五、黑色沙暴

远远看去，高高的沙丘偎依着蓝天，斜靠着白云。阿依古丽和巴拉提并肩坐在云朵旁边。

沙拉米看着他们，似乎非常高兴。它在想：

"巴拉提有了好朋友了！我们有了好朋友了！"

它不由得慢慢走过来，弯下前肢，弯下后肢，伏在沙面，贴在巴拉提的身边。

它低下头，亲切地轻舐着巴拉提的头发、耳朵和脸颊。巴拉提深情地抚摩着沙拉米消瘦的脸庞，深深地亲吻它。

"它是我的救命恩人！"巴拉提对阿依古丽说。说着，他的目光移向远方，他仿佛又看见那黑色的沙暴，耳边又响起母亲和父亲的呼喊声。黑色沙暴留在他心上的恐怖是永远也无法抹去的，此刻又清晰地显现在他的眼前。

十三年前的往事历历在目。

那是在美丽富饶的古浪峡。春天，那里的山丘铺满翠绿的香草，随风漾起的是沁人心脾的草香。蓝天像水洗过似的，纯净透明，钻石般地莹洁剔透。白云像小姑娘一样纯洁温柔。那可爱的云朵，是你伸手可以抚摩到的。

每当放马牧羊的时候，阿妈总是舍不得把三岁的孩子马娃留在茅棚里。她骑上心爱的枣红马，就把马娃搂在怀里，带着他跟随阿爸去放牧。

在马娃的心里，阿妈的怀抱就是辽阔的蓝天。阿妈的目光就像阳光一般明亮温暖，阿妈红红的脸颊就是初开的玫瑰花。阿爸时常叫阿妈"我们的玫瑰花"。阿妈身上散发出来的馨香比草原上的玫瑰花还要浓郁。阿妈温柔的怀抱像白云一般轻柔，偎依在妈妈的怀里，马娃感到无比的安宁和幸福。阿爸时常背着马娃跳舞。马娃的小身子靠在阿爸宽阔的背上，他觉得仿佛是偎依着一座浑厚而坚实的大山。他听得到这座大山宏大的呼吸声、脉搏有力的跳动声。马娃心想这是大山在唱歌。阿妈和马娃对阿爸的感觉是一样的，他是一座山。阿妈总说阿爸是"我们的大山"。

阿妈扬鞭发出一声清脆声响。每当阿妈要唱歌的时候，就这样欢快地挥鞭。自从有了她的宝贝马娃，她的歌都是唱给怀中的孩子的。无论是白雪皑皑的雪峰，还是碧草茵茵的原野，无论是潺潺流淌的溪水，还是迎风摇曳的野菊花，都能唤醒她心中的歌，今天，蓝天上洁白的云朵飞进她的心中。她放声唱道：

"如玉的云朵呀，你是会飞的玉龙，快来拉起我宝贝的小手。你们一起，飞过青青的草原，飞过皑皑的雪山，去看蓝蓝的大海。

"如玉的云朵呀，你是会飞的玉龙，快来做我小宝贝的伙伴。

"你们一起，飞向清澈的蓝天，飞过灿烂的银河，去看星星的笑脸。"

这亲切动人、甜美悠扬的歌声引来了草原上的云雀和百灵鸟。草原漾起欢乐的春歌。这春歌飞向蓝天,飞向白云,荡漾在绿波起伏的古浪峡草原,永远留在马娃的心中。

然而,草原的天气是多变的,早晨碧空如洗,夜晚沙暴骤起,如黑色的恶魔滚向草原,压向马娃家的茅棚,要轧碎他们的家。

那天夜晚,沙暴狂吼。一阵阵沙粒袭击茅棚。茅棚不停地吱呀呻吟。棚内,小油灯上,一朵小火苗颤抖闪动。阿爸高大的影子也在棚壁上晃动。不安,笼罩着一切。狂吼的风沙声仿佛暴虐的雷霆从天边滚滚而来。阿爸知道必须躲避这场灾难,必须抢在恐怖的黑色沙暴袭来之前逃到后山。

"备马!我们必须尽快离开草场,到后山去!"阿爸坚定地对阿妈说。

"沙暴会阻止我们。"阿妈说。

"抢在它到来之前,到后山去!!"

但是,他的话音未落,"嘭"的一声,茅棚的柴门被恶风撞开。恶风掀掉棚顶,踏碎棚架,掠走棚内的一切。马在惊嘶,羊在悲鸣。惊嘶悲鸣被恶风卷走,消失在沙暴的狂吼中。

又一阵恶风携着滚雷般的轰隆声,伸出它的黑手,劫走草原的一切。突然,阿妈一声惊呼。恶风掠走母亲。母亲呼叫:

"孩子他爹!"

恶风吞没了阿妈的呼救声。

父亲迅速把马娃抱在怀里,用自己的老羊皮袄的衣襟包住孩子,用缠带系在胸前。父亲顶着针刺般袭来的沙粒和不时滚来的石块,追逐沙暴。他要从恶风手中夺回自己的亲人。他高声呼唤着:

"孩子他妈!"

滚雷般的轰隆声盖过了他的呼喊声。沙暴像汹涌的海涛扬起沙石，然后疯狂地将它们掷向地面。巨石击倒父亲。父亲紧紧地抱着怀中的孩子。他挣扎着爬起来，吃力地踏着滚动的流沙，追逐残忍的沙暴，营救恶风夺走的亲人。

一股沙浪涌来，掩盖了他的双膝，他无法拔出双脚。这时他心中一惊，立刻解开系在胸前的缠带，抱起孩子。又一股沙浪涌来，齐胸压了过来，他无法呼吸。他用自己最后的力量，双手将马娃举起来，举过他的头顶。马娃高声呼唤：

"阿爸！阿爸！"

凶恶的沙浪已经吞没了阿爸。马娃感到了阿爸的双手最后的颤抖，他再也听不到父亲的声音了。

黎明到来的时候，阴霾笼罩着草原，乌黑的云团洒下悲哀的泪雨。

一匹骆驼抖落埋在身上的沙砾，撑起它的后腿，然后，直起它的前腿。它站起来了。泪雨冲走它睫毛上的沙粒。透过蒙蒙雨雾，它看向那宛如凝固的海浪、不安地起伏着的褐黄沙丘。

从远处的沙丘传来一个微弱的声音，它侧耳细听，是孩子啼叫的声音。它移动脚步。它加快了步子。它听到晨寒使孩子颤抖的声音。它快速跑了过去，低头看到那已经无力哭泣的孩子。它卧下来，贴在孩子的身边，衔起孩子，把他放在自己的两个驼峰中间，轻轻地站了起来，向穆拉罕草原走去。它越走越快。它知道只有赛义德老爹能够挽救这个孩子，迟了也许孩子再也不会醒来。它奔跑起来，尽力平稳地奔跑。不知道它跑了多少久。它奔过铺满黑色砾岩的戈壁滩，越过点缀着丛丛荒草的沙丘，踏上牧草丰茂的穆拉罕草原，来到赛义德老爹的毡包前。

乌云裂开了，透出块块湛蓝的天空。太阳从蓝天伸出夺目的光柱，给翡翠般的草原染上一片片金黄色。不知道从哪儿来的一群百灵鸟欢唱着飞过。

赛义德老爹拉开毡帘，一步跨了出来。他一头蓬松的白发，古铜色脸膛上，布满岁月刻蚀的纹路。他明亮的眼睛里透出慈爱、善良和睿智的光芒。他站在那里，就像一株饱经沧桑的胡杨——一株屹立在沙海、烈日给他力量、风沙不敢侵扰的胡杨。

"沙拉米，老朋友，你回来了。哦，你给我带来了什么?一个孩子!"

他看见马娃，立刻把他从骆驼背上抱了下来。看到这奄奄一息的孩子，骆驼流出了眼泪。老爹安慰它说：

"老朋友，不要难过，他会苏醒过来的。"

老爹看着马娃的伤势，也掩不住内心的痛苦，用目光询问骆驼沙拉米，这孩子是谁，为什么是这样，你从哪儿把他带来的，然而，他是无法从沙拉米的口中得到解答的。

他立刻解开自己的老羊皮袄，把周身冰凉的孩子贴身搂在自己暖烘烘的怀里。然后拉出一捆多日采集的沙拉米最爱吃的骆驼刺，递给它。饥饿的沙拉米，立刻大嚼起来。

赛义德老爹用自己的体温，暖着孩子。不知道过去了几个时辰，孩子渐渐苏醒。老爹看见他睁开双眼，激动地摇动着这个小生命，然后更紧地搂住他。他一只手抱着孩子，一只手去端已经热好的马奶子，滴进孩子的小嘴里。孩子咽下一小口，又咽下了一小口。

赛义德老爹激动地说：

"喝吧,孩子。快喝吧!"

马娃含泪的双眼看着激动的赛义德老爹。

赛义德老爹细心照料马娃。马娃的伤口慢慢愈合,身体渐渐恢复。但是,每天夜里,他仍然会突然惊醒,大声呼唤:"阿妈,阿爸!"赛义德老爹就紧紧地把孩子搂在怀里,一直等到他哭声渐止,安静下来,才轻轻把他放在羊毛毡上。

赛义德老爹每天都带着马娃到草原放牧。马娃跟在老爹的身旁,站在老爹身后,这常常令马娃想起自己大山般坚强父亲的背影,想起玫瑰般美丽的母亲的脸庞。他哭了,他禁不住放声大哭。

赛义德老爹说:

"告诉我,你是怎样失去父亲和母亲的!"

孩子回忆黑色沙暴带给父母和自己的灾难。

赛义德老爹说:

"苦难是不应该忘记的。苦难将帮助你认识人生。曾经经受过苦难的人,才能够感受别人经历的苦难。曾经经受过苦难的人,才能够有深厚的同情心,才能够有强烈的正义感。你尝过苦难,你能够感受处在苦难中人们的内心,你才能够懂得生命的意义,懂得正义的价值。

人生的意义是感受和理解人们的痛苦,分担人们的不幸,解除人们的灾难。你应该有这样的人生,不要只是陷在自己一个家庭的圈子里,而要看到草原上所有的人们,你的生命才有意义。所以,你不能哭,你要做一个草原上的男子汉,做草原人民的英雄,将你的生命投入同沙暴的搏斗中,你的生命才有真正的意义。我给你起一个草原人的名字,就叫巴拉提吧。记住,草原上男子汉是永远不会落泪的!"

仅仅几岁的孩子,不能理解老爹的话的全部意义,但是,老爹刚毅的语气给了他力量,他开始感知人生的意义,他朦胧地意识到自己应该做什么,不应该做什么。苦难使孩子早熟。

他直起腰来,他站了起来,他拿起老爹的赶羊鞭,他要像母亲一样挥动鞭子,虽然现在他还没有足够的力量将这条长鞭扬起来,但是他相信自己很快就能够自如地挥动它。

这时,远处飞来一群欢乐的百灵鸟。它们从巴拉提、阿依古丽、阿曼尼和沙拉米的头顶掠过,瞬间,它们兜了一个圈子,又飞了回来,飞落在他们的身边,围在他们的四周唱歌。聪明的鸟儿们是不怕心地善良的人们的。它们要把欢乐带给善良的人们,和人们一起享受美丽的春光。

鸟儿们的春歌使巴拉提从痛苦的回忆中清醒过来。他迅速驱散心中的痛苦。他站起身来,拉起阿依古丽柔软的小手。他似乎听到远处风沙滚动着的声音。他昂首远望,望见地平线上升起一团黄色沙尘,飞速扬起,滚动,涌了过来。

六、幸福泉

这骤起的沙暴要比刚才的猛烈得多。地平线上摇曳、颤抖着的海市蜃楼顿时消失得无影无踪。

巴拉提一跃而起。他高兴地大笑。他看见了希望。

果然,狂风卷着黄沙,出现了两个巨大的漩涡,吞噬着地面黑色的砾石,转眼间,这风沙的漩涡渐渐站了起来,形成了两个并行的沙柱,活像两个醉汉步履蹒跚地摇晃着。它们互相搀扶,弯着腰,支撑着,挺起身来,随后,便成为两个顶天立地的黑色沙柱。

巴拉提牵起沙拉米,回身转头,看着阿依古丽和阿曼尼,良久,他终于张口了:

“我必须出征了! 再见吧,亲爱的朋友们! ”

阿依古丽却抢过缰绳,说:

“我们一起出征! ”

“不,不!不行!追逐沙柱的人们,不曾有一个人能够返回草原!黄沙有可能吞没我们! ”

“你是无畏的,但是,不要轻视我和阿曼尼!”阿依古丽坚定地说。

她的坚定令巴拉提无法拒绝。他抬眼看那罕见的正在远去的沙柱。他扶着阿依古丽和阿曼尼骑上沙拉米。巴拉提紧紧地牵着它，飞似地奔跑，追逐沙暴，追逐龙卷风，追逐那成双成对摇曳着的沙柱。

沙粒像针一样打在他们的脸上，不时还有石块袭来。阿依古丽和阿曼尼把脸紧紧地贴在骆驼身上。巴拉提似乎感觉不到风沙的袭击。肆虐的风沙在他的身边仿佛变得柔弱无力。他是吃骆驼刺长大的。他像骆驼一样不畏沙暴。

龙卷风扶起成对的"醉汉"在戈壁滩上四处兜圈子。它们时而分开，似乎各自在寻找着什么，时而相聚，好像这两个沙柱在交谈着什么，然后，它们开始飞速前进了。

风沙更加猛烈了，骆驼难以举步。阿依古丽和阿曼尼更加紧紧地贴在骆驼身上。巴拉提走在最前面，用力牵着骆驼沙拉米。他们时而登上沙丘，时而进入沙谷。那两个"醉汉"无情地奔跑，巴拉提无畏地追逐。

突然，醉汉们停下脚步，伫立不动，接着它们好像一个个都疲乏无力，难以支撑，不能站立，渐渐瘫倒在地面，在它们瘫倒的地方有两座黑色的石山相连。石山的周围长满茂盛的青草。

巴拉提跑过去，以手做斧，用力劈向石山。一声巨响，石山崩裂了。一股清泉从两山之间喷涌而出，像滚动的珍珠，像流动的水晶，歌唱着，跳跃着，奔腾着。她们经过的地方，青草从沙砾中钻出来，苜蓿举起花蕾，绽放出紫色花朵。飞来了善歌的百灵，跑来了善舞的黑琴鸟，它们吐出欢快的歌声，跳起幸福的舞蹈。

阿依古丽和阿曼尼从沙拉米的背上跳下来，跑向欢快流淌的清泉。阿依古丽新月般的双眉展开了，红玫瑰般的脸颊上露出一对甜甜的小酒窝。她笑着用双手捧起钻石般清澈明洁的泉水，送到嘴边细细品尝。清泉甘美而凉爽。她欢喜万分地说：

"这甘冽的清泉一定是从水晶宫那里来的！她像水晶宫一样晶莹纯洁！清泉将带给穆拉罕草原的人们幸福！就叫她幸福泉吧。"

金红的圆月安详地停在天边，散放出柔和的金辉。宝蓝的夜空点点金星顽皮地闪烁着。

阿依古丽解开包在头上的纱巾。丝缎般的光泽、天鹅绒般的柔美秀发飘下来。少年伊犁变成了天仙阿依古丽公主。

巴拉提惊喜地看着她。他不由得把手伸出去，接过阿依古丽柔软的小手。

阿曼尼望着他们在圆月中的剪影，像亲姐姐一样，无比欣慰地笑了。在阿曼尼的心中，别人的幸福，胜过自己的幸福。

在迷离的月色中，阿依古丽的泪珠滴落。

夜雾朦胧。马在飞奔。黑褐色的沙丘在起伏。

"卡拉尼耶提欺骗我。巴拉提是一株不倒的翡翠骆驼刺，风沙将他撕碎，露珠一定会带给他新的生命。我们到幸福泉去，牧民一定能够帮助我们找到博斯腾！找到巴拉提！"

她们策马急行。

乌云渐浓，月色转暗。沙丘起伏，夜雾弥漫。

一只黑色的恶蝙蝠追来了，从她们身边掠过。那是授命追杀阿依古丽公主的巴赫迪江魔影！恶蝙蝠急速飞向王宫。飞落宫门外的石阶上，他恢复了他那枯瘦的身影，鬼魅似地移动着，钻进王宫。

卡拉尼耶提狂傲地坐在他时刻不离的王座上，听着那个鬼影在耳边咕哝：

"我发现了阿依古丽！"

他暴跳如雷，下令：

"你带一万名武士追捕她们！一定要夺回那两颗珍贵的钻石！"

巴赫迪江直了直他永远弯着的腰，爬上一匹黑色的瘦马。他的马后面跟随一万名被蒙着眼睛的士兵。他们一个跟着一个，像一条长蛇，蜿蜒蠕动，游出王宫。

七、山鹰之子

天空湛蓝。雪山晶莹。戈壁横卧。

从雪峰下来的两位少年英雄在戈壁滩上急行。他们是草原英雄巴拉提和头戴金冠的金鹰少年。

巴拉提走得越来越慢,饥渴和疲劳使他无力迈出脚步。他依然努力追赶金鹰少年。这时候,巴拉提远远地看见戈壁滩上点缀着一丛丛骆驼刺。他好像突然有了力量。他飞快地奔向那翠绿的骆驼刺丛。他急切地采摘那些带刺的叶子,慌忙把它们放到嘴里,像骆驼一样大嚼起来。很快,奇迹出现了:他的饥渴疲劳瞬间消失了。顷刻间他的体力倍增。他无神的目光顿时消遁了,双眼闪现出充满青春活力的光芒。他的步伐突然加快,一如闪电,倏地超过了金鹰少年。

金鹰少年看到跑到前面的巴拉提,十分惊奇。他加快步伐追了上去。他问:

"你的体力完全恢复了?"

"是的!"巴拉提边跑边说,"是骆驼刺给我力量!"

这个回答增加了金鹰少年的好奇。他知道真正朋友的话是不容怀疑的。然而,他仍然想要自己试一试。他停下脚步,折了一些骆驼刺,送到嘴中,试着尝一尝。苦涩的汁液使他感到难以入口。他停止了咀嚼。但是,他觉得,入口的一点苦汁瞬间化为甘美的泉水,顿时沁人心脾,周身感到轻松,多日郁积在内心的紧张、愤懑和疲劳渐渐消散。

他吃惊地说:

"啊!真的!苦涩真的可以给人力量!"

巴拉提说:

"我是从小和骆驼在一起,吃骆驼刺长大的。我的爷爷说,吃骆驼刺的人,能够像骆驼一样坚强无畏。在沙漠里骆驼比人坚强,就是因为它们以苦涩为食。苦涩给骆驼力量。苦涩也助我成长。"

听了巴拉提的话,金鹰少年不由得低头凝神思考,瞬间他抬起了头,十分感慨地说:

"你以苦涩为食而获得力量。我却因贪杯而身陷囹圄,辜负了父命,玷污了我的人生!"

巴拉提说:

"苦涩,激发力量。挫折,助人成长。钢铁出自熔炉。利剑来自锻打。没有一个具有神力的人,不是在艰苦和挫折中砥砺、锻炼和成长的。挫折是你的财富,因为挫折比成功更令人难忘。你不会辜负父命。你将会创造出你的壮美人生!"

巴拉提的肺腑之言像一线曙光,照进金鹰少年的心房。他抬起了头颅。他的目光中闪动出异样的光彩。他跑去采摘那些长满尖刺的枝叶,塞进口中,用力咀嚼。他惊奇地感觉到疲惫迅速消退,巨大的力量像潮水一样涌动胸臆,充满周身。

他笑道:

"你使我又一次感悟人生的真谛！"

接着，他向巴拉提回顾自己的过去。

他说：

"我本是塔吉克山鹰之国的王子博斯腾。我曾经经受艰苦和挫折的磨炼，但是，我没有意识到那宝贵经历的意义，没有珍惜它们，甚至淡忘了它们。往日是不能淡忘的呀！"

他遥望横在天边的一抹银色的云带，心又回到山鹰翱翔的家乡——高耸入云的喀拉昆仑山上的塔吉克山鹰之国。

博斯腾的父亲是塔吉克山鹰之国的英雄之王——可汗艾布·纳斯尔。博斯腾还在襁褓中的时候，度过第一个生日的那天，父亲纳斯尔可汗用一块金色的锦缎裹住自己唯一的儿子小博斯腾，将他缚在自己的背上。

"我必须将小博斯腾送到金鹫那里。"他背对着含泪的王后古丽碧塔说。

王后古丽碧塔默默不语，含着眼泪，双手整理包裹爱子的金色锦缎。她想让锦缎不要裹得太紧，让孩子旅途上能够舒适一些。她久久地亲吻着洁白如玉的宝贝，泪珠滴落在金色的锦缎上，滴落在孩子的小脸蛋上。孩子柔软的小手轻轻地抚摸着母亲苍白的面颊。

"我上路了。"纳斯尔可汗说。这是催促王后古丽碧塔放开她紧紧攥着的小王子的小手，也是向她告别。可汗背着小王子，转身跨步，头也不回地离开王后。他迈着坚定的步伐，跨出宫门，穿过长满翠绿无花果、红玫瑰盛开的庭园，来到御马厩前。

马弁已经牵出可汗最喜爱的红骝骏马，跟随可汗步出王宫。骏马还没有站定,可汗就跨上它。红骝骏马兴奋地嘶鸣着,奋蹄急奔,奔向白雪皑皑的希夏邦马雪峰。在山脚下,可汗跃下红骝骏马,迅速攀登陡峭的褐色悬崖。他知道老友金雕的巢窠就在这崖顶上。他仰望巢窠,看到金雕不在。他想这样也好,省去多言。于是他急速攀登。瞬间,他站到了巢窠前,拔出利剑,刺破食指,在裹着儿子的锦缎上写道:

"锻其意志,砺其筋骨。"

巢窠是用带刺的荆棘编织而成的。纳斯尔可汗毫不迟疑地将儿子放在荆棘上,对小王子说:

"你是山鹰之子!只有经受苦难的磨炼,才能成为真正的山鹰!"

躺在雕巢的婴儿用他明亮的眼睛看着父亲。他似乎明白父亲的深意。

纳斯尔可汗亲吻了儿子的前额,转身头也不回,飞身跃下陡崖,跨上红骝骏马,直奔王城。他是不能回头的。他难以割舍尚在襁褓中的儿子。回头,再次看到幼子明亮的目光,自己就会抱起他,返回王宫,将他交给满目泪花的王后古丽碧塔。但是,他知道一个没有钢铁的意志、山鹰的筋骨的王子,是不可能建立固若金汤的伟业的。在王宫里,是锻造不出无坚不摧的利剑来的。

儿子目送父亲离去,他没有啼哭,他没有恐惧,有的只是好奇。目送父王离去的时候,他目光追随着父亲的身影,俯看峭壁,远远地看着父亲的身影消失在葱茏茂密的雪岭杉林。他的目光停在墨绿的林带上。他不知道悲伤,但是心中却有着默默的期待。呼啸的山风打断了他的思绪。他听到羽翅扇动山风的声音。他看到一只宛如一片轻云的巨大的金雕盘旋岭上。金雕巨大的翅膀遮盖了天光。它伸出双爪,降落在雕巢,收拢双翅,天光又出现了。孩子咯咯地笑了。金雕低头看到白胖胖的小王子，看到可汗留下的血字。它也笑了。这笑声是一声长啸。

它的翅膀轻轻抚摸着这写有血字的锦缎，深深感慨地说：

"哦！还是当年那个青铜铸就的汉子！"

在金鹫的心里，这"青铜铸就的汉子"是指当年的纳斯尔，还是眼前的小王子，它自己也说不清楚了。但是，从金鹫抑制不住内心的激动，奋力挥动翅膀，在山谷掀起阵阵林涛，可以感觉到可汗的信赖和寄托令金鹫心中充满自豪和欢愉。瞬间，金鹫腾空而起，越过高峰，盘旋在蓝天。它看见急驰的纳斯尔。它发出一声尖利鸣叫。它看见纳斯尔回首挥动他的右臂。它听到山风送来纳斯尔可汗浑厚的长啸。

八、"红宝石"的来历

　　洁白如玉的小王子趴在满是荆棘的鹫巢中,没有母亲的乳汁,他不哭;没有宫女的抚慰,他不叫。高高的悬崖滴落的山泉是哺育他的乳汁,随风飘落的枯叶是催他生长的珍馐。这个婴儿虽然日渐消瘦,日渐黧黑,可是他却不可思议地顽强地活着和成长着。

　　金鹫的飞翔给他无限喜悦。他最喜欢看的是金鹫的飞翔,最喜欢听的是金鹫扇动翅膀时羽翅的沙沙声。这沙沙声一响,山谷的风立即从谷底涌上来,托起展翅的金鹫。金鹫的翅膀展开来了,像一片彩色的云,飘向碧空。金鹫不需要扇动翅膀,就能够围绕着白云飞翔。金鹫在湛蓝的天空,威严地傲视着大地。它的长啸令地面的豺狼颤抖。金鹫听得见它们周身战栗的瑟瑟声。金鹫不去看它们,它们太卑怯了,是不屑一顾的。唯有独立峭崖的雪豹,迎着罡烈的山风岿然不动,傲视险峻的雪峰,令金鹫点头表示敬意。白云落在金鹫身后的时候,金鹫扇动一下翅膀,立即消失在天际。白云望着它,惭愧地垂下了自己的头。

　　金鹫的飞翔令小王子着了迷。可是,小王子不知道自己没有翅膀,用一双小胳膊模仿金鹫扇动翅膀的样子。他以为这样就可以飞翔了。他上下摆动着一双小胳膊,就向鹫巢外边一跃,从鹫巢跌落下去,跌向无底的峡谷。幸好正在云端遨游的金鹫听到他坠落时带出的风声,侧眼望见他"飞"的样子,急速俯冲下来。小王子就要跌落谷底的时候,金鹫的巨爪拉住了孩子的右腿,扇动双翅斜升起来。小王子虽然没有跌伤,但是在坠落的时候,他的胳膊却被悬崖石隙间的老树伸出的枯枝划伤。

初次毫无准备的"试飞"虽然失败,但却激起了小王子更强烈的学习飞翔的愿望。他对自己说:

"我想飞,这是我的梦想! 我能飞,任何失败和挫折不能把我阻挡! "

是的,目标孕育人才。世间没有一个才华出众的人,不是在目标的激励下成长起来的,不是在艰苦、失败和挫折的磨练中站起来的。高过云天的目标孕育杰出的人才。小王子正是在渴望飞翔的目标激励下,踏着无数荆棘,走上了高翔之路。

这天,金鹫对小王子说:

"展翅飞翔是需要有充分的准备的。你要仔细看我是怎样飞翔的,才有可能学会飞翔。"

金鹫向他展示飞翔的姿态,从起飞,到腾空,到翱翔,到搏击,到俯冲,到滑翔,逐一表演。小王子仔细地观察。金鹫扇翅起飞的俊美雄姿,扬翅凌空的傲然浩气,展翅翱翔的优雅闲静,御风盘旋的飘逸潇洒,傲然长啸的威严震慑,俯冲急落的迅捷威猛,随即昂首向天的英武豪气,令小王子看得心醉神迷。他知道做人要有这样的豪气!

金鹫飞翔的每一个姿态他都默默地记在心里。一场惊心动魄的搏斗，更是令小王子永远难忘。那是金鹫与巨蟒的一场激烈的搏斗。

在嶙峋陡峭的崖壁上，茂密的草丛中，一条黑色巨蟒低首紧贴岩壁，无声地蜿蜒游动着，悄悄靠近悬崖边上的金丝雀巢。几只雏雀一点也不知道危险临近。它们伸着细细的脖颈，仰着小头，张着黄口，等待妈妈带回香香的松毛虫。

巨蟒缓缓地游动，它身上的鳞片擦过松枝，发出轻微的沙沙声。这轻微的声音逃不过金鹫敏锐的双耳。金鹫立即机警地侧目，看到了狡猾而凶恶的巨蟒。金鹫抢在巨蟒扑向雏雀的一刹那，侧身俯冲，闪电般地用利爪钳住巨蟒。巨蟒立即回头喷射毒涎，金鹫挥动利爪，用力将巨蟒掷向峭壁。金鹫避开了毒涎。巨蟒被摔向峭壁。一声巨响，巨蟒的鲜血四溅开来。这时，金鹫翻转身姿，再次扑向巨蟒，抓住它。巨蟒反身吐信，喷射毒涎。金鹫旋即再次猛掷巨蟒。毒涎喷射而出，划出一道黑色的弧线，直击金鹫。金鹫一个美妙的翻身，避开了这条黑线，一滴毒涎也没有沾到金鹫身上。巨蟒却再次被摔向峭壁。又是一声巨响，巨蟒的鲜血四溅开来。金鹫再次翻身腾飞，只见巨蟒已经无力游动，正在从峭壁滚落峡谷。

金鹫飞回鹫巢，轻收双翅，心闲气定地说：

"我和它势均力敌。但是，敏捷就是胜利！迅捷就是生存，迟滞就是死亡！它只比我慢一点。如果它能够预见到我反身再次袭击，提前喷射毒涎，我就有可能受到伤害。战斗的瞬间，隐藏着胜利的先机！"小王子明亮的眼睛仰望着威风凛凛的金鹫，轻轻地点着他的小脑袋。

这天，金鹫俯身对小王子说：

"趴到我的背上。你学习怎样猎取食物吧。"

小王子早就渴望和它一起飞翔。他兴奋地用小手抓住金鹫的羽毛。但是，他要想爬上比他高许多的金鹫脊背可并不是一件容易的事情。单纯依靠他的一双小手攀登，小脚刚刚悬空，他就坠落下来。荆棘刺痛他的双脚、双腿和一双小手，刺破的地方渗出了鲜血，血珠滴落在荆棘上，在阳光照耀下，闪动着"红宝石"般的光芒。他没有心情去看他的"红宝石"，立即踏着荆棘站了起来，伸展双臂去抓更高地方的羽毛。双腿夹住腿间的羽毛，再迅速伸展双臂，去抓更高地方的羽毛。他终于爬上金鹫的脊背。

金鹫笑了。它展开双翅，山风立即从谷底涌上来，轻送金鹫凌空腾飞。

"你想敏锐地发现猎物吗？那就要高飞。高飞才能扩大视野。视野是山鹰智慧的来源！"

他们越飞越高，在白云的头顶上，他们看到身下飘动的云朵和皑皑的雪峰。云朵变小了，高山变矮了。天边渐渐出现了一条蓝白色闪光的"锦缎"。

"那是大海！你看见凶猛的鲨鱼正在追食小银鱼吗？"金鹫问孩子。

小王子的目光无法与金鹫锐利的目光相比。他只是看到那条蓝白色闪光的"锦缎"。

大海临近了。滔天的巨浪汹涌。鲨鱼的踪影时隐时现。

金鹫俯冲而下，巨浪陡起。金鹫用自己有力的翅膀猛击过去，巨浪被击碎，飞溅坠落。一条巨大的猛鲨跃出来。金鹫伸出双爪抓住这条猎物，凌空而起。猛鲨用力挣扎，摇撼金鹫，却无法阻止金鹫腾飞。金鹫向着蓝天飞去，风声呼啸，白云向后飞驰。瞬间，大海又变成一条蓝白色闪光的"锦缎"。他们穿过白云，远山出现了。雪峰在闪光。它们变得越来越大,越来越高。可以望见屹立在峭壁上的古松。它似乎在招手迎接。

从那一天开始,小王子渐渐不吃带血的猎物的肉了。

饥饿了,他就采食悬崖附近的树叶。掠过悬崖的山风看到这个孩子采不到远处的树叶,就每天定时骤起,卷来杉树的枯叶。这枯叶是极苦的,但是它们是饥饿中的小王子上好的美味珍馐。然而,奇迹出现了:他很快成长为一个结实的小男孩了。苦叶增加了小王子的力量,促使他迅速长高。他以苦叶为食,他获得了更大的力量。可惜的是,小王子当时并不知道自己力量的来源,直到这次他从巴拉提那里,悟出骆驼刺的奥秘,才意识到人生的这个真谛。

力量增加小王子的信心,他更加渴望飞翔了。

看到他的成长,金鹫笑了,说:

"从今天开始,你不能再趴在我的背上了。你可以自己学习飞翔了!"

他看看自己细长的双臂,感觉无法和金鹫美丽的翅膀相比。他迟疑地站在鹫巢边,不知所措。但是,金鹫有一双敏锐的眼睛。在它的目光中,小王子细长的双臂已经开始长出一对翅膀,翅膀上已经长出了细细的洁白的羽毛。只是小王子自己看不见而已。

金鹫鼓励他说:

"你锻炼自己的臂力,就是在锻炼你的翅膀。无数次地重复训练,将给你巨大的力量。在人类的艺术家中,他们有一句格言。这句格言是'拳不离手,曲不离口'。他们无时无刻不在重复训练自己,在重复中揣摩体会,积累这些感受,才能对细小的变化产生敏锐的感觉,引导你不断进入新的领域。"

小王子尊敬地点着头。虽然他还不能完全理解金鹫教导的意义，但是，他知道自己必须努力记住并按照他的话去做。他每天学着金鹫扇动翅膀的样子，上下挥动自己的双臂。他数着：

"挥动一千次，一千零一次……"

"挥动两千次，两千零一次……"

他看着自己细长的双臂逐渐粗壮起来，肌肉强健起来。他渐渐悟出怎样挥动双臂能够增加臂力，怎样挥动双臂可以强健胸肌，怎样挥动双臂可以锻炼括背肌。他体会到，每一个新的变化，都会带来一个飞跃。他明白了在重复磨练的基础上，才有可能不断探索新的领域。重复不是踏步不前，而是通过对比，捕捉差异，发现新的领域，逐步扩展提高，就像攀登悬崖一样一只脚踏稳以后，才有可能辨别出下一步在哪儿，选择在哪儿落脚。这个领悟帮助他理解金鹫教诲的意义。这给他极大的喜悦。他更加坚信自己能够像金鹫一样在蓝天自由翱翔了。

他每天的进步都被金鹫看在眼里。金鹫敏锐的眼睛看到：小王子肌肉强健的双臂后面，洁白的羽翅逐渐坚实、丰满起来，羽翎坚强起来。金鹫知道，他可以开始试飞了。如果说，以前小王子锻炼依靠他坚持不懈的毅力和感知、领悟变化的能力，那么，现在新的关键是依靠他的信心和勇气了。

这天，金鹫说：

"展开你的双臂吧！扇动你的双臂！勇敢试飞吧！"

小王子低头看了一眼鹫巢下陡峭的悬崖，崖下是黑暗得看不见底的深谷。

金鹫看出他的迟疑，就鼓励他：

"探索的前提是勇气！"

他努力克服自己的胆怯，尽力鼓起勇气，决心试飞。他挥动自己的双臂。他仿佛听到了金鹫双翅扇动时那种特有的、有节奏的风声，眼前浮现出金鹫腾飞的雄姿。他的心中涌出一阵惊喜。他再次挥动自己的双臂。他感到山风在他的双臂间涌起。他真的听到了金鹫展翅扇动的风声。他的内心激动万分。他感到了进步，增加了勇气。勇气给他力量。他从巢窠跃下，可惜他还不能掌握平衡，斜飞着跌下山谷，幸好落在一棵古松粗枝上。他知道现在自己虽然还不能像金鹫那样展翅飞翔，但是已经能够振臂腾跃了。

初次试飞增加了他的胆量。他从粗枝再次跃起，他的双臂仍然不能如愿以偿，他再次向深谷跌落。峭崖上古松伸出的枝条划破他的胸膛，剧痛使他颤抖。他知道自己双臂的力量还需要继续锻炼。他忍着剧痛从枝头再次跃起，他再次跌落，胸膛再次划伤。一次，再次，跃起坠落，再跃起再坠落，直到他跌落黑暗的谷底。

他想等待金鹫救他。他立刻感到这是怯弱，这是羞耻。他感到脸在发热。他仰头看悬崖崖顶，蓝天里满是多彩的晚霞。他决定独自攀缘而上。他的手脚有的地方是被刺破的，有的地方是被划破的，有的地方血已经凝固，有的地方还在渗血、流血。他不顾疼痛，抓住带刺的荆棘向上攀登。

夜幕低垂。山风骤起。深谷漆黑。

一直隐在黑暗的深谷、重伤初愈的毒蟒嗅到鲜血的气味。它迅速出动了。在墨黑的深谷，小王子看到前面有两个左右晃动的淡绿色的光点。小王子心中一惊。他想，这是与金鹫势均力敌的毒蟒。小王子见过它喷射毒涎的凶狠恶毒，意识到自己必须慎重对付这条恶蟒。他想光滑的峭壁毒蟒可能无法爬过去。他紧紧地伏在峭壁上，轻轻移动，但是他想错了。那放着绿光的双眼左右晃动着，夜视的本领使它早已发现了小王子。日夜渴望复仇的毒蟒觉得自己久久等待的机会来了。它迫不及待地迅速爬过光滑的峭壁，悄悄地逼进。小王子想带刺的荆棘也许能够划破游动的毒蟒的鳞皮。他不顾荆刺，闪电般敏捷地攀缘而上。果然毒蟒在荆刺面前无可奈何，不敢爬过去。它只能远远地、恨恨地抬头张望。小王子低头往下看，看到身后的毒蟒那双呆住不动的绿眼睛。他禁不住笑出声来。他感到了自己的迅捷，看到了毒蟒的迟钝，记起了金鹫的话："敏捷就是胜利！"

金鹫在漆黑的夜里看着他攀登。它知道没有必要去救他。

小王子用了一整夜的时间，才攀上悬崖。朝霞满天的时候，他伸手抓住鹫巢边上的一根枯枝，仰头看到金鹫。他说的第一句话是：

"敏捷就是胜利！"

在他的声音中，金鹫依然能够听出被毒蟒追逐残留在他心中的余悸。

金鹫低头看着孩子，说：

"险境是你'锻练意志，砥砺筋骨'的好机遇呀！"

小王子笑了。

从此，清晨，小王子学习飞翔，试飞，失败，跌落谷底；夜晚，他从谷底攀登，爬过巨岩，踏过荆棘，黎明时分返回鹫巢。清晨，他再试飞，再跌落；夜晚，他再从谷底攀登。日复一日，月复一月。

小王子苦练的时间节奏被毒蟒渐渐摸透。一天夜晚毒蟒在峭壁缝隙间等待这个猎物，准备截击他。但是黑夜无法掩饰毒蟒那双放着绿光的眼睛。远远地，小王子就看到那仇恨的绿光来了。双方都在估量相隔的距离。毒蟒在确定自己弹身过去的速度。小王子在选择自己跳跃的时刻。就在毒蟒缩身准备弹身而起的时候，小王子已经提前跃过一块岩石，抓住上方的藤枝，引身而上。毒蟒箭一般扑过来的时候，小王子已经登上崖顶。

第二天，毒蟒依旧隐在崖缝窥视。闪现的绿光依然逃不过小王子的眼睛。毒蟒知道自己是追不上小王子的，于是决定提早喷射毒涎截击他。小王子猜测出毒蟒的狡诈，他不断变换自己跳跃的时刻、方向和落脚的岩石。这次他的跳跃和毒蟒喷射毒涎几乎同时进行，但是，小王子没有向上攀登，而是向侧方跳跃。毒涎落空了。毒蟒被激怒了。它猛地窜过来，但是，小王子又提前跃上崖顶。

小王子不知道跌过多少次，不知道攀登过多少次，他只是知道飞翔的目标必须达到，坚信自己能够达到。

小王子不知道时光过了多久，但是，峭壁能够告诉我们。小王子身上滴落的鲜血，渐渐洒遍山谷。人们远远看到峭崖斑斑点点的，被染成红色，在阳光下发出"红宝石"的光彩。人们叫这个山谷为红宝石谷。今天虽然很多人不知道这些"红宝石"是小王子练习飞翔受伤留下的，但是红宝石谷的名字依然流传至今，崖壁镶嵌着颗颗晶莹透明的"红宝石"，现在依然在阳光下，熠熠生辉。

九、"腾飞吧！"

小王子每天练飞。这一切都被金鹫看在眼里。

这天，金鹫说：

"扇动你的双翅，腾飞吧！"

小王子看看自己比以前强壮的双臂，感觉依然无法和金鹫美丽的翅膀相比。他又一次迟疑地站在鹫巢边，不知所措。但是，金鹫不同，金鹫有一双敏锐的眼睛。在它的的眼睛里，小王子细长的双臂后面的双翅上洁白的羽毛一天一天地成长，现在已经十分丰满了，有足够的力量在蓝天展翅飞翔了。

小王子准备腾飞了。他振臂试跃。他听到自己身后双翅带起的强大风声。他回头一看，第一次惊喜地看到自己背上一如金鹫一样的美丽的翅膀。他内心十分激动。于是，他扇动双翅。他听到双翅间升腾起来的巨大风声，感到双翅间涌起来的强大风力。他意识到这风声、风力一如金鹫振翅的时候出现的。他心中涌出一阵惊喜。他知道自己能够腾飞了。但是，他仍然十分小心，不敢冒然腾跃。金鹫看到他迟疑胆怯的样子，说：

"你必须知道自己为什么总是坠落,才有可能学会腾飞。"

这时从山谷升起一股强有力的热气流。

金鹫命令:

"展翅腾飞!"

小王子应声跃起,热气流陡然托起小王子。小王子只是伸展着双臂,用不着鼓动背上巨大的翅膀,已经能够在天空盘旋滑翔了。

他内心万分喜悦,但是他没有得意地继续飞翔,而是迅速转身回巢,降落在金鹫身旁。他兴奋地告诉金鹫:

"我明白为什么我总是坠落的原因了!我需要学会运用自己双臂、双翅的力量,配合驾驭热气流,利用热气流推动我飞翔。"

金鹫对他的成功仍然不满意,再次命令:

"展翅腾飞!"

小王子没有想到这次热气流突然消失了。他尽力挥动双臂和双翅,已经来不及了,陡然向下坠落,跌向山涧,落入碧潭。他浑身湿透了,再也无法起飞,只好攀登悬崖。现在他攀登上悬崖已经不需要很长时间了,几乎转眼的工夫就登临鹫巢了。

他返回鹫巢,反身又要跃起。

金鹫说:

"等一等,想一想,这次为什么坠落?"

"我没有预见到气流的变化!"

"对了。随着地面温度的不同,空中的气流是在不断变化的。没有气流,你怎样驾驭,怎样利用呢?我们需要敏感地发现气流的变化,推断、预见它可能发生的变化,随时准备适应,适时调整我们飞行的姿态。不断敏感灵活地调整,适应变化、驾驭变化是飞翔的艺术!"

小王子跃起了。他在感受气流的强度,体验气流的变化,试验调整自己飞行的姿态。虽然他飞翔并不平稳,但是他在体验感受变化,实时调整自己身姿。

他心里在对自己说:

"我的力量和气流的变化完美地结合,才能够飞翔!"

小王子迅速掌握了飞翔的艺术。他最喜欢的是在上升着的云柱、云团中间飞翔穿行。在阳光中,白云璀璨夺目。云隙间蓝天澄澈如水。小王子像一条银鱼自由地游弋在碧海蓝天。他时而从云端斜飞而下,时而绕着云柱升入碧空。在云端,他望着宇宙的深处,那里无穷的碧蓝深深地吸引着他,激起他心中飞向宇宙深处的热望。攀登,再攀登,腾飞,再腾飞,永不停止,是他心中永远的热望。

他凌空在白云间俯看大海。他突然感到自己有了一双像鹰一样锐利的眼睛。他能够看清楚那里的每一条游鱼,甚至看清楚它们身上闪光的银鳞,并且能够看清楚鳞片上的花纹。他也能够看清自己了:他的双臂后面已经长出丰满巨大的褐色羽毛翅膀。他意识到自己已经有了和金鹫一样美丽而强大的翅膀。他展开双翅飞向蓝天。他像金鹫一样穿过云朵,盘旋在云际。

突然,金鹫飞翔的各种姿态一起涌上他的心头。他翻转,俯冲,腾飞,翱翔,再现那曾经令他心醉神迷的飞翔姿态。人们能够欣赏到他展翅腾飞的俊美雄姿,扬翅凌空的傲然浩气,伸翅滑翔的优雅闲静,御风盘旋的飘逸潇洒,傲然长啸的威严震慑,俯冲急落的迅捷威猛,随即昂首向天的英武豪气。他具有和金鹫一样豪壮的神概了。一个人的一种基本能力增长了,有可能在自己不知不觉中,连带着其他许多能力也得到发生和发展。他望着宇宙的深处,那里无尽的碧蓝深深地吸引着他，再次激起他心中飞向宇宙深处的热望。他渴望有一天自己能够飞向宇宙的深处。

他高飞，他越飞越高，视野越来越宽阔。草原上两个黑点，那是一只恶狼在追捕一只幼兔。他迎着冽冽山风急飞。这时他听到了金鹫的声音：

"你去救那只幼兔吧。"

小王子边听金鹫的教导，边振翅疾飞，瞬间他看清楚了那只灰色的恶狼。恶狼纵身跃起，眼看幼兔就要落入它的口中。小王子学着金鹫俯冲的身姿，闪电般从高空斜降而至。抢在恶狼扑至之前，小王子双手捧起幼兔，抱在怀里，疾速飞起。

这时金鹫已经飞到小王子的身边，说：

"我能够教给你的，你已经都学会了。你体验了艰苦，饱尝了失败，经历了险境，你知道了任何失败和险境都是暂时的，正视它们，坚持下去，就会战胜它们。你品味战胜困境的喜悦，感受能力发展的惊喜。险境和失败是召唤你冲锋的号角。苦难是激励你斗志的战鼓。你懂得了关心弱者。这是人生最重要的。现在，你需要回到人类中间去了。学习懂得善恶，识透人心。你在我这里是不可能学会认识人生的。你还不了解人生，新的苦难还在等待你。你将身陷灾难，只有遇到愿意救你而牺牲自己生命的英雄，你才能够得救。飞吧，我的孩子！从今天起你不要再回鹫巢了。十六个春天已经过去了。现在，你回到山鹰之国纳斯尔可汗和王后古丽碧塔的身边去吧！"

说着，金鹫的巨爪拉住小王子的大手。他们御风疾飞。

晴空万里，阳光灿烂。今天是离开王宫多年的小王子生日。纳斯尔可汗的王宫里每年今天都要举办盛大的生日庆典。这天王宫的人们正在张灯结彩,忙碌筹办小王子生日庆典。庆典在樱桃园里举办。人们正在用彩色丝带装点花园中的每一棵菩提树。大家正在忙碌的时候,突然听到天空传来滚滚的雷声。人们奇怪在阳光明媚的日子,竟然会有滚滚雷鸣。大家不由得寻声仰头看去,只见头顶上,一只巨大的金鹫在盘旋。那滚滚的雷声是它鼓动翅膀带起来的风声。它的利爪抓着一个少年的手,从高高的空中将少年掷下。人们看到少年伸展着双臂,急速坠落,不由得失声惊呼。人人担心少年摔伤。当然,这是因为他们看不到少年双臂后面金鹫般丰满有力的翅膀。就在他们失声惊呼的时候,谁也没有看清楚少年是怎样坠落的,只见他已经收拢双臂,端立在大殿的前面了。这位英俊的少年缓步走进宫殿,跪在丹墀之下。

他低首,双臂抚胸,恭敬地说:

"父王、母后,原谅儿臣一别十六年。"

纳斯尔可汗惊喜万分,奔下丹墀,双手扶起儿子,说:

"你一直在我们心中。你在实现我们的愿望——体验困苦,品尝失败,经历挫折,领悟战胜苦难的过程。你没有令我们失望,你的坚强意志是我们苦苦对你思念的最好报偿。你成为山鹰之国的金鹰。我们祝贺你。我们的孩子,你快快站起来吧。到你的母亲身边去。让我们好好看看你。你看我们正在举办你的生日庆典!"

王后古丽碧塔不顾尊贵的身份,飞快地扑到久别的儿子身旁。三个人紧紧地拥抱在一起。

沸腾的鼓乐响起来了!挎着花篮的盛装少女把芬芳的红玫瑰撒向他们三人。这时候,跳苏幕遮面舞蹈的队伍进宫来了。参加跳舞的人们都戴着新奇艳丽的面具。有的戴可笑的猴子面具,有的戴山鹰的面具。戴着猴子面具的人身后还缀着一条长长的猴尾巴，摆来摆去，谁看了谁都大笑起来。有两个小男孩抬着一面大鼓，一个戴着老虎面具的孩子抡着木槌用力击鼓。人们踏着鼓点跳着，笑着，唱着。纳斯尔可汗拉起王后古丽碧塔的手，步下丹墀，踩着鼓点，在舞蹈队伍最前面跳舞。他们带领舞蹈队伍走出王宫，走在王城的大街上。全城的人民听到苏幕遮面舞蹈的鼓乐声，都纷纷跑出家门，等待着跳舞的队伍。人们欣赏着纳斯尔可汗和王后古丽碧塔优美而庄重的舞姿，一个个加入舞蹈的行列。全城沉浸在欢乐中。

十、金鹰展翅

　　一片薄纱似的春云从雪峰旁边轻轻地飘过。在这片春云的旁边，一只矫健的山鹰高傲地盘旋。它俯视雪峰中间一个平坦的石台。一群跳舞的塔吉克少年正在那里模仿它飞翔的雄姿，平展他们的双臂，腾跳旋转，舞姿威武而豪壮。山鹰笑了。它心想他们的舞姿还算雄健，不过，姿态笨拙，双脚连地面都离不开，还想学我们山鹰凌空飞翔。

　　在这群青年人中，两名塔吉克青年各吹着一只鹰骨笛。几位盛装的姑娘轻击手鼓。一些少年和着手鼓的节奏，拍着小手。一位英俊的少年正在跳金鹫之舞。他宛如一只矫健的金鹫，展翅翱翔，在云端俯视人间，遥望远方。

　　高翔的山鹰看到他的舞姿，惊呆了，心里赞美道：

　　"这是一只金鹫！"

　　它说对了。这个少年一边跳舞，一边回忆着金鹫飞翔的雄姿，伸展双臂翱翔云端。他的双臂宛如金鹫的双翅。他逼真的金鹫舞博得伙伴们热烈的掌声。

歌潮起伏，舞蹈沸腾。大家沉浸在起伏荡漾的欢乐碧波中。

这时，山下一位使者骑马飞驰而来。他跃下骏马，跑到正在跳着金鹫之舞的少年面前。他双臂交叉在胸前，俯首恭敬地说：

"尊敬的博斯腾王子，纳斯尔可汗有请。"

博斯腾立即停下舞步，跨上骏马，跟随着使者，奔向石城王宫。父王纳斯尔和母后古丽碧塔端坐在各自的宝座上。座下一位侍者双手托着一个蒙着蓝色天鹅绒的琉璃盘。盘上有一顶中间雕刻着一只飞鹰的金冠。金冠上左侧镶嵌着一块红色钻石，右侧镶嵌着一块蓝色钻石。在宫殿高高的彩色玻璃窗透出的一缕阳光照射下，它们发出绚丽多彩的光辉。

"今天，你十八岁生日。金冠是我和你的母亲赠给你的生日礼物。金冠上的钻石，蓝色的象征自由和智慧。自由和智慧是塔吉克人的生命。红色的象征勇敢和忠诚。勇敢和忠诚是塔吉克人的灵魂。过来，我给你戴在头上。"

博斯腾双膝跪在父王和母后面前，低头，接受馈赠。

纳斯尔可汗又说："今天，你将离开我们，到克里木可汗那里，担任他的贴身侍从。你必须衷心地辅佐克里木可汗，随时留心和识别狡诈魔王萨泽江的阴谋。你必须将这封信亲手交给克里木可汗！"

"你要谨记父命！"母后古丽碧塔说。

博斯腾恭敬地回答："谨遵父命！"

"你的行装我已经为你准备好了。你可以立即起程。"母后古丽碧塔说。母亲亲自为相见不久的儿子再次送行。这次离别，母后没有洒泪。

博斯腾问父亲：

"何时能够再相见？"

纳斯尔可汗说：

"决定于你自己。"

可汗和王后送他到宫门外。博斯腾含泪辞别了双亲。他跨上红骝骏马，奔向穆拉罕草原。

当他伫立在雪山脚下的时候，他跃下骏马，为急速驰骋的骏马擦去颈上、胸前的汗水。他轻轻拍着它的脖颈，说：

"回去吧，到我的父王身边去吧！当他和你结伴出游的时候，你一定不要快速奔驰，而要平稳地缓行。我将深深地感谢你！"

红骝骏马前脚踏石，溅起金色的火星，昂首长嘶。这是首肯，还是惜别？只有博斯腾心里清楚。

博斯腾转过身，伸展双臂。他背上一双金鹰般的巨大翅膀展开了。他轻轻鼓动双翅，箭似地射向蓝天。他飞越冰雪晶莹的慕士塔格峰，他飞越沙丘起伏的塔克拉玛干翰海，瞬间他看到克里木可汗壮美的都城。当他的双脚踏到地面的时候，他恢复了他俊美少年的身形。

他身姿飘逸而潇洒，缓步进入一个驿站。他定下小阁楼上的一间小房间。他洗漱完毕，换了清洁的紫色长衫。步出驿站，他去拜谒碧绿琉璃装饰的清真寺。

第二天，博斯腾来到王宫门口，请卫士通报克里木可汗。

可汗立即热情召见他，设盛宴款待这位英俊的少年。在简单问候之后，博斯腾恭敬地用双手呈上父王的来信。克里木可汗立刻摒去左右的侍者，匆匆打开挚友纳斯尔可汗的来信。信中只写了八个字："宿敌将犯！黑衣潜入！"

"好，你来的正好。从明天开始，你着手完成一项重要任务。"克里木可汗说。

　　从博斯腾来到王宫的第二天起，他深夜出宫，凌晨回宫。宫里很少人能够见到这位潇洒倜傥的少年。就是白天，他偶尔出宫四处游玩，不论是谁遇见他，他总是对你笑一笑，却从不说一句话。

十一、红蓝钻石

　　紫色的夜幕低垂。玫瑰园的合欢树已经合上她们的一片片小叶子,准备入睡了。可是,合欢树的红茸茸的小花却开始忙碌起来,她们匆匆忙忙地梳妆打扮, 然后展开她们的小翅膀, 像一群顽皮的小孩子,笑着,唱着,把她们身上散发出来的幽香,送到四方。她们飞到红石榴花旁,拉起石榴花妹妹的小手,一起飞。她们飞到玫瑰花旁,拉起玫瑰花姐姐的小手,一起飞。她们玩捉迷藏游戏,连她们的花香也要藏起来。这就是为什么许多花的幽香常常若有若无的原因。她们也喜欢和我们捉迷藏呀。

　　她们玩了一会儿,合欢花突然说:

　　"哎呀,可别忘记正经事!"她们立刻展开翅膀,争先恐后地飞到金鹰博斯腾的窗前。窗页半开着。她们挤了进去,把幽香吹到金鹰博斯腾的脸颊上。

　　金鹰博斯腾闻到夜风送来的沁人心脾的花香,立刻站了起来,说:

　　"可爱的小花们,你们好!你们来提醒我,夜已经来临。你们看,行装我已经换好了。"

小花们看着金鹰博斯腾紫色的丝绸新装，格外英俊和潇洒。大家都咯咯地笑了。

金鹰博斯腾跟随着飘飞起舞的小花们走出他的住室，扣上房门，穿过宫院，走到克里木可汗的宫室。可汗已经站在门外等候他。他们甚至没有任何寒暄，大步跨进宫室。可汗亲自为他推开壁橱，亲自为他打开藏宝的密室。

密室格外明亮。室内的一侧整齐摆放着五百个紫檀木箱子。从箱里泄露出眩目的彩色光辉，映亮密室的一侧。克里木可汗打开一只箱子，里面的宝石光彩立即绽放开来。他手捧宝石，轻轻放回，用手指轻轻抚摩它们，平静地说：

"这些都是你的父王和我用生命和鲜血积存下来的珍宝。共计一千箱，另外的五百箱由你父王收藏。魔王萨泽江曾经多次派人潜入，目的之一就是为了它们。"

在密室的另一侧还整齐地摆放着五百个橡木箱子。从箱里露出夺目的银色光芒，映亮密室的另一侧。克里木可汗打开了一只箱子，里面是闪着银光的盔甲和利剑。克里木可汗昂起头，眯缝起眼睛，似乎他的记忆又回到当年的沙场，脸上露出愁容，感慨万端地说：

"这里面存放的是五百副盔甲和利剑。它们是你的父王和我征战十年，率领的一千名雄狮般勇敢而忠诚的草原勇士使用过的。共计一千箱，另外的五百箱由你父王收藏。魔王萨泽江曾经多次派人潜入，目的之一也是为了它们。"

停了片刻，克里木可汗接着说：

"这些盔甲和利剑都是用天山冰铁锻造而成的。用盔甲和利剑武装起来的勇士，足以抵御任何来犯者。魔王萨泽江害怕我们武装，惧怕这些盔甲和利剑的威力。为了这些珍宝和武器的安全,你必须迅速将它们转移到汗腾格里雪峰。你去选址,选择易守难攻的地方,开山洞,藏武器,转移藏宝。时间紧迫,这个重任必须在百日之内完成。"

克里木可汗沉思片刻,郑重地说:

"当然,狡诈的魔王萨泽江有着更加阴险的目的。他的贪婪和野心是会不断膨胀的。我们必须更加提防。我将令公主阿依古丽转告你更加重大的秘密。你们将肩负更加重大的使命。"

金鹰博斯腾细心听着克里木可汗的殷切嘱托。同时他环视密室内一千个珍宝和武器箱子,思忖良久,然后坚毅地点头,说:

"我能够完成这个任务!"

克里木可汗轻抚金鹰博斯腾的肩膀,心中感到无限宽慰。

金鹰博斯腾右手抚胸致礼,向克里木可汗辞别。他匆匆步入玫瑰园。夜凉园静。他仰望夜空,凌空一跃,伸开双臂,展开金鹫般巨大的翅膀。他腾空急飞。沙漠、草原和山峦在他的身下向后急驰。他盘旋在紫蓝色的夜空,俯视着余晖斜映的深紫色山峦和钻石般闪光的汗腾格里雪峰。

天际一轮明月冉冉升起。在金黄色的月光中,金鹰博斯腾看到一条一条的冰川闪着金光,宛如盘旋飞舞的金龙。他收起双翅,降落在冰川的边缘。他步入晶莹悦目、变化万千的冰谷,欣赏千姿百态、婀娜多姿的冰晶塔林,钻进冰晶玉洁的水晶宫,观赏玲珑剔透的翡翠宫,赞叹绚丽多彩的宝石宫。

"真美!但是冰宫不适于用做宝库。"金鹰博斯腾自语道。

他从冰宫出来,看到冰川两侧陡峭的悬崖:左侧的岩石是红色的,右侧的岩石是蓝色的。它们前面是戈壁,后面是悬崖和冰川,易守难攻。

"好，红岩悬崖上存珍宝，蓝岩悬崖上存盔甲。"金鹰博斯腾自语道。

他跃上红崖，以他的双手为利斧，砍削红岩。他开凿出红色的岩洞。

他跃上蓝崖，以他的双手为利斧，砍削蓝岩。他开凿出蓝色的岩洞。

他用自己金冠上的红钻石为红色岩洞的钥匙；用自己金冠上的蓝钻石为蓝色岩洞的钥匙。

在玫瑰色的曙光初现的时候，他完成开凿宝库的工作。

从此，每天夜晚，当小花姐妹送来花香的时候，金鹰博斯腾跟随着翩翩起舞的小花们走出他的住室，扣上房门，穿过宫院，来到克里木可汗的宫室。可汗早就站在门外等候他。他们没有任何寒暄，大步跨进宫室。可汗亲自为他推开壁橱，亲自为他打开藏宝的密室，亲自搬起宝箱放在金鹰博斯腾的背上。

金鹰博斯腾背起一个沉重的宝箱，步出克里木可汗的宫室，登上到玫瑰园的中央石坛。他伸开双臂，展开雄鹰的巨翅，凌空而起，消失在沙漠上空特有的紫金色天穹。

克里木可汗目送着金鹰博斯腾的身影消失在紫金色的夜空深处。

第一百天到来的时候，勤劳的金鹰博斯腾已经顺利完成克里木可汗交给自己的重任。

在一百零一天的时候，小花姐妹又送来甜沁心脾的幽香。金鹰博斯腾跟随着翩翩起舞的小花们，走出他的住室，扣上屋门，走到宫院，他没有直接去克里木可汗的宫室,而是和小花们一起跳起了胡旋舞。

小花姑娘们送他穿过宫院的时候,克里木可汗已经站在门外等候他多时。

"祝贺你的成功!"克里木可汗热情而诚恳地说。

"我期待着新的使命。"金鹰博斯腾说。

他取下自己头上的金冠,摘下红钻石和蓝钻石,双手奉献给可汗,说:"红的是宝库的钥匙,蓝的是武器库的钥匙。"

"好,我将它们镶嵌在我的王冠上。我将命令工匠磨制两颗同样的钻石,镶嵌在你的金冠上。记住你父亲的话,你的新的重任是留心黑衣潜入者!"

可惜的是,后来他们两个人都忘记了纳斯尔可汗的忠告,带来了令人痛惜的灾难。

十二、金杯和银杯

日子一天天过去了。大家对金鹰博斯腾夜出晨归行踪的好奇,渐渐淡化了。但是,有一个人却越来越关注他的行踪。这个人就是缺齿牙黄、常穿黑衣的大臣卡拉尼耶提!他几乎夜不能寐,时时盘算如何摸清这个神秘少年的秘密。于是,他收买了所有侍者,让他们日夜盯着这位身穿紫衣的少年的来踪去影。一个胖侍者躲在看守玫瑰园的狗窝中彻夜窥视。看到金鹰博斯腾背负巨箱振臂展翅腾空凌云的英姿,他惊呆了。

当天深夜,这个胖侍者就从王宫院墙的一个狗洞中挤出去。他低着头急匆匆穿街走巷,溜进卡拉尼耶提的府邸。

在卡拉尼耶提的豪华客厅里,胖侍者喘着气,吃力地跪下,说:

"紫衣少年每天深夜总是从可汗的宫室中出来,背着一个巨大的木箱到玫瑰园中……"

"到玫瑰园的什么地方?"卡拉尼耶提急切地问。

"他伸展双臂,好像是展开了巨大的翅膀,如一只雄健的山鹰腾空而起……"

"什么？有这样的事情？……那他飞向什么地方？"

"他穿着深紫色的衣服，顿时融入夜空，难辨他的去向。"

卡拉尼耶提失望而颓唐地坐了下来。

一百天过去了。焦虑的卡拉尼耶提一天比一天消瘦。他一筹莫展。但是，在一个阴霾满城的日子，一个鬼魅般的黑影溜进他幽暗的府邸，这使卡拉尼耶提仿佛看见了一丝希望。

那是一个阴云满天的日子。

骨瘦如柴的巴赫迪江弯着他那永远直不起来的瘦腰，裹着黑色的头巾，穿着黑色的长袍，怀里揣着两只酒杯。他尽力避开人群，鬼魅似地悄悄溜进王城。他找到大臣卡拉尼耶提的府邸，躬着腰，无声地溜进去。

这时，黑云笼罩了王城。卡拉尼耶提的府邸顿时更加昏暗起来。

卡拉尼耶提豪华的厅堂华灯通明。

巴赫迪江右手抚胸，深施一礼，说道：

"尊贵的卡拉尼耶提大臣，伟大的萨泽江王命我为您带来两件珍贵的宝物。"

巴赫迪江从怀里取出两只酒杯。他走到明亮的悬灯下，双手捧着这两只酒杯，展示给卡拉尼耶提看。

卡拉尼耶提一听到魔王萨泽江的名字，心中就一惊。他深知魔王萨泽江的魔力。远近都传说魔王萨泽江魔法无边。四方都畏惧魔王萨泽江，这是因为他有两只魔杯。这两只魔杯能够令人身中魔毒，无人能够抵御魔杯的魔毒。卡拉尼耶提知道，这个身穿黑衣的奴才曾是克里木可汗宫中的马弁。因为不满克里木可汗没有提拔他，叛逃到魔王萨泽江的脚下。现在，卡拉尼耶提看到他带来的魔王的礼品，心中十分惊异。他瞪大一双肿得几乎睁不开的绿豆眼看向酒杯，绿豆眼顿时泛出绿光。

巴赫迪江捧着酒杯说：

"您看，一只是金杯；一只是银杯。"

看到精美绝伦的金杯和银杯，起先，卡拉尼耶提的绿豆眼球凸出来了。他贪婪的目光射向这两只杯子。他看到在金杯上，雕刻着一只扑在牛背上的猛虎，银杯上雕刻的是一只扑在鹿背上的雄狮。

既而，卡拉尼耶提凸出的绿豆眼又缩了回去。他不敢相信这就是魔王萨泽江的魔杯。他更不敢相信，魔王萨泽江怎么会将这么奇异的魔杯轻易交给自己。他以为这不过只是两只精致的仿制品而已。想到这里，卡拉尼耶提不由得颇为失望地说：

"这算什么，在宫廷里我见过这样的金银物件还少吗？"

巴赫迪江急忙奉迎道：

"那当然，那当然。可是，这是两只与众不同的魔杯！它们是魔王萨泽江的宝物，魔力无边的宝物！"

巴赫迪江托起魔杯细细道来：

"金杯里盛的是红色的酒，银杯里盛的是绿色的酒。猛虎象征贪婪，雄狮象征计谋。"

卡拉尼耶提不耐烦地打断他：

"什么象征不象征的，能有什么用？"

"您有所不知。这两只酒杯里面的酒是永远饮之不尽、倾之不竭的。"

"噢！真的如此！这还有点意思。"

说着，他眼珠一转，又皱起眉头，不耐烦地说："不过，宫廷里的酒,我还喝不过来呢。"

"您听我慢慢说嘛。这酒可不是给您喝的。饮红酒的人将变得无比贪婪,沾绿酒的人将深陷您的预谋。"

卡拉尼耶提这才恍然大悟,知道这两只酒杯果然非同寻常。他连连搓掌,说:

"难道这两只酒杯就是传说中萨泽江王形影不离的魔杯吗?"

"正是!"

瞬时,卡拉尼耶提的眼睛泛出绿光,流露出惊喜。他明白这金杯银杯大有用武之地。片刻,眼睛冒出的绿光又收敛了一些。他不相信魔王萨泽江会将至宝送给自己。他摇着头说道:

"果真这么神奇吗?"

巴赫迪江看到他面色阴晴的变化,立刻神色郑重地说:

"至尊至圣的萨泽江王特意命我将他的宝贝交给您,特意命我告诉您金杯银杯的魔力。他的意思是不容怀疑的。"

卡拉尼耶提又陷在阴险的幻想中。经巴赫迪江这么一说,他游移不定的眼神又回到现实。他盯着巴赫迪江尽量温和地说:

"这么神奇的宝物交给我!那就谢了,那就谢了!伟大的萨泽江王有什么指令,我一定照办。"

"没有,没有,他现在也不需要您的感谢。他只是希望您能够利用这两只魔杯实现您自己的目的。等待伟大的萨泽江王的到来。"

卡拉尼耶提一时忘乎所以,满心欢喜地说:

"我永远恭候至尊至圣的萨泽江王的到来!"

卡拉尼耶提以为,魔王萨泽江的到来,将给他更多的恩赐。可是,他想象不到那将是他的灭顶之灾。

为了答谢魔王萨泽江，卡拉尼耶提说：

"最近，宫里来了一位少年。老克里木可汗极为器重，任命他为近侍。他每天化为一只雄鹰，深夜背着巨箱，腾飞出宫，凌晨空身而归，已经一百天了。如果他是去隐藏珍宝，那将是天山南北一批巨大的宝藏！"

说到这里，卡拉尼耶提的舌头突然僵住了。他意识到自己讲得太多了。于是，他改变语意，探询道：

"伟大的萨泽江王一定也知道这个秘密吧。"

巴赫迪江那从来没有表情的脸上，突然挤出一丝阴笑，说：

"尊敬的卡拉尼耶提大臣果然睿智，怪不得伟大的萨泽江王会看重您呢。"

随后，巴赫迪江的阴笑全失，黑豆般的鼠眼荧光闪烁，躬身附耳，窃窃地对卡拉尼耶提说：

"至尊至圣的萨泽江王正是要知道克里木可汗藏宝的秘密。您能够提供给他宝库的消息，他将重谢您。"

"我想那位神秘的紫衣小子一定知道真相。"

"您别担心。金杯和银杯能够帮助您。不过这两件宝物非常珍贵，在您达到目的以后，一定要原物奉还至尊至圣的萨泽江王。"

卡拉尼耶提自忖单凭自己的力量，无法从紫衣少年那里得到宝库的秘密，必须和他们合作才有可能实现自己的计谋，于是说：

"我愿竭诚为伟大的萨泽江王效劳。不过，这两只酒杯真的有那么大的神力吗？"

"至尊至圣的萨泽江王的意思是不容置疑的。我们现在就可以试一试。先看这只银杯，它能够帮助您实现您想出来的一切计谋。"

说着,巴赫迪江用他枯瘦如柴的食指,指着架上的一只百灵鸟,附耳低声地问:

"它会把我们说的告诉别人吗?"

"它会学舌。"

巴赫迪江又凑到卡拉尼耶提的耳边咕哝了几句。

卡拉尼耶提听到后,惊奇地瞪起一双绿豆眼,将信将疑地看着身穿黑衣的巴赫迪江。巴赫迪江的脸上掠过一丝阴险的笑意,他得意地微微昂起头。

巴赫迪江拿起放在桌上的那只银杯,轻轻摇晃着,从银杯杯底涌出绿色的浆液。大厅内立刻弥散着诱人的酒香。巴赫迪江眯缝着一双黑豆鼠眼,似乎是这酒香使他陶醉了。

这时那只红褐色的百灵鸟被那酒香迷住了。它晕眩得似乎无法站立,试着展翅逃离,盘旋片刻,却不由自主地落在银杯边缘。它禁不住伸喙,碰触那绿色的酒液。它刚刚接触到一点毒酒,就突然摔到桌面上。它的翅膀再也不能扇动了。这只活泼的百灵鸟变成一个光泽闪亮、栩栩如生的瓷雕百灵鸟。它再也不能张口说话了,不能把这两个魔鬼的毒计揭露出来了。

卡拉尼耶提看到银杯神奇的魔力,顿时惊呆了。看着他惊呆的样子,巴赫迪江问道:

"您想从那位神秘少年口中听到克里木可汗宝库的秘密吗?"

卡拉尼耶提缓缓地点了点头。

巴赫迪江马上又凑到卡拉尼耶提的耳边,用比蚊虫飞还低的声音咕哝了几句。越是重大的阴谋越是不能让别人听到。

人们能够听到的只是卡拉尼耶提厅堂里传出桀桀的阴笑声。

卡拉尼耶提小心翼翼地收藏起两个魔杯。

卡拉尼耶提设宴款待巴赫迪江。

卡拉尼耶提请妹妹古兰丹出来陪客。她梳着十八条秀美的小辫子。每个小辫子上都缀着一对金红色的大珍珠。她戴着镶嵌着珠贝的小花帽。双颊绯红，明眸照人。但是，她的神色冰冷而傲慢。席间，她一语不发。她连从眼角瞥巴赫迪江一眼都没有。巴赫迪江初见到她，顿时周身一抖，立刻垂下双眼，似想弯膝下跪，却又不敢，迟疑着，全身似乎在隐隐地不停地颤抖。刚才在卡拉尼耶提面前潜在心底的傲慢、得意瞬间消失殆尽，剩下的只是卑微、胆怯和恐惧。

良久，巴赫迪江似乎镇静了一些，头脑才清醒了一点。他把目光转向卡拉尼耶提，卑恭地说：

"至尊至圣的萨泽江王非常器重您。五十年前，草原双雄纳斯尔和克里木曾经战胜过他。现在，草原双雄老了。至尊至圣的萨泽江王为了复仇，经过数十年的精心准备，如今时机已经到了。他期望能够得到您的帮助。"

卡拉尼耶提缓缓地点了点头。

巴赫迪江低头闪电似地偷瞥了一眼古兰丹。古兰丹冰冷的面孔像青色石膏浇铸的雕像，纹丝不动。巴赫迪江又一次显得战战兢兢，不知所措。

宴罢，巴赫迪江弯腰告辞，然后，像他来的时候一样，像鬼魅影子，无声地从卡拉尼耶提府邸溜出。

这时，一股黑烟从卡拉尼耶提的府邸冒出，升腾、扩大，成为一团黑云，像无数盘旋着的乌鸦一样，渐渐笼罩在克里木可汗的王城上空。

十三、银杯绿酒

　　紫色的晴空闪烁着点点金星。金鹰博斯腾心情格外轻松。清凉的夜风伴随着他。他潇洒飘逸地步出王宫，来到他初到王城时拜谒过的清真寺，敬听阿訇讲经。然后，他信步进入初到王城落脚的驿站，在人声喧嚷的厅堂一角的圆桌边坐下。他听着喧嚷的人声，排遣多日独自奋战的单调。他回忆在自己的塔吉克人中间欢畅歌舞的日子，回忆青年朋友们的真诚友谊，回味着大家炽热的歌舞，奔腾的鼓声，温馨欢乐的时光。金鹰博斯腾不由得轻轻哼起鹰笛深情动人的旋律。他陶醉在幸福的回忆中，沉浸在初次成功的喜悦里，却忘记了父亲的忠告，忘记了克里木可汗的提醒。他放松了对魔王阴谋的警觉。他想不到黑衣潜入者已经来到他的身旁。

　　他想去拜访在宫中他十分敬佩的老臣穆尔扎·艾义德尔。他知道艾义德尔老人家里的酒是最醇浓的。但是，这时从黑暗中，一个黑影无声地走来，打断了他的念头。

　　这个黑影身穿墨黑的长衣，弯着自己永远直不起来的腰身，躬身到地，深施一礼，以卑贱谄媚的声音说：

"英俊而高贵的青年,您像山鹰一样矫健,您像雄狮一样威猛,您有无限光明的前程!我谨向您表示无限的崇敬!我奉我尊贵的主人、无限真诚的卡拉尼耶提大臣之命,谨向您提出最最诚恳而热情的邀请!"说着,他双手递上一张金叶请柬。

金鹰博斯腾接过来,细看,上面写着:

"今夜清风好,恭请寒舍来,玉馔珍馐美,千年佳酿在。"

署名是:您谦卑的仆人卡拉尼耶提。

"好,有美酒,我必去,走!"

躬腰弯身的黑衣人默默地走在前面,金鹰博斯腾缓步跟随着。

转眼到了卡拉尼耶提的府邸。在庭院中,火把冒出浓浓的黑烟缭绕在昏暗的厅堂四周。厅堂两旁点着几盏油灯。

乐队奏起舞曲。厅堂中间有几个身着绿衣跳舞的美女。她们没有任何表情地摇动着肢体。

几个表情木木的人围坐在一张华美的丝织地毯旁。他们好像互不相识,临时应邀而来,没有寒暄,更没有交谈,彼此尴尬地呆坐在那里。

卡拉尼耶提躬身迎接客人,高声说道:

"前程无限的尊贵客人,我们衷心地欢迎您!恭请上座!"

卡拉尼耶提让金鹰博斯腾坐在首座,自己坐在一旁陪客。

仆人抬来烤全羊,香气四溢。卡拉尼耶提亲自动手,用银亮的英吉沙小刀,削下一片鲜嫩的羊肉,放在宝石蓝的琉璃小盘中双手恭恭敬敬地端上。

卡拉尼耶提双手捧出一只银光闪闪的酒杯,奉上一杯满满的绿色的醇酒,清香扑鼻。金鹰博斯腾接过银杯,看看这绿宝石色的醇酒,闻着这诱人醇香,不禁开怀大笑了。他心想好醇的美酒呀!

"请用千年佳酿!"卡拉尼耶提举起自己的青玉酒杯,但是,他却不与金鹰博斯腾碰杯,只是眼睛直直地盯着自己酒杯中琥珀色的酒液。然后,面向金鹰博斯腾,面向呆坐的来客,用目示意,说:

"干杯!"

来客立刻各持琉璃酒杯,杯中是绿色的无花果酒。他们遵照卡拉尼耶提的"旨意",把酒杯放在唇边。他们感到这酒有着特殊的异香,入口格外甜腻,难以咽下,却又不敢拒绝,只得一饮而尽。

卡拉尼耶提和巴赫迪江各持的都是青玉酒杯,杯中盛的都是琥珀色酒液。他们交换目光,然后一饮而尽。

金鹰博斯腾欣赏着雕琢精美绝伦的银杯,轻轻摇荡着杯中这绿宝石色的醇酒,享受着这诱人浓香,随后举杯一饮而尽。

卡拉尼耶提立刻与巴赫迪江又交换了一下眼色。

他们看到金鹰博斯腾神色依旧。金鹰博斯腾笑着表示谢意。他惊奇地看到银杯里的醇酒渐渐涌上来。馥郁的酒香再次袭来。他禁不住好奇地举杯仔细端详。卡拉尼耶提神色显得有些紧张。他立刻用大笑掩盖。他说:

"高贵的青年!现在,您手持的是一盏世界上最奇妙的宝杯!这盏宝杯每当遇到高贵的客人,杯中的美酒,就永远也饮不尽,永远将世界最醇美的佳酿奉献给最高贵的客人。您放怀畅饮吧!"

金鹰博斯腾说:

"世界竟然会有这么神奇的酒杯?!"

酒杯的奇妙,激发他的豪情,他立刻将涌上的醇香美酒一饮而尽。他惊奇地看到杯中的绿酒又溢上杯口。他笑了。眼前的奇妙现象激发他更大的好奇心。他忘情地开怀畅饮，举杯将杯中的绿酒第三次一饮而尽。

卡拉尼耶提与巴赫迪江又立刻交换了一下眼色。

他们看到金鹰博斯腾神色依然未变。可是，那些饮褐色无花果酒的来客似乎个个酒醉难支，摇摇欲倒。

卡拉尼耶提的脸色骤变，似乎有些慌乱。他又一次与巴赫迪江交换眼色。

他神色紧张地说：

"请用烤羊！请用烤羊！"他又递上一片鲜美的烤羊肉。

这时，卡拉尼耶提吃惊地看到金鹰博斯腾的脸色在逐渐变黑，身材渐渐变小，衣服开始变成羽毛。金鹰博斯腾在尽力挣扎，然而，他无法抗拒那毒酒巨大的魔力。瞬间他变成一只矫健的山鹰。他怒目横视，展翅欲飞。巴赫迪江迅速扑过去，慌忙用一根黑色的铁链锁住山鹰的双脚。山鹰用翅膀猛击巴赫迪江。巴赫迪江摔向厅堂的一角。他挣扎着爬起来，扑向地毯上的银杯。他握住银杯，将里面的绿色毒酒洒向山鹰。绿色的毒汁像一条青蛇缠绕山鹰，每缠一次山鹰变小一些，直到他再也无力展翅还击。

巴赫迪江立刻撕下他那卑贱的外衣，露出狂傲、凶狠、恶毒的本性，说：

"你将永远是一只山鹰！你将永远失去自由！除非有人用自己的头颅换取你的自由，银杯的魔法才能够解除，你才能够恢复原形。"

巴赫迪江的得意忘形使他说出了这句话。一个卑怯的小人，是想象不到世间存在为他人的自由而献出自己生命的人的。

巴赫迪江想象不到他的这句话以后却真的应验了。因为那只盲目执行主子阴谋的银杯会永远把主子的话,刻在杯心中的。

那些呆坐的来客均已身中毒酒,倒地身亡。为了使金鹰博斯腾放松警戒。卡拉尼耶提让他们来陪客。金鹰博斯腾中毒后,卡拉尼耶提必然要毒杀所有见证者。

山鹰昂首怒视卡拉尼耶提和巴赫迪江。

卡拉尼耶提令五十一名家丁看守着山鹰,不许山鹰喝水,不许山鹰吃饭,不许山鹰有片刻休息。

每当山鹰困倦,稍微一合眼睛,沉重的皮鞭立即重重地抽打过来。鲜血从山鹰的嘴角流出,十条皮鞭轮流不停地抽打。他的羽毛被抽打掉了,流着鲜血的伤痕裸露出来。

巴赫迪江用拌着辣椒粉的盐水泼向山鹰的伤口。奴才比主子总是还要狠毒十倍。

山鹰怒视着巴赫迪江,咬紧牙关,一语不发。

第二天,卡拉尼耶提和巴赫迪江来到牢房,高声吼道:

"你把老克里木的珍宝藏在什么地方?"

山鹰怒视着两个恶魔,依旧一语不发。

"给我狠狠抽打!泼辣椒水!"卡拉尼耶提狂叫着。

牢房只有皮鞭抽打和泼水的声音。

没有山鹰的任何回答。

十四、金杯红酒

　　月色昏暗。飘动的乌云不时遮挡月亮，仿佛有无数只旋飞的乌鸦，企图用它们墨黑的翅膀掩盖月光。

　　月亮仿佛跌落在夜风吹动着暗蓝的湖面上，青色的微光时隐时现，闪动着，颤抖着。

　　巴赫迪江犹如鬼魅的黑影游动着，溜进阴暗的卡拉尼耶提府邸。院内的火把冒着黑烟。火苗在摇晃，树影在晃动，柱影在晃动，人影也在晃动。

　　在卡拉尼耶提豪华的厅堂，华灯通明。

　　巴赫迪江无声地走进厅堂，一双鼠眼闪动着点点绿光，紧紧盯着卡拉尼耶提，似乎穿透了他那黑暗的心。他看着卡拉尼耶提那充满抑郁、忧闷和愁苦的神情。巴赫迪江的左嘴角，微微颤动。他得意自己猜透了卡拉尼耶提不断膨胀着的野心。凡是持有金杯和银杯的人内心都会发生这样的变化。卡拉尼耶提当然也是如此。此刻他正在因野心的膨胀而痛苦万分。巴赫迪江知道卡拉尼耶提已经完全落入自己的掌心。他不由得紧握他的左手，暗暗挥动。他的左嘴角又一次微微颤动。他得意于自己将能够随心所欲地控制这个野心膨胀的人。

巴赫迪江右手抚胸，深施一礼，说道：

"尊贵的大臣卡拉尼耶提，至尊至善的萨泽江王令我给您带来了一个新礼品，奉献给您。"他把"大臣"这个称呼，叫得声音特别高而且长。

卡拉尼耶提毫无光彩的一双绿豆眼微微一抬，似乎在说什么礼品也无法解除他内心的饥渴。但是，萨泽江王这个名字却令他从昏睡状态中惊醒过来。他深知魔王萨泽江巨大的魔力。

巴赫迪江弯着腰，歪着头，环顾四周，看到远近没有人，然后凑到卡拉尼耶提的耳边，用比蚊子飞还要小得多的声音说：

"您想当宰相吗？"他把"宰相"这个称呼，说得声音特别低而且短。

卡拉尼耶提心中一惊，顿时一双绿豆眼放出绿光，他惊异这个魔鬼怎么能够猜中自己心中的企望。他顿时失去自制，陡然直起腰，站了起来，甚至失态地伸出双手，攥住巴赫迪江的那双"枯枝"，用力摇动着。然后，他又放下巴赫迪江那双冰冷的"枯枝"，颓然地坐回椅子。

卡拉尼耶提欲言又止，眼睛盯着巴赫迪江的脸，等待着。

巴赫迪江继续窃窃地说：

"把金杯和银杯奉献给克里木可汗。"

"什么，把这么神奇的魔宝给老可汗？！"卡拉尼耶提惊愕不解地反问。

巴赫迪江更近地凑到卡拉尼耶提的耳边，咕哝着。谁也听不到他说话的声音。

人们能够听到的只是厅堂里传出卡拉尼耶提桀桀的阴笑声。

"您带着金杯和银杯进宫去吧。"说着,巴赫迪江从他携来的黑包中取出镶嵌珠贝的紫檀木盒。他打开木盒,里面有两个雕刻精细的凹处,正好可以嵌入金杯和银杯。巴赫迪江说:

"这就是我带给您的新礼物!"

卡拉尼耶提端详片刻这只紫檀木盒,迟疑不决地将魔杯放进去,一双绿豆眼紧紧盯着金光银光闪亮的魔杯,伸手好像又要取出来。巴赫迪江注视着卡拉尼耶提贪婪的目光,担心他反悔,赶紧把木盒盖上,说:

"将这宝盒奉献给老可汗,您将如愿担任宰相。"

克里木可汗的宫殿富丽堂皇。

十二个雕花彩色玻璃窗,二十六根水青色石柱环绕着大殿。

大殿石壁上雕刻着宝蓝色和翡翠绿的图案,配以桃红壁灯和金黄吊灯,显得格外富丽辉煌。乐队演奏着轻柔的旋律。舞女轻旋着柔美腰身。宫娥有的静立,有的摇扇,有的捧来美酒,有的托着美食,有的献上瓜果。

克里木可汗和皇后古兰慕罕坐在黄金雕刻、钻石镶嵌的宝座上,欣赏着优美妙曼的歌舞,品尝着甜美可口的肴馔。他们轻轻地交谈着,好像是在品评美食,赞美歌舞。年龄不仅没有掩盖克里木可汗当年的英武和壮美,反而更显出他的威严和豪壮。轮廓鲜明的脸庞上,浓眉下一双明亮的眼睛闪出睿智的光芒。两颊卷曲的美髯更显他的刚毅和坚强。皇后古兰慕罕依然保留着她少女时光的清纯真美,不过现在她的周身被一种高贵、端庄、娴雅的光芒笼罩。看到她的人都不由得低下头,垂下双眼,心生敬意。

有幸目睹皇后古兰慕罕容颜的人都说：

"皇后周身散发出女神的光辉！"

克里木可汗从宝石蓝的琉璃盘中仔细选出一颗鲜红的樱桃，递给皇后。这时他感到殿外有衣服悉索的声音，抬眼看去，只见卡拉尼耶提低着头，轻轻地走过来。他捧着一个珠光四溢的紫檀木盒，慢慢步入辉煌的大殿。

大殿里的其他人都没有注意到他的到来，但是，窗边金架上的翠色鹦鹉突然惊飞起来，它似乎看透了卡拉尼耶提的内心，奋不顾身地扑向卡拉尼耶提。它想惩罚这个恶魔，不幸的是它被金锁链拴住，无法扑过去。翠色鹦鹉只得高声叫道：

"恶魔！恶魔！阴谋！阴谋！"

可惜，没有人听懂鹦鹉的叫声，更不能理解它对人们的警告和预言。没有人相信它敏锐而深刻的洞察力。一位宫娥走过去，轻轻捧起它，将它放回金架。

听到翠色鹦鹉的叫声，卡拉尼耶提不禁周身惊颤，捧着珠光四溢的紫檀木盒的双手无法控制地发抖。他脸色苍白，愣了片刻，环视大殿，发现没有人理会这只鹦鹉。他立刻镇静下来。

克里木可汗这时才看清楚他一张肿胀的脸泛出青灰色，关切地问：

"卡拉尼耶提身体好吗？为什么脸色这么苍白？"

"真主保佑克里木可汗！尊贵的草原万物的主人您贵体安康！感激您的关切，奴仆身体尚好。只是急于献宝，匆匆赶来，有些疲劳。"

他低着头，双膝跪下，双手将珠光四溢的紫檀木盒举过头顶，匍匐向前，敬献给克里木可汗。

克里木可汗接过紫檀木盒，轻轻打开它。魔杯放出柔和悦目的金光和银光。克里木可汗的嘴角露出一丝微笑。

这若有若无的微笑，没有逃过卡拉尼耶提的绿豆眼。他知道金光和银光拨动了老可汗贪婪的心弦。天赐给他的机缘到了。他用十分柔和的声音说：

"金杯和银杯是旷世绝伦的神品。金杯上雕刻的是一只猛虎扑在一只牛的背上，银杯上雕刻的是一只雄狮扑在一只鹿的背上。这是天国最伟大的艺术家永恒的杰作。更加神奇的是，这两只酒杯里面的酒是永远取之不尽、饮之不竭的。金杯里盛的是玛瑙红色的醇酒，银杯里盛的是祖母绿色的佳酿。饮玛瑙红酒的人的财富，将像杯中的玛瑙醇酒一样无限丰富；饮祖母绿佳酿的人的青春，将像杯中的祖母绿佳酿一样青春永葆，容颜永远绚丽。"

"真是神奇的酒杯！"克里木可汗赞美的只是金杯和银杯雕刻艺术的精美绝伦。听惯了夸张虚言的可汗并没有相信它们有什么奇异的魔力。

这时，翠色鹦鹉再次惊飞起来，扑向卡拉尼耶提，但是被金锁链栓住，它无法飞过去。它高声叫道：

"毒杯！毒杯！"

可惜，依然没有人听懂鹦鹉的叫声，一位宫娥走过去，又一次轻轻捧住它，将它放在金架上。

只有卡拉尼耶提胆战心惊。他的脸色泛出青灰色。他环视大殿，发现没有人理会这只鹦鹉，又立刻镇静下来，说：

"我们可以试一试宝杯的神力。"

他用一只带着黑色手套的肥手，从怀中取出一只水晶杯，从银杯中倒出一些绿色的液体。

这时翠色鹦鹉四面惊飞,金链困住它,她无法逃脱。

卡拉尼耶提迅速用食指蘸了一点绿色液体,向空中弹去。仅仅有一滴击中鹦鹉的左翅。鹦鹉"啊"了一声,就难以发出声音了。它已经变成精美的金雕艺术作品,端立在金架上。

卡拉尼耶提看着被夺去生机的翠色鹦鹉,终于松了一口气,不禁喜形于色,得意地说:

"您瞧,这只鹦鹉已经变成昂贵的金雕艺术杰作了。它因此将永葆它华美的青春韶光。它也永远不会再用令人烦躁的声音吵吵嚷嚷了!"

看着变成金雕艺术作品的鹦鹉,克里木可汗这才惊奇地感到酒杯神奇的魔力。他爱不释手地欣赏两只魔杯,看了这只,看那只,赞美道:

"这神杯能够点物成金!真是神奇的宝杯!我用什么答谢你珍贵而神奇的礼品呢,卡拉尼耶提?"

"不,我不需要您的答谢。我只是祈祷真主保佑殿下永远康宁,皇后永葆青春。"

这时候,魔杯中诱人的酒香四溢,克里木可汗端起金杯,欣赏着杯中晃动着红宝石般酒的光泽,禁不住启唇品尝一下金杯中的醇酒。酒的异香令他陶醉。他看看杯中红宝石般的醇酒,举杯一饮而尽。他感到这醇酒在腹中温热的时候,心中陡然涌出一个热望:

"我要是拥有无数金杯和银杯多好!"他的心立刻变得贪婪了,而且,这贪婪在他的心中不断发酵。他沉醉在自己的美梦之中。当他清醒一些的时候,他迷蒙的双眼瞥见了银杯中涌出的绿宝石般华光的

美酒,于是,他举杯递给皇后,说:

"这酒是无比醇美香甜的,请品尝一下吧。永葆你姣好容颜的美丽青春吧。"

皇后古兰慕罕无法婉拒可汗的盛情,用她樱桃般的红唇轻抿了一点绿色的酒。的确,它清香甘美无比。皇后古兰慕罕抿的这一点,比翠色鹦鹉左翅膀沾上的一滴还要少。可是,她立刻感到自己有些不胜酒力,脸上变得像初开的红玫瑰一样娇艳。她自己觉得有一点头晕目眩。她伸出秀美的手臂扶向面颊,仿佛要驱散晕眩。

克里木可汗迷蒙的双眼欣赏着皇后娇美的神态,他的嘴角又露出一丝若有若无的微笑,张口说:

"这真是神奇的宝杯!"他像对皇后讲,又像是在自语。他被这"宝物"迷住了。

克里木可汗转过头,对卡拉尼耶提说:

"我用什么答谢你珍贵而神奇的礼品呀,我的卡拉尼耶提?赐你担当宰相的重任吧,你好分担我肩上沉重的使命。"

卡拉尼耶提禁不住又双膝跪在地毯上,用激动万分的声音说:

"真主保佑殿下永远康宁,皇后永葆青春。卑微的奴仆卡拉尼耶提永远感激草原万物的主人、伟大的克里木可汗的恩赐。我将是您马厩中的老马永远忠诚地为您奔驰。"

被变成金色的可怜的翡翠鹦鹉看到卡拉尼耶提的虚伪和谄媚,它竭尽全力,挣扎着,用力启口,想要再一次告诫人们,说:

"金色遮盖了你们的眼睛!金色迷住了你们的心!你们忘记了使命,忘记了警惕魔王,忘记了谁是你们的敌人!你们将掉进他们阴谋的黑暗陷阱！"

可惜呀，这声音太微弱了，大殿里没有人能够听到。

但是，远在卡拉尼耶提昏暗的牢狱中的山鹰却听得格外分明，这是因为善良的心灵是相通的。即使远隔千里，即使声音极其微弱，也能够在彼此的内心中激发出强大的共鸣。

山鹰看着牢狱的铁窗，遥对翠色鹦鹉说：

"我将得救，那时，我将为你解除魔法的禁锢，恢复你的自由。"

被变成金色的鹦鹉清晰地听到远处山鹰的安慰。她虽然不能动弹，但是，眼睛里却涌出晶莹的泪花。它说：

"我等待着你！我等待着你！"

王城的上空乌鸦仿佛越来越多，遮掩了惨白的月光。狂风骤起仿佛是无数乌鸦在聒噪。这聒噪声越来越高，它们兴奋地宣称：

"好事来临！好事来临！真好呀！真好呀！"

在笼中受困的山鹰听到乌鸦的狂叫声。他侧耳细听，辨别出它们聒噪的真意是：

"灾难来临！灾难来临！真糟呀！真糟呀！"

山鹰禁不住痛苦地自语：

"我因自满贪杯而辜负了父命，玷污了我的人生！克里木可汗因酒宴忘记自己的英雄业绩。一代英雄克里木可汗已经陷入卡拉尼耶提的阴谋之中，灾难的确即将来临了！"

十五、古兰丹的心思

月色昏暗。

不是乌云掩盖明月,而是无数旋飞的乌鸦翅膀遮挡月光。

月光仿佛落在夜风吹动着的湖面上,时现时隐,闪动着,颤抖着。

从古兰丹阴冷院落的蓝色大厅里,传出令人不寒而栗的鞭笞声。这是皮鞭抽打在人身上的声音。只能听到皮鞭狠狠抽打的声音,却听不到被打的人痛苦的呻吟声。

大厅中央站着的是古兰丹。她像一条昂首站立起来的眼镜蛇,不停地摇动着她细长的身体。她拖地的黑裙宛如毒蛇的长尾。她每动弹一下,她身上的鳞片似乎就会沙沙作响一阵。她一手持鞭不停地狠狠抽打,鳞片就会不断地沙沙作响。

被鞭笞的是一个身穿黑衣的人。他弯着腰跪在地下。他在乞求饶命。他知道皮鞭表面看是黑狗皮制成的,实际上在黑狗皮下面隐藏着毒针,一旦被毒针扫上一点,轻则皮开肉绽,重则中毒。中毒轻则肌肤糜烂,无法治愈,重则立即致命。伤害程度,要看使用者挥动皮鞭的手法了。鞭子每抽在他的身上一下，周身就剧烈抽搐一次。他立刻以头触地表示感激。他的身体虽然剧痛，但是，他知道古兰丹没有施展剧毒的手法。他连连以头触地表示感激。然而，古兰丹抽打得更狠了。剧痛使他无法控制不停地颤栗、抽搐。在鞭子刚落的时候，他不得不赶紧抓住即将出现的间隔时间，仰起脸来，用目光哀求饶恕。

这时露出一只灰鼠般的尖脸。

他竟然是巴赫迪江！

"愚蠢的恶鬼！伟大的至尊至善的萨泽江王的命令是什么？"古兰丹问。

"让我一切听从您的指示。"他刚回答，一连几鞭子打下去了。

"为什么不先求见我？"古兰丹问。

"我想先立功，后求见。"他刚回答，一连十几鞭子打下去了。

"为什么不先毒杀皇后古兰慕罕？"古兰丹问。

"避免阴谋败露。明天皇后古兰慕罕将死。"

"愚蠢的恶鬼！滚！立刻安排我进宫！"

此时，巴赫迪江已经无力支撑弯腰下跪了，终于晕厥瘫倒在地上。

古兰丹从怀里取出一个琥珀色小瓶，倒出一粒药丸。她的手指一弹，弹入巴赫迪江的口中。片刻，巴赫迪江睁开了鼠眼，发现自己瘫倒在地，惊恐万状，立即翻身又跪在地下。

"卑贱的恶鬼！滚！"

巴赫迪江慢慢地爬出大厅。

巴赫迪江忍着鞭伤的剧痛，犹如鬼魅的黑影飞快游动着，迅速溜进阴暗的卡拉尼耶提府邸。院内的火把冒着黑烟,火苗摇晃着。树影、柱影都在晃动着。

在卡拉尼耶提豪华的厅堂,华灯通明。

巴赫迪江无声地钻进厅堂,一双鼠眼闪动着点点绿光,像箭一样盯着卡拉尼耶提,似乎要穿透了他的心。他又看见卡拉尼耶提那充满抑郁、忧闷和愁苦的神情。他知道贪婪的心是永远无法填平的。卡拉尼耶提正在被他不断膨胀的野心折磨着。

巴赫迪江右手抚胸,深施一礼,说道:

"尊贵的宰相卡拉尼耶提,今天,我带来了一个新的妙计,奉献给您。""宰相"这两个字巴赫迪江说得声音既高又长。

卡拉尼耶提毫无光彩的一双绿豆眼微微一抬,等待着,似乎在说看看这次你的礼品能否解除我内心新的饥渴。

巴赫迪江弯着腰,歪着头,环顾四周,看到厅堂内外没有人,然后,凑到卡拉尼耶提的耳边,用比蚊子飞还要小得多的声音说:

"您想当可汗吗?"

"可汗"这两个字巴赫迪江说得声音既低又短。

卡拉尼耶提心中一惊,顿时一双绿豆眼放出绿光,陡然直起腰来,禁不住失态地伸出双手,攥住巴赫迪江的那双"枯枝",用力摇动着。

卡拉尼耶提欲言又止,绿豆眼盯着巴赫迪江的黑脸,等待着他说出新阴谋。

"把您高贵而美丽的妹妹古兰丹奉献给老可汗做妃子。"巴赫迪江的鼠眼盯着卡拉尼耶提,神秘地说。

卡拉尼耶提刚听到他的主意,脸上涌出怒气。巴赫迪江看了显得有些惊惧。既而,卡拉尼耶提的怒气渐渐消散,转而,露出颇感兴趣的神情。卡拉尼耶提瞬间悟出狡诈的巴赫迪江阴谋的深意。巴赫迪江看出了卡拉尼耶提神情的变化，这才定了定神，说：

"皇后古兰慕罕明天即将告别人间。没有人陪老可汗喝酒。他最喜欢吃烤雪鸡，品金杯红酒。让您的妹妹陪他终日饮宴吧。您将如愿，戴上可汗的红蓝钻石金冠。"

卡拉尼耶提穿过长满无花果树的幽径，来到妹妹古兰丹的蓝色大厅。大厅里飘散着沁人心脾的幽兰清香。

这时候的古兰丹判若两人。今天，她梳起十八条秀丽的小辫子。每个小辫子上都缀着一对金红的大珍珠。她戴着镶嵌着红玛瑙珠的小花帽。明眸照人，双颊樱桃般鲜艳。神情活泼娴静，纯洁开朗、天真烂漫。她正在和她心爱的黑犬在石径花坛间，互相追逐。她穿着宽大的红色连衣裙，跑起来像一只翻飞的花斑蝴蝶。

"我的宝贝！别跑了，我追不上你！"这是古兰丹的莺声燕语。

这时，从花丛中窜出一条面目狰狞、周身墨黑、雄狮般巨大的猎犬。古兰丹手持一条皮鞭。这正是昨天晚上抽打巴赫迪江的那条皮鞭。恶犬并不怕这条皮鞭。它摇着尾巴，过来用嘴叼着皮鞭，拉着古兰丹，似乎要让古兰丹继续追逐它。

古兰丹远远看到卡拉尼耶提穿过花径匆匆赶来。她站住了。她亭亭玉立，宛如刚刚出水的芙蓉。

卡拉尼耶提看着天真美丽的小妹妹，欲言又止。

古兰丹看着卡拉尼耶提的目光，心里清楚他的来意，也看透他此时的心情。

古兰丹直截了当地说：

"我进宫可以，但是，在宫里，你不能再接近我。不过，到了第十天的时候，你派五十一名弓箭手埋伏在黑山谷，以黑旗标志埋伏地点。他们的任务是以我的鞭声为号，以毒箭射杀戴鹿角头盔的人。那天那时，你将如愿，戴上你梦寐以求的克里木可汗红蓝钻石王冠。"

说罢，她抡起她的皮鞭，抽向地面，发出一声清脆的爆响。她示意，就是以这样的鞭声为号。

停了片刻，她若有所思地说：

"我听说，去老可汗的宝库只有一个途径。山鹰博斯腾不吐口。你做了宰相也近不了老可汗的身边。我进宫定将带来奇迹！"

听了古兰丹的话，卡拉尼耶提惊呆了。他仔细端详着天真纯洁的小妹妹。他几乎不相信自己的耳朵，怎么这个小妹妹能够这样清醒透彻地了解一切，周密而深远地谋划一切！他不知道自己的小妹妹古兰丹曾经在魔王萨泽江那里的经历，但是，此时他感到有了依靠，内心对未来的担忧瞬间消散殆尽。

他不由得桀桀狂笑。

一阵冷风刮来，花树瑟瑟颤抖。 花树间的小鸟惊飞起来。

十六、鹿角头盔

宫廷里，笼罩着悲哀。

皇后古兰慕罕的寝宫灯光昏暗。

皇后古兰慕罕静卧在绘有玫瑰、雕着夜莺的金榻上。她的酡颜依旧，只是显得更加憔悴无力，眼睛似乎都无力睁开了。今天是银杯魔法兑现的一天。她的呼吸更加艰难。阿依古丽公主坐在母亲的床边，拉着她瘦弱无力的手。母亲用最后的力量，向自己钟爱的女儿，吐出了最后的遗言：

"我心爱的孩子，记住，我是中了卡拉尼耶提银杯酒毒，就要永远离开你了。你的父王中了他金杯的酒毒，生命也危在旦夕。将你独自一人留在人间，这是我最大的担忧和痛苦。在我的丝枕下面有一方你父王嘱咐我绣成的堇色丝绢手帕。你取出来，仔细珍藏。你带着这方手帕和你父王金冠上的红蓝钻石，尽快去找博斯腾。这方丝绢手帕……"话未说尽，皇后古兰慕罕瘦弱无力的手开始放松了。

阿依古丽扑到母亲身上，连声呼唤着自己的母亲，然而，母亲再也听不到孩子的声音了。阿依古丽恨不能随母而去，但是，她不能，她要实现母亲的嘱托,承担起挽救父王生命的使命。她破碎的心开始凝聚,坚强起来。她旋即从母亲的枕下找到堇色丝绢手帕,放在自己的怀中。

她的耳边不停地回响着母亲最后的一句嘱咐:"你带着这方手帕,和你父王金冠上的红蓝钻石,尽快去找博斯腾……"

在空荡冷清的大殿里,克里木可汗独坐在宝座上。

他欣赏着金杯的光彩,等待着玛瑙红的醇酒缓缓地溢上来。当酒香四溢的时候,他举杯一饮而尽。他不断地欣赏、等待、举杯和痛饮。

金鹦鹉依然站在窗前的金架上。它似乎想劝阻他,但是,做不到。它只能眨动双眼,不能再张开它的嘴巴了,不能再揭穿卡拉尼耶提的阴谋了。它的眼睛里流出晶莹的泪珠。

这时,远处传来匆匆的脚步声。卡拉尼耶提带着古兰丹跨进大殿。

古兰丹像一个顽皮的小姑娘,一手拿着一条皮鞭,一手拿着一个装饰着长长鹿角的头盔。她垂着头,静静地跟在卡拉尼耶提的身后。

卡拉尼耶提右手抚胸,单腿跪拜,说:

"尊敬的克里木可汗!尊敬的无边草原的主人!您的忠实奴仆卡拉尼耶提敬祝您和皇后安康!"

克里木可汗似乎没有听到他的问安。

卡拉尼耶提又说:

"我的妹妹古兰丹听说皇后贵体欠安……"他说到这里,克里木可汗似乎周身一震,然而,他的左手一挥,像是要驱赶内心的痛苦,接着他又举起金杯一饮而尽。

"我的妹妹知道您的心情不好,特来问候。"

这时,克里木可汗微微抬眼看过去。

古兰丹款款轻施屈膝礼,微微仰头,明眸闪动,笑靥微现,容光照人。

"我的妹妹知道您的心情不好,特来陪酒。"

古兰丹轻轻挥鞭,一队歌舞艺人鱼贯而来。乐队奏起欢快的舞曲。舞蹈者跳起奇异的化妆舞蹈。每个人都戴着头盔面具,有的戴着虎头面具,有的戴着狗头面具,有的戴着狼头面具。戴着狗头面具的,身后还缀着一个长长的尾巴,晃来晃去。古兰丹自己戴上鹿角头盔,加入到舞蹈行列之中。他们表演的是狂欢节上的蒙面舞。队伍进入大殿就列队站在两排廊柱中间,等待着领队人。领舞的人应该有两位,他们是舞蹈行列中的舞帝和舞后。克里木可汗侧目看着他们,明白他们是在等待自己。于是他摇晃着身体,从宝座上站起来。他摇晃着,走在他们的前面。可是,舞后的位置还是空缺。戴着鹿角头盔的古兰丹立即主动地跨步补上。她俨然高贵的皇后,神情端庄而威严,摇曳着她秀美的身段,走到队伍的前面。她不时转动自己的明眸,低头娇羞地斜看一眼克里木可汗。克里木可汗立即伸出手紧握住她的小手。这小手柔软的像婴儿,令克里木可汗心为之一动。古兰丹摇曳着高高的鹿角头盔,她的舞姿格外新奇魅人。舞蹈告一段落以后,克里木可汗拉着古兰丹的小手走回宝座。他顺手将头戴鹿角头盔的古兰丹送到皇后的宝座之上。

古兰丹的皮鞭是从不离身,从不离手的。她刚一坐在皇后的宝座上,立刻用她粉红色的小手习惯地整理皮鞭,然后,细心地将它缠在腰间。她还细心地将皮鞭手把上的金字掩盖起来。那是用金丝镶嵌成的四个字"权力无限"。

这是魔王萨泽江亲自命令工匠为她镶嵌上的。

古兰丹曾经多次暗中潜入魔王萨泽江的领地。那时，魔王萨泽江知道她是克里木可汗大臣的女儿，立即隆重接见她，并且亲自带她参观王宫。

魔王萨泽江召见王子艾罕丁，对他说：

"你带她四处游览。"

他们双双穿过王城，奔驰在草原上，欢歌在幽林中，促膝交谈在小溪边。

他们回宫以后，魔王萨泽江再次召见王子艾罕丁，命令他：

"向她求婚。"

"她已经同意了。我们互相山盟海誓。"

"好，让她了解自己的使命。我派到天山南北的耳目由她监视，由她号令。他们的任务是打探克里木可汗宝藏的秘密，监视克里木可汗的武装，不能允许他们制造盔甲和刀剑！黑鞭就是她执行使命的权仗，是她权力的象征！"

在魔王萨泽江的宝殿上，古兰丹跪在他的的宝座前，双手接过他授予她的皮鞭——"权仗"。

"希望你能够早日完成秘密使命。你将克里木可汗宝藏的秘密带回来的时候，我将为你和艾罕丁王子举办隆重的结婚大典。"魔王萨泽江许诺。

"谨记使命，竭力完成。"跪着的古兰丹回答。

在克里木可汗的领地内，没有人知道古兰丹与魔王萨泽江父子的这种关系。

现在，古兰丹端坐在皇后的宝座上，脸上透出冰冷而傲慢的神情。明眸里闪出宛如眼镜蛇眼睛里射出的瘆人寒光。

她的一双粉红色的小手不时抚摩她心爱的"权仗"。她冰冷的嘴角上露出一丝笑意。她兴奋地感到自己即将完成魔王萨泽江交给她的使命。

阿依古丽公主听到大殿传来的歌舞声，她以泪洗面。她的耳边又响起母亲的嘱咐。她不由点了点头，她懂得母亲的意思了。"去找博斯腾！阻止卡拉尼耶提的阴谋，挽救父王的生命"。她无法去劝说父王，只能时时思考寻找博斯腾的办法，争取得到他的帮助，揭穿和制止卡拉尼耶提的罪行。

从王后谢世那天算起，大殿的歌舞已经进行了九天了。群臣交头接耳，敢怒不敢言。

这一天，古兰丹端坐在皇后的宝座上。她皱起双眉，不高兴地对克里木可汗撒娇：

"玩了九天了，真没有意思！"

她颦蹙双眉，撅起樱桃小口来。突然，她转过脸来对克里木可汗说：

"明天，我们去打猎吧。黑山谷来了鹿群。"

"好！卫士长准备弓箭，明天去黑山谷。"为了讨得古兰丹的欢心，克里木可汗立即命令卫士长布克。

　　他忘记了皇后古兰慕罕的葬礼,他忘记了阿依古丽公主,他忘记了朝政,他的眼睛里只有古兰丹。

十七、夕阳斜照

在克里木可汗的大殿里，早朝刚过。卡拉尼耶提瞥见卫士长布克带领卫士，簇拥着克里木可汗，走出大殿。他站在大殿门前，躬身向克里木可汗告退。可汗没有理会他，径直向后宫走去。卡拉尼耶提立即闪身，让出路来，随后跨出殿门，追到卫士长身旁，凑在卫士长耳边说：

"尊敬的卫士长，今天是小妹古兰丹的生日。她必须一直陪伴在可汗的身旁，留我独自在家，实在太孤单。特邀请您今晚光临寒舍。我将设小宴，与您共庆小妹古兰丹的生日。"

平日卡拉尼耶提总是趾高气昂的，今天陡然俯身盛情邀请，一时令卫士长受宠若惊，随即连连答应。

夜晚月黑风高，偶有一两声乌鸦啼叫，凄清而恐怖。

卫士长应邀赴宴。他跨进卡拉尼耶提灯火通明的厅堂。厅堂并无酒宴。只见豪华的地毯上，摆放着两个大琉璃盘。盘里各尖尖地堆着金币，在灯光下闪烁着金光。

卡拉尼耶提看着卫士长吃惊的目光，首先开口：

"恭请您来寒舍,实在有要事相求。这一盘金币是您的,另一盘五十名弓箭手均分。"

卫士长的眼睛不离金币,嘴上却说:

"宰相大人,有事您只管吩咐,不能让您破费。"

"明天黑山谷狩猎,埋伏五十名弓箭手,以黑旗标志埋伏地点,听鞭响为号,以毒箭射杀一个头戴鹿角头盔的人。事成之后另有重赏。"卡拉尼耶提以命令的口吻不容置疑地说。

"遵照宰相大人的命令,我精选五十名弓箭手,连夜进驻黑山谷。"卫士长回答。

卡拉尼耶提说:

"那好,请你将左边的这盘金币收起来。"

卡拉尼耶提说着递过一个狗皮囊袋。他让卫士长撑着囊口,将一盘金币倒入囊中。

卫士长嘴上说:"不能让您破费!"双手却拎起囊袋。

"事成以后,我将重用你!"卡拉尼耶提说。

黎明,朝霞似血。乌鸦盘旋在王城上空,如团团墨云。

克里木可汗带着红蓝钻石闪光的王冠,身穿紧身洁白的猎装,显出一些当年征战沙场时的英俊和豪气。

克里木可汗双手扶着头戴鹿角头盔的明眸丽人古兰丹上马。看着古兰丹光华照人的容颜,他呆住了。古兰丹看到他火炽的目光,似乎不胜炙灼,低下头,像是娇羞得想要找一个地方躲藏起来。

克里木可汗上马了,依然尽力显出当年的威武和豪壮。

一行八人出发了。在并行的两人中,一位是头戴红蓝钻石王冠的克里木可汗，一位是头戴鹿角头盔的古兰丹，随后是可汗的五名贴身近侍，最后是宰相卡拉尼耶提。

他们驰骋在开阔的北山草原，草原上远近点缀着墨绿的天山雪松。深邃的蓝天飘着团团的云朵。蓝天太纯净了，令人渴望乘白云翱翔天际。远处是翠绿起伏的丘陵。丘陵的后面是蓝灰色的远山。黑山谷就在那里。墨绿的雪岭杉林渐渐临近了，可以感觉到密林的阴冷了。山势越来越险峻。马队进入黑山谷，四周阴暗而险恶。骏马的步伐也缓慢下来。突然，惊起一只墨黑的大鸟。它扇动着巨大的翅膀，斜飞向密林深处。

马队缓缓行进。密林时明时暗，越来越幽深黑暗。这里除去惊飞的那只不知名的大鸟以外，他们没有看到任何鸟兽的踪迹。路越走越狭窄，两边是陡峭的悬崖。这时，古兰丹望见远处崖上的黑旗标志了。

"怎么没有看见鹿群呢？它们一定是让我们的马队惊跑了。"古兰丹说。

"胆小的野鹿真可恶！我们把马留在林外吧。我们是无畏的勇士，走！"克里木可汗跨下马来，又去殷勤地扶古兰丹下马。他们四目相对，古兰丹脸上立刻涌出迷人的酡颜。克里木可汗笑了。

五名近侍随着可汗先后翻身下马，匆匆整理弓箭。他们步行进山。卡拉尼耶提跟在最后面。

克里木可汗走在最前面。

古兰丹看见悬崖顶上黑旗在飘动，她立刻追到克里木可汗身边，对他说：

"鹿怕人，戴着鹿角头盔它们就不怕了。"

"好主意！给我戴上你的鹿角头盔。我给你戴上这顶红蓝钻石王冠。"

"那怎么行！"

"你摘下头盔，我给你戴上王冠。"

克里木可汗摘下王冠，那镶嵌在王冠上的宝库钥匙——红钻石和蓝钻石闪烁着异样光芒。他仔细地给古兰丹戴上，然后，充满爱意地左右端详她。

"你真是我们美丽而高贵的女王！"克里木可汗赞美道。

古兰丹双手捧着刚刚摘下的鹿角头盔。高高的鹿角秀挺地伸展着，高傲而威风。她也小心地给克里木可汗戴上，然后，充满敬意地左右端详他。

"您真是我们威武的雄狮，草原无畏无敌的英雄！"古兰丹赞扬道。

头戴鹿角头盔的克里木可汗冲在人们的最前面。

这时，古兰丹却放慢了脚步，尽力拉开了她与可汗的距离。当她估计出这个距离能够确保自己安全的时候，她抡起皮鞭狠狠地抽向一块岩石。皮鞭发出一声爆响，震得树梢瑟瑟颤抖。鞭声未落，山谷两边的悬崖上，同时射出五十一只毒箭。

五名近侍听见弓响，箭嘶，他们闪电般跨步抢着向前，围在克里木可汗的身边。只可惜为时已晚，箭已先到。一只毒箭已经洞穿克里木可汗的胸膛。他们每个人也各中数箭。克里木可汗闪电般迅速地意识到眼前正在发生着什么，从头盔，到鞭声，到毒箭，这一切意味着什么。懊恨万分的克里木可汗愤怒地将鹿角头盔掷向崖角。

身中数箭的近侍们跪在草地扶着可汗。可汗已经力不能支，倒向草地，昏厥过去。

克里木可汗渐渐清醒过来。他艰难地呼吸着。他睁开了眼睛，锐目闪着光芒,寻找古兰丹。古兰丹双臂盘在胸前,左手依然持鞭,站在旁边。她不时摇晃着秀美身姿,犹如昂首的一条眼镜蛇,在欣赏自己的猎物。克里木可汗吃力地拨开护卫他的近侍,盯着古兰丹,说:

"你是萨泽江派来的人?"

"是的。我是艾罕丁王子的未婚妻,未来伟大的萨泽江王国的皇后,未来的萨泽江王国伟大的女皇!我现在是无边的大地主人萨泽江王派到你的领地所有耳目的统帅。这个皮鞭是我的权仗。我们的耳目已经遍布你的领地。你早已经没有任何希望了。"

"现在,我还有多少时间?"

"到太阳西斜的时候。"

"请允许我见我的女儿一面。"

"好。"

"买买提!"克里木可汗威严的声调一如昔日在战场上一样,召唤一名近侍。

"有!"身中五箭的近侍买买提应声站了起来。

"接公主来见我!"

买买提跨上战马,急驰而去。瞬间他消失在草原尽头。

买买提的鲜血点点滴滴洒落草原。

他飞驰进入都城,街上的人们惊愕地看着身中五箭的他。

守卫可汗宫殿的武士没有阻止他进宫。

他冲到阿依古丽公主的宫室,翻身下马,单膝跪在公主面前:

"可汗重伤,有请殿下。"

公主早有预感。她一言不发,冲到马厩,牵出自己心爱的青花马。跨上青花,抖动缰绳,跟随买买提飞奔黑山谷。

他们远远地望见黑压压的人群站在山谷间。

卡拉尼耶提摆出一副威严的样子，站在五十一名弓箭手前。

头戴红蓝钻石王冠的古兰丹双臂盘在胸前，右手持鞭，身体还在轻轻地左右晃动着，神情焦躁不安。她的黑色眼圈中，流露出冷酷愤怒的绿光。她已经无意继续品尝、咀嚼口中猎物的筋骨了，只是焦急地等待着吞噬下一个。她远远地看见买买提和公主飞驰而来，不由得又兴奋地左右晃动起她眼睛蛇形的身段。

买买提和公主跑向躺在草地的克里木可汗。

"接来公主……"买买提话没有说完，他站立在草地上，不能再张口。公主去扶他。公主感到他周身早已冰冷。他早已流净鲜血，他早已没有呼吸，他早已没有脉搏。他的生命早已离去，但是，他的使命犹在。是使命使他往来原野，完成了克里木可汗交给他的最后命令。此刻，他已经宛如一尊青铜铸就的不朽雕像矗立在那里。抚摸着这尊青铜铸像，公主流下了眼泪。她缓缓转身，走到父王身边。

"父王，女儿来迟。"

"还来得及。"这声音像往常一样洪亮有力。他像没有中毒箭一样。但是，他的脸已经变成墨黑色，剧毒已经侵袭到他的周身。他的生命只有一瞬间了。

"你记得我曾经让你去认一认通向宝库的道路吗？"这声音依然像往常一样洪亮有力。他依然像没有中毒箭一样。

公主立刻明白父王的深意，父王用尽最后的气力，说给古兰丹和卡拉尼耶提听，父王在用他生命的最后一刻保护女儿的生命。恶魔们在没有找到宝库之前，他们不会杀害自己的女儿。

"你尽快打开宝库,将珍宝还给牧人,将盔甲交给他们。你要记住'财富和王冠不能带来人间真情,人间真情却是无价的财富'。你的母亲和你永远是我的一切,是我心中永恒的珍宝。"这声音依然像往常一样洪亮有力。他依然像没有中毒箭一样。说完这句话以后,他看着女儿俯在自己淌着黑血的胸前,闭上了双眼,用极低的声音说:

"两座宝库的钥匙是王冠上的两颗钻石,红的是宝库的,蓝的是武器库的。博斯腾知道路线。你母亲给你的那块堇色丝绢手帕,你一定要珍藏好,绝对不能丢失。这是最重要的。你一定要将它亲手交给博斯腾。让他转交他的父亲。"这是一代英雄克里木可汗的最后遗言。他最后还在用自己的智慧进行战斗。他尽最大的力量吐出最后一个字,然后就永远闭上了自己的眼睛。

恶魔们飞速冲过来听他的低语。

可是,在西边崖顶上的太阳已经开始隐去。克里木可汗盍然长逝了。

公主没有流泪,她平静地站起来,然后沉静地去牵自己的青花马。

"你不能走!"卡拉尼耶提截住她。

"我本来就没有想走。"她说着,她沉思着。她知道,她必须像买买提一样执行父王的命令,实现母亲的嘱托。父王金冠上的红蓝钻石还没有拿到,母亲给的堇色丝绢手帕还珍藏自己的枕下。现在她不可能走。

十八、钻石王冠

就在那恶毒的皮鞭抽响以后，五十一名弓箭手立即向头戴鹿角头盔的人射发毒箭。但是，当身中毒箭的人将鹿角头盔抛掷到崖脚下的时候，他们才看清楚，被射的人竟然是克里木可汗。克里木可汗的伟岸的身躯渐渐倒下。弓箭手人人惊呆了。

突然，他们听到卡拉尼耶提的怒吼：

"你们射杀克里木可汗该当何罪！"

五十一名弓箭手人人顿时周身战栗，面色蜡黄，以为死期将至，纷纷从山崖滚下来，先后跪在卡拉尼耶提的脚下。

但是，狡诈的卫士长布克已经猜透卡拉尼耶提的阴谋，也就找出了救命的理由。他双膝跪地，两臂扑地，以头触地，大声疾呼：

"克里木可汗将死，我们拥戴您为可汗。"

五十名弓箭手纷纷效法，双膝跪地，两臂扑地，以头触地，大声疾呼：

"克里木可汗将死，我们拥戴您为可汗。"

这句话提醒了卡拉尼耶提，他知道时机已到。他看向他的小妹妹。

古兰丹此时正戴着红蓝钻石王冠，双臂盘在胸前，右手持鞭，神色轻松悠闲，摇晃着头上缀着金珠的小辫子，心里在想一切都是按照自己的谋划运转。她高傲而得意地欣赏着垂死的猎物——克里木可汗。耳边又响起他对自己的赞美声：

"你真是我们美丽而高贵的女王！"

她昂头挺胸，环视四周，神气十足地迈着女王的步履，仿佛正缓步走在登基的石阶上。她陶醉在"我们美丽而高贵的女王"的赞美声中。她完全忘记对自己兄长的许诺了。但是，她的兄长并没有忘记。

"你不要忘记你对我的许诺！"卡拉尼耶提看到她女王般的风度和狂傲的神情，禁不住担心地说。

"王冠是克里木可汗为我加冕的。他尊我为美丽女王！"古兰丹手扶她的王冠，毫不退让。

"卫队长！我的命令是什么?!"卡拉尼耶提厉声问道。

"射杀戴鹿角头盔的人！"卫士长回答，说着，他转身面向五十名弓箭手下达命令：

"准备！"

五十名弓箭手刷地一声搭箭张弓。他们知道一直戴着鹿角头盔是谁，他们知道是谁使他们陷于罪恶。所有的箭尖都指向一个人——古兰丹。

古兰丹明眸闪动，笑靥可人，咯咯地笑起来。她对卡拉尼耶提说：

"您失去了幽默感。一个诙谐的表达您怎么没有领悟！我是在等待阿依古丽，等得不耐烦了。这个小东西嘛，拿去拿去！"她知道王冠上镶嵌的红蓝钻石的重要，得到王冠是自己秘密使命之一。但是，此刻她看看张弓怒视着自己的五十一名弓箭手,为了挽救自己的生命,她不得不赶紧摘下王冠,将它掷向卡拉尼耶提。

卡拉尼耶提迅速用双手接住,没有细看就立刻戴在自己的头上。五十一名弓箭手立即松弓下箭,一个个跪在他们的卡拉尼耶提可汗面前。

卡拉尼耶提双手将他们一个个扶起。他只说了两句话:

"上马!金币在等着你们!"

他忘记了古兰丹。他跨上黑马,向都城急驰。

他进到王宫,直奔克里木可汗的寝宫。他翻遍寝宫的宝厨,找不到他日夜思念的东西。他的头上渗出黏湿的汗滴,流进他的绿豆眼。他感到那咸湿的汗水蜇疼双眼,不得不停下来,用他的袖子抹去黏汗。这时,他苦思克里木可汗会将宝物藏在哪里。他突然有所领悟,直奔克里木可汗的宝床。他掀开金丝精绣的花枕。他的绿豆眼一睁,看见他日夜渴望得到的宝物了——珠贝镶嵌的紫檀木盒。他回身环视,没有一个人出现。他迫不及待地掀开紫檀木盒一丝缝隙,刺目的金光和银光透出来。他心中涌出一股快意,赶紧盖上紫檀木盒,迅速将它塞进自己怀中。他再次回身环顾,见到没有一个人出现。他放心一些了。他想,自己的一切成功都是怀中的这个宝物带来的。现在自己又拿到这个神奇的宝物,终于可以放心大胆地为所欲为了。他转身,直起腰来,昂头缓步走出寝宫。

古兰丹黑色眼圈中充满失望和愤怒,不时闪现出冷酷凶恶的绿光。她原来是想拿到红蓝钻石王冠以后,立即回到自己的未婚夫那里去报功。她还打算在克里木可汗和阿依古丽见面的时候能够听到一些宝藏的事情,立即到魔王萨泽江那里去表功,可是,最渴望拿到的王冠却失去了,最有用的消息却丝毫没有听到。在她的谋划环节中,却没有预测到头功有可能被自己的兄长卡拉尼耶提强行抢去。她眼看着卡拉尼耶提带着所有的战利品,在卫士的簇拥下威风凛凛地向王城奔去。失败在吞噬着她的心。怒火在燃烧着她的心。她从来也没有尝到过这样惨痛的失败。

她挥动皮鞭,抽打眼前的青草绿树。她疯了。

这时,那只面目狰狞、周身墨黑的巨大猎犬从草丛中冲了出来。它感到了主子的痛苦和愤怒。它匍匐到她的身边,轻舔她的小脚。她的情绪开始平静下来。她猛地挥动皮鞭打得青草叶四处飞溅。

她跨到巨犬毛茸茸的背上。巨犬像一只猎豹一样飞奔起来,穿过黑山谷,向西北方向急奔。循着它熟悉的道路越过山岭,穿过密林,奔驰在无边的草原。

她不时呼唤着:

"艾罕丁王子,艾罕丁王子!"

她希望自己能够立即扑到艾罕丁王子怀抱,述说自己的委屈。她渴望得到的是安慰,但是,等待着她的是她万万也想不到的惩罚。

当看到无边的青翠草原的时候,古兰丹失望痛楚的心情似乎稍微缓和了一点。她心里想,很快会见到王子了。她不再用她秀美的小手拍打她骑的巨犬,催促它飞奔了。

他们进入魔王萨泽江领地的王城,穿过繁华的街市。人们都好奇地看着这位风尘仆仆、披头散发的"骑士"和她奇怪的坐骑。

他们冲进王宫,武士横矛阻挡。他们撞倒那些武士,直奔艾罕丁王子的宫室。

从艾罕丁王子宫室那里传来的是火炽的纳合拉鼓点和欢腾的三角琴声。艾罕丁王子正在和他的青年朋友举办赠花舞会。每个男舞伴右手各持一朵玫瑰花。各色的玫瑰花随着他们的旋舞，五彩缤纷，芬芳四溢。正当他们要向女舞伴赠送手中的玫瑰花的时候，古兰丹和她的猎犬冲了进来。

　　艾罕丁王子脸上涌出一丝愠怒，古兰丹却没有看见。她从猎犬的背上跳下来，扑向王子的怀中。她万万想不到的是，王子眉头紧皱，充满憎恶地用力将她推开。古兰丹摔倒在冰冷的石阶下。她想支撑着站起来，但是，已经筋疲力尽，无力再坐起来。猎犬立即离开她，贴到艾罕丁王子身边。

　　艾罕丁王子一扬他的右臂。跳舞的青年男女停下来，乐队立即安静下来，随后匆匆撤离，瞬间消失得无影无踪。只有一朵紫红色的玫瑰，被慌忙离去的青年失落在地。慌忙离去的青年们践踏它，被踩碎的花瓣散落四处。

　　古兰丹摇头甩开披落的黑亮散发，仰起她憔悴的秀脸，用哀求的目光看向艾罕丁王子。她看到的是王子满脸的愠怒，周身禁不住一阵寒颤。恐惧使她的肝脏在颤抖。

　　"克里木可汗的王冠带回来了吗？"艾罕丁厉声问道。

　　古兰丹无言以对。她低下了头，她黑亮的散发又蒙住了她的脸颊。

　　"王冠上的钻石是克里木宝库和武器库的钥匙！"艾罕丁喊道。

　　古兰丹又摇头甩开披落的黑亮散发，仰起她憔悴的秀脸，用疑惑和恐怖的目光看向艾罕丁王子。

　　"你怎么完成的使命？"艾罕丁用嘶哑的声音质问。

她缓缓地支撑着坐起来说：

"我防备任何人，却没有防备自己的亲兄长。王冠现在在卡拉尼耶提的头上。"

"你该当何罪？交出权鞭！"艾罕丁冷酷地说。

古兰丹周身一阵颤抖，然后，她努力用手支撑着，缓缓地站了起来。她的双手抚摸缠在腰间曾经使她威风凛凛的权鞭。

"我是你的未婚妻古兰丹呀！"她迟疑地、缓缓地说。她已经知道自己命运的结局了，但是，仍然想最后再挽救一下自己的生命。

"错了，你是我们的走狗！走狗无能，当死！你知道得太多了，当死！我们在你们东西南北安插的各级耳目，你全知道。你甚至不如一条狗！不如我的黑狗！它不会讲话！它永远忠诚！你连你的祖国都背叛，你什么时候背叛我们？叛徒，当死！"艾罕丁疯狂地吼道。

古兰丹解下缠在腰间的权鞭，掷在艾罕丁王子的脚边。她再也支撑不住了，陡然间瘫在地上。一头黑亮的秀发蒙住了她的脸。

艾罕丁转向那只面目狰狞的恶犬黑豹。恶犬黑豹理解它的上司冷酷的目光。

它闪电似地一跃而起，像一只猎豹扑向它平日一同游戏的伴侣的喉咙。

宫室门外的侍者，只听到一声凄厉的惨叫。

他们再听到的是艾罕丁的命令：

"给黑豹一只烤羊！"

他们再听到的是恶犬咀嚼骨骼的声音。

他们人人脸色变得苍白如纸。

艾罕丁王子匆匆跨进魔王萨泽江的宝殿。

他见到神色威严的父王萨泽江,单膝跪下,双手抚胸,低首禀告:

"尊敬的父王,古兰丹已经不会再讲话了。"

"好,这样我们安插在克里木王国的所有耳目被暴露的可能性就会减少了。她是唯一知道在那里的所有走狗名单的奴才。"

说到这里,他眼前显现出当年他亲自授予古兰丹"权仗"的情景。他又看到古兰丹双腿跪在阶下,双手接过"权仗",感恩戴德的奴才相。他还看见在她的目光中闪出得意而狂傲的神情。从那个时候起,他就在寻找赐她去死的时刻。现在终于实现了。想到这里,他眼睛中的凶光顿时收敛了,看着他的儿子,微微点了点头,心里在说:

"唯子知父心。"

他对王子讲:

"打点行装,立即出发,赶赴克里木的领地!必须阻止他们打开克里木的武器库和宝库!绝对不能让他们打开武器库,绝对不能让他们武装起穆拉罕的牧民!武器库的盔甲和利剑都是用天山冰铁锻造而成的,利剑无坚不摧,盔甲刀剑不入。如果用它们武装的克里木可汗与塔吉克王军队结集成军,我们将永远无法战胜他们。宝库的两副钻石钥匙分别在阿依古丽和博斯腾手中。卡拉尼耶提有可能拿到金杯银杯和钻石钥匙。你可以等待他首先拿到宝库和武器库的钥匙。他有可能抢先夺宝。在他进入宝库的时候,就是你取他人头的时候。你必须把武器库的全部武器和宝库的全部财宝运回我们宫殿。现在,你拿好'权仗',你将指挥安插在克里木领地的所有耳目。这些走狗的生命在你的手中。这些走狗分别渗透在克里木王国的各个领域的各个层次。你的重要任务是扩大他们的队伍,责令他们传播我们的文化,只有这样,一旦我们占领克里木草原的时候,那些亡国的奴才能够很好地适应这个变化。武装占领之前是文化占领。你的爷爷曾经多次试图征服他们,但是,失败了。现在是你复仇的时候了!记住,还有更重要的使命在等待着你!"

停了片刻,魔王萨泽江继续说:

"但是,这更重要的使命是……"

这时,魔王萨泽江俯身贴近儿子的耳边窃窃耳语。他说的是什么,谁也听不到了。不过他的话艾罕丁也没有能够听懂,因为,艾罕丁心中只记得"你必须把宝库的全部财宝运回我们宫殿",财宝以外的事情他听不进耳朵中。然而,正是对财宝的疯狂追求,使他自己永远也不能回到他们的宫殿了。

一个长长的骆驼商队缓缓离开了魔王萨泽江的领地。一个英俊潇洒的青年商人伴随着一个蒙面的女人,带领着这支庞大的商队,向克里木领地连夜进发。尾随着商队的还有一个舞乐杂技驼队。他们的表演都是在骆驼背上进行的。一匹高大的骆驼背上架着一个方平台,上面坐着四个乐师,一个弹箜篌,一个吹唢呐,一个击响板,一个摇手鼓。另一匹骆驼背上有一个小圆平台,这个小圆平台就是女舞蹈者在上面跳舞的地方。一些青年人在骆驼背上表演杂技。令人奇怪的是即使来到闹市,商队也不会停下来卖东西,舞乐队也不会停下来打场子。乐师只是在骆驼背上演奏,杂技演员只是在骆驼背上翻筋斗,女舞蹈演员也只是在小舞台上旋转身姿。他们的舞蹈艳丽妙曼,杂技惊险罕有,乐曲新奇怪异。他们经过闹市,人们伫足观看。他们匆匆离去,在人们心中留下了疑问:他们从哪儿来,到哪儿去,他们为什么来得那样匆匆,去得这样慌忙？人们张望着他们渐渐消失的身影,静听着远去悠扬的乐曲声,回味着他们奇怪的表演。

十九、黄牙登基

　　古兰丹倒在血泊中的时候，卡拉尼耶提正在克里木可汗宫殿里举办登基典礼。宫殿里鼓乐齐鸣。

　　在克里木可汗宫廷的大殿上，缺齿黄牙、满脸皱纹的卡拉尼耶提像一只瘦狗，斜靠在克里木可汗的宝座上，五十一名卫士个个披甲戴盔，手持锐矛，肩挎银盾，站在他的身后。他将克里木可汗的王冠戴在自己的头上。灰黄的瘦脸上堆着的是小人得志时的傲慢与得意。王冠上的两颗钻石依然闪闪发亮，一颗放出蓝色的光芒；一颗放出红色的华采，令人记起它们在克里木可汗头顶上时的时光。

　　皇后的宝座仍然空在那里。

　　卡拉尼耶提用他那带着女人腔的声音宣布：

　　"我任命巴赫迪江为宰相。"

　　他的话音未落，两列群臣一片哗然。

　　卡拉尼耶提一挥左手，五十一名卫士同时一跺长矛，发出一声巨响。

　　群臣顿时鸦雀无声。他们敢怒不敢言。大家只能轻蔑地看着弯腰跪在卡拉尼耶提脚下不断谢恩的巴赫迪江。

但是,群臣中有一位须发全白的老臣穆尔扎·艾义德尔神态依旧安详而沉静。老人的眉宇间透出睿智和刚毅。他似乎没有听见那声巨响,他似乎没有看见克里木可汗宝座上的那头瘦狗和瘦狗脚下跪着的奴才。

艾义德尔老人身边站着一位英俊的青年臣子阿米尔。他身材秀挺,相貌端正,眉宇间透出聪慧和英气。最独特的是在他的肩上有一个和他从不分离的伴侣。她是一只娇小秀美的金雕。如果你细看这只金雕的话,能够看到她的每只琥珀色羽翎上都镶着细细的金边。她的一双美目像一对金星闪烁着悦目的光华。特别是在她的头顶上有一尾金红的羽毛,闪烁着夺目的金光。每一位心地善良的人看到这金光,从心底会翻涌出喜悦的浪花;每一个心地阴暗的人看到这金光,从心底会产生令他周身战栗的恐惧。因为这金光能够穿透他黑暗的内心,暴露他内心的阴暗。所以,卡拉尼耶提和他的仆从们是从来也不敢正视站在阿米尔肩上娇小秀美的金雕的。

这位白发老人转过头来,用极其轻微的声音对他身边的阿米尔说:

"记住,跪在地上的巴赫迪江是魔王萨泽江派来的重要奸细之一。是他和那只瘦狗密谋杀害克里木可汗的。他们将把魔掌伸向阿依古丽公主、金鹰博斯腾和草原英雄巴拉提。这些英雄是魔王萨泽江霸占草原的障碍。记住,你的使命是了解他们的阴谋活动!"

在这位青年臣子的脸上只有深思,没有任何其他的表情。小金雕也在侧耳细听。你如果细看她的美目,一定能够看到她的双目里闪动着活泼的金星;你如果能够看出她的表情的话,一定会看到她在笑;你如果能够听到她的内心声音的话,一定会知道她在渴望凌空飞翔,在那深邃的蓝天,俯瞰地面的一切。一切阴谋逃不过她的眼睛。

白发老人能够看透这一切,能够听到这一切。他明亮的目光注视着阿米尔,看着振翅欲飞的小金雕。阿米尔在沉思,小金雕在笑。老人轻轻点了点头。

这时,卡拉尼耶提看到群臣怒目而视,内心涌出一阵虚怯和恐惧,他用颤抖的声音尖叫道:

"散朝!"

群臣一哄而散。

英俊的阿米尔双手轻扶着白发的老臣艾义德尔,缓缓步出大殿。

巴赫迪江仍然跪在地上,嘴里仍然重复地说着:

"奴才永世感激伟大的卡拉尼耶提可汗的恩典!"

卡拉尼耶提昂着头似乎什么也没有听到,更没有看到巴赫迪江阿谀谄媚的奴才样子。

巴赫迪江也感觉到了,于是,他站了起来,打算再次叩动卡拉尼耶提的心坎,施展他擅长的挑唆怂恿的诡计。他凑到卡拉尼耶提的耳边,用蚊子飞一样的声音说:

"您想知道克里木可汗的临终遗言吗?"他的一双鼠眼紧盯着卡拉尼耶提的面孔,看到卡拉尼耶提的一双绿豆眼在眼眶中转动,立即接着说:

"唯一的办法是娶美若天仙的阿依古丽公主为妃子。只有阿依古丽听到克里木可汗的遗言。阿依古丽知道克里木可汗宝藏的秘密。"

"巴拉提是她日夜思念的矫健的雄鹰。"卡拉尼耶提无奈地说。

"消灭她心中的英雄巴拉提。"巴赫迪江迅速地说。

"巴拉提的英武是无人能够战胜的。"卡拉尼耶提仍然无奈地说。

"巴拉提自己能够战胜自己。他的宽阔心胸却可以被您利用:他是愿意为别人的自由献出自己生命的人。把那只山鹰带到他的面前,他将为山鹰的自由而死。"

但是,巴赫迪江的罪恶阴谋是永远不能得逞的。因为,他忘记了在他毒害山鹰的时候,他曾经得意忘形、狂傲地讲出一句话:

"除非有人用自己的头颅换取你的自由,银杯的魔法才能够解除,你才能够恢复原形。"

但是,盲目执行主子阴谋的银杯却将这句话刻在杯心中了。

两个恶魔想象不到银杯的愚忠。当巴拉提为了山鹰的自由而献身的时刻,锁住山鹰的银杯魔法真的立即解除了。他头上的羽毛瞬间恢复成闪着钻石光彩的金冠,身上的羽毛片刻恢复成秀挺潇洒的紫色长衫。山鹰站立起来,成为英俊威武的金冠少年博斯腾。

两个恶魔也想象不到,雪莲花会用自己的生命挽救巴拉提。丑恶的内心使他们不可能了解草原人民伟大的奉献精神。这伟大的奉献精神正是草原人们永恒的灵魂。

两个恶魔更想象不到,现在,两位英雄正在奔向草原的途中。而这两位英雄却知道这两个恶魔即将把魔掌伸向善良的阿依古丽公主,穆拉罕草原人民即将面临魔王萨泽江带给他们的灾难。

两个恶魔沉醉在自己的阴谋之中,得意使他们忘形。他们不可能知道,正义即将宣判,惩罚正在等待着他们。

二十、骆驼刺的力量

天色微曛。云隙变成石青色。云朵被染成深紫色。一丛丛带露的墨绿骆驼刺点缀着黑石戈壁滩。

阿依古丽和阿曼尼无力前行。骏马也因为连日奔驰而难以举步。

阿依古丽远望着天边的晚霞，看着黑色的沙丘，还有那墨绿的骆驼刺丛。她耳边响起了巴拉提的声音：

"在沙漠里，骆驼比人坚强，是因为它们以苦涩为食。苦涩给骆驼力量。苦涩也会助人成长。吃骆驼刺的人，能够像骆驼一样无畏而坚强。"

她们停下来。她们跨下马来。阿依古丽跑去采摘翡翠般的珠叶骆驼刺。她小心地放在嘴边，细细地咀嚼，咽下苦涩的浆汁。这时，她突然眨了眨美丽的大眼睛，心中充满新奇的感觉，她感到饥渴在渐渐消失。

阿依古丽看见远处还有巴拉提采摘过的长着锐利尖刺的骆驼刺。她跑过去采摘。她勇敢地咀嚼。这时，她美丽的大眼睛又一次眨动，她更加感到奇异的是饥渴不但在消失，而且困倦也陡然逝去，疲劳也瞬间消遁。她感到周身轻松,头脑清朗,心中充满渴望奔跑跳跃的力量。

阿依古丽立刻回身跑去采摘翡翠珠叶骆驼刺,然后双手捧着,递给阿曼尼。

"你尝一尝,看一看是不是它能够解除饥渴?"阿依古丽不敢相信自己的体验是真的。

阿曼尼双手接过翡翠珠,大胆地放在嘴里,细细地咀嚼,咽下苦涩的浆汁。这时,她感到一种沁人心脾的清凉和甘美,她的饥渴渐渐消失。

她惊喜地说:

"怎么苦涩的骆驼刺会变成奶茶和烤馕?"

阿依古丽立刻转身跑过去采摘长着锐利尖刺的骆驼刺,然后跑回来,双手捧着,递给阿曼尼。

"你尝一尝,看一看是不是它能够消除困倦、疲劳,增加力量?"阿依古丽仍然不敢相信自己的体验是真的。

阿曼尼接过带刺的骆驼刺,她勇敢地咀嚼。当她小心地咽下更加苦涩的骆驼刺的时候,她感到眼前一阵清亮,饥渴不但在消失,而且困倦也陡然消遁,疲劳也瞬间逝去。她也感到周身轻松,头脑清朗,心中充满渴望奔跑跳跃的力量。她惊呆了。

多日以来, 她们内心深处的担忧和恐惧瞬间消失殆尽。多日以来,她们没有相互倾诉自己内心的痛苦和悲伤,都把心里的一切隐含在她们不敢对视的目光里。她们不愿相互诉苦,也不能相互诉苦,只想默默地互相激励。多日以来, 她们眼前能够看见的只有丑恶和阴谋,能够感到的只有内心中巨石般的重压。然而此刻,她们感到和看到的是力量和光明。她们第一次能够勇敢地相视了。她们相视而笑了。她们感到体内的力量还在倍增。力量给她们信心。阿依古丽清脆甜美的少女的笑声格外动听，像银铃吐出的优美歌声，飘向平坦的戈壁，飞向高远的蓝天。

她们不约而同跑去采摘翡翠骆驼刺的珠叶，双手捧着喂几乎无力站立的骏马。饥不择食的骏马禁不住大口大口地咀嚼起来。它们边吃边用前蹄轻踏地面。它们的身上似乎产生了什么异样的感觉。它们竖起双耳，昂首四处张望，不安地甩动起长尾。它们似乎听见了什么。它们似乎看见了什么。它们紧张地猛踏地面，在砾石上溅起红色的火星。它们这是向美丽的阿依古丽和善良的阿曼尼表示什么呢？可惜，它们不能说出来。它们奋蹄欲奔。

阿依古丽看到骏马恢复了体力，情不自禁地将她娇美的樱桃红小脸贴在自己心爱的骏马秀挺的脖颈上。这时，她惊奇地听到了宝马的心声。它告诉她们，它听到了远方恶魔追逐的脚步声，追兵即将来临了。但是，阿依古丽再也不忍心骑上骏马。她对骏马说：

"咱们赛跑吧！"

她的小手放抛开了缰绳，自己先跑起来。她的马儿紧追过来。阿曼尼牵着她的马追了过来。人在奔跑，马在奔驰。

夜幕低垂。宝蓝的天空上嵌着金色的星星。阿依古丽和阿曼尼在星光中奔跑，越跑越快。马儿紧紧追赶，一时却赶不上她们。她们感到饥渴和疲劳早已消失得无影无踪，身体里有的是奔涌迸发的力量。

巴赫迪江弯着他永远直不起来的腰，趴在瘦马背上。他的马后面跟随五千名被蒙着眼睛的士兵，远远看去像是一条长蛇，在布满黑色砾石的戈壁滩上蜿蜒游动。

夜风骤起。夜寒来袭。巴赫迪江周身一阵颤抖。他抬头睁开一双鼠眼,四周巡视。四周是无边的黑暗。墨黑的夜空使他感到轻松。在黑暗中,他的魔法可以施展了。他枯瘦的身体一摇,身影顿时消失。他瞬间化为一只漆黑的蝙蝠,伏在他的瘦马背上。这只恶蝙蝠左右张望,然后,扑扇翅膀飞了起来。瘦马对此仿佛毫无觉察,仍然在一步一步地继续行进。五千名被蒙着眼睛的士兵毫无觉察,仍然盲目地只凭听觉,跟着这匹没有人骑的瘦马继续行进。令人奇怪的是,他们的一只手或持矛或持刀,另一只手是空着的。他们却不想用自己空着的手,撕开蒙着自己眼睛的黑布,好让自己不必这样磕磕绊绊地瞎走。这是因为他们的奴性使他们习惯盲目,习惯盲从,习惯逆来顺受,习惯别人强加给他们的一切。

恶蝙蝠却四处翻飞。它黑色的鼠眼闪着绿光。它飞过黑山,越过密林,一直寻找不到阿依古丽公主。狡诈的恶蝙蝠转动鼠眼,琢磨如何摆脱盲目寻找的处境。它想阿依古丽一定是逃往穆拉罕草原,现在一定在通向穆拉罕草原的路上。它立刻斜翅转弯,飞向通往穆拉罕草原的道路。片刻,它听见了马蹄声。他兴奋得发出一声刺耳的尖利嘶叫。

阿依古丽和阿曼尼的骏马竖起它们的双耳。它们听到这怪异的嘶叫声,意识到恶魔临近了。这嘶叫是恶魔得意忘形地显示威风。于是两匹富有灵性的骏马拼命加快步伐,很快就追上了阿依古丽、阿曼尼,和她们并肩飞奔。

阿依古丽已经清楚地知道自己身上的力量。她也清楚地知道她们奔跑的速度是恶魔永远无法追上的,但是,她不愿意将他们引向穆拉罕草原。她远远地看到右前方布满黑色的巨岩,就轻拉了一下缰绳。她的马立刻就领悟了,斜身转弯奔向戈壁滩上裸露着的黑色巨大的岩石块。它们知道,这些巨岩能够帮助可爱的公主逃出魔掌。

恶蝙蝠得意得太早了。它以为自己的魔爪可以立即抓住阿依古丽公主,但是,恶蝙蝠像一切耍阴谋的人一样,是不能见到丝毫光明的。当光明出现的时候,它们的魔法就会立即消失。就在这只恶毒的蝙蝠打算伸出魔爪的时候,地平线上一抹石青色的曙色微现了。恶蝙蝠黑色的蹼翅立即消失。它从高空猛地头朝下跌落,摔在戈壁滩的砾石上,顿时摔晕过去,半天醒不过来。当它醒过来的时候,除去它闪出绿光的鼠眼依旧之外,它的蹼翅早已化为臂膀,黑爪变为双脚,恢复了巴赫迪江的身形。他吃力地从砾石地面爬起来。他觉得脸上有些凉的东西流下来,用手一摸,才知道头顶摔破了。剧痛使他的胸腔里涌出一股仇恨的怒火,不由得发出一声沉闷的吼声。

巴赫迪江的瘦马找到主子,也带来那五千名盲兵。

巴赫迪江吃力地爬上瘦马,急切地下令:

"加速追逐!狠狠地射杀!"

盲兵立即执行,疯狂地追逐,盲目地射箭。可是,已经太晚了。阿依古丽、阿曼尼和双马已经进入巨岩群。

没有目标的毒箭射到岩石上溅起一簇簇血色的火星。

阿依古丽和阿曼尼从容地从一块巨岩跳到另一块,而巴赫迪江带着他的士兵却必须绕着巨岩来回奔跑。阿依古丽和阿曼尼感到自己有着用不完的力量。阿依古丽试着推动一块巨大的黑色岩石。她惊奇地发现自己不费多少力气就掀翻了它，于是，她双手捧起这块巨石，举过头顶，跳上另一块岩石。

阿依古丽高高举起巨石，威风凛凛地站到巨岩上，看着黑压压的士兵，她却不能投掷。她认得这些士兵。她知道，他们曾经是父王忠诚而勇敢的战士，现在却横挡在自己奔向穆拉罕草原的路上。她想告诉他们自己是他们的公主，她想让自己的战士听取自己的命令。但是，他们的眼睛蒙着黑布。他们看不见自己的公主。他们只能盲目执行恶魔的命令。阿依古丽对他们充满同情。她不忍心掷下巨石，只得将它轻放在地面，以免猛然落地砸开砾石，伤了这些可怜的盲兵。她也不忍心再让他们围绕巨岩跑来跑去"捉迷藏"了。她和阿曼尼牵着心爱的骏马奔向胡杨林。她想尽快远离这些可怜的士兵。

在她们进入胡杨林之前，阿依古丽回过头来，望着这些士兵，轻声自语：

"盲目的人们啊，需要用你们自己的双手撕开蒙住自己双眼的层层黑布。那是别人给你蒙上的，也是你们自己蒙紧的啊！你们是无人能够战胜的英雄，但是你们用自己的双手蒙紧自己的眼睛，你们被主子虏获了，更是被自己打败了。可怜的人哦！"

巴赫迪江看到柔弱的阿依古丽却有着无比的巨大力量。他惊呆了。他远望着她们的身影消失在胡杨林中，一筹莫展。盲兵是无法追上她们的，而即使能够追上她们，也不可能抵挡阿依古丽的神力。巴赫迪江不由得发出一声恶狗般的吠叫，既而这吠叫化为哀鸣。他知道不能抓到公主，不能拿到红蓝钻石，他将面临悲惨的命运。想到未来的命运，恐怖使他感到自己的肝脏在颤抖。

巴赫迪江的腰弯得更低了。他无力地勉强趴在那匹瘦马上。他的马后面继续跟随着那群蒙着眼睛的士兵，像一条长蛇，蜿蜒游动着，不知道游向何方。

　　巴赫迪江在走投无路的时候，突然想起一个克里木可汗王宫的宫女。这个宫女名叫阿西娅。他曾帮助这个野心勃勃的宫女逃至魔王萨泽江那里。想到阿西娅，他永远弯着的腰几乎直了起来。他想：

　　"她即将回来，替我完成使命。阴谋的力量是无穷的，我的力量就是无穷的。阴谋是善良的傻瓜们想象不到的。阴谋可以令他们防不胜防，使他们的力量和智慧无济于事。阿依古丽呀，你终将命丧我手！"

　　想到这里，巴赫迪江的腰竟然直了起来。他抬起头，轻松地驱赶瘦马，踏上返回王宫的小路。

二十一、毡房奶茶香

阿依古丽和阿曼尼穿过胡杨林，踏过布满黑色砾石的戈壁滩。

阿依古丽抬眼远望，惊喜地看到了前面两座褐色的巨岩。她不敢相信自己的眼睛，自己真的是来到巴拉提以手做斧劈开的石山面前了吗？真的就要看到幸福泉了吗？

这时，她听到了幸福泉泉水的淙淙声。她不顾一切地飞跑过去，跑到那碧草茵茵的泉边。她看见了那在阳光下闪亮奔流的银泉。她感到欢快在自己心里奔腾。

她跑过去，细看碧草丛中涌出的莹洁如玉的泉水。泉水宛如涌动的水晶，宛如奔流的珍珠，又像一群活泼的孩子，欢笑着，跳蹦着，奔向青翠的草原。清泉经过的地方，青草从沙砾中钻出来，波斯菊细长的花茎举起翠绿的花蕾，绽放出紫色、蓝色、红色的花朵。

阿依古丽激动地自语：

"这是我们的巴拉提用他的双手劈开的巨岩，从这巨岩间奔流而出莹洁的幸福泉！"

阿依古丽新月般的双眉舒展开来，一对甜甜的小酒窝显露出来。

她双膝跪在泉边，用双手捧起钻石般明洁清澈的泉水。她小心地送到嘴边，细细品尝清泉的甘美。这就是从水晶宫里涌流出来的草原的生命呀！

阿依古丽想起自己对巴拉提说的：

"泉水像水晶一样晶莹纯洁！清泉将带给穆拉罕草原人们幸福！就叫她幸福泉吧。"

"阿曼尼，快来尝尝我们的幸福泉水吧。"

阿依古丽大声说着，又跑过去牵两匹心爱的骏马，轻轻拍拍它们。它们是知道阿依古丽的心意的，立刻弯下它们秀美的脖颈，品尝起甘美的泉水。

阿依古丽顺着清泉的流向放眼望去，看到了泉水滋润的丰美草原。翠绿的原野恬静而安宁。晨光柔和地洒在绿茵茵草滩上。草原显得格外新鲜明亮。无边的原野是鸟儿们的赛歌场。松鸡、榛鸡和黑琴鸟不停地唱着欢快的迎春歌。蜜蜂的嗡嗡声像大提琴弦上不断流出的和弦，汇成歌海里奔涌的春潮。阿依古丽和阿曼尼在草原的蓬勃乐曲中上路了。这时春风送来一股醉人的炊烟香。她们向炊烟飘来的地方飞奔。她们在草坡顶上，放眼远望。草滩上远近的乳白色毡房升起淡蓝色的袅袅炊烟。

草原四处弥漫着淡淡的炊烟香。这是母亲们煮奶茶时，柴灶散发出来的炊烟香，是母亲们粗糙的双手散发出来的永恒的清香。只有偎依在母亲怀里，才能够感受到的甜香。

啊！家乡的炊烟香！童年时光的炊烟香！恬静温馨的炊烟香！

环视翠绿的原野和一座座乳白色的毡房，阿依古丽无限欣喜。她深深地呼吸着草原纯净温馨的气息。她缓缓地吐出了心底的声音：

"我不再是阿依古丽公主了。我是穆拉罕草原的伊犁姑娘。"

她跪在草地上，亲吻柔软而清凉的翠草，泪水禁不住涌了出来。黑色沙暴般的往事陡然涌上心头。这颗天真的心骤然间承受了她所不能承受的痛苦，此刻，她亲吻碧草，柔嫩的碧草令她感觉到那曾经以为再也见不到的安宁和温馨，现在又回到自己的脸边，又贴近自己的身旁，她禁不住放声痛哭。阿曼尼跪在她的身边，等待着。马儿伫立一旁，等待着。

许久许久，阿依古丽停止了哭泣。她又一次缓缓地吐出了她心底的声音：

"我永远不再是阿依古丽公主了。我永远是穆拉罕草原平凡的伊犁姑娘。我要像幸福泉一样永远和草原在一起。我要永远远离那野心膨胀、权力厮杀、阴谋纷争的宫殿！"

阿曼尼理解阿依古丽的内心：

她渴望永远远离那阴霾笼罩的宫廷！她渴望永远远离那权势纷争的人群！她渴望草原永恒的和平和真爱！她纯真的心本不应承受权势纷争带给她的痛苦的，然而，残酷的权势纷争瞬间夺走了她父母的生命，夺走她的母爱和父爱，夺走她应该享受的青春欢乐和宁静，而且，那残酷的纷争还在时时刻刻威胁着她的生命。想到这里，阿曼尼心里涌出无尽的怜爱。她伸出双手轻轻抚摩阿依古丽的柔发，眼睛里涌出无限爱怜的泪花。

一个少女的确需要亲人的爱抚。在这片美丽的草原上，的确有一位母亲怀着深厚的母爱在等待着她。从昨天开始这位母亲就在等待着她。

你看,她站在翠绿的草原上等待着她们。她准确地知道她们到来的时间。就在鸟歌初唱的时候,她在路边举头远望。在草原的尽头,她们刚刚出现,还分不清楚是几个小黑点的时候,老人家就知道是她们来了。她踮起双脚,举起手臂,挥动手中丁香紫色的丝巾,向她们招呼。

还是阿依古丽眼尖,远远地就看见了在晨光下闪烁丁香紫色的丝巾。她一拉缰绳,就跑起来。阿曼尼随即跟上来。她们像春燕归家一样飞向老人家。

老人家用母亲和蔼慈祥的目光迎接她们。

"你们可来了。快,回毡房吧。"

她左手紧紧拉着阿依古丽冰凉的小手,右手紧紧握着阿曼尼消瘦的大手,领着她们走进她的毡房。洁净雅致的毡房令阿依古丽眼睛一亮。她们一进毡房,第一眼看到的是老人家昨天刚刚铺挂好的美丽的丝毯,这是专为迎接她们而张挂的。毡房壁上,湛蓝的丝挂毯上绣满绚丽多彩的雪莲花。毡房地面,铺着翡翠绿的丝毯,上面织有初放的带露玫瑰花。满毡房里仿佛四处都是绽开的鲜花。这些鲜花似乎芬芳四溢。不过,真正的芬芳是从铮亮的紫铜奶茶壶中弥散出来的奶茶清香,是从烤炉中飘溢出来的烤馕和烤肉的浓香。

老人家递过一个盛着净水的大葫芦,让她们洗脸洗手。她盛满热热的奶茶,递给她们。她端过来香香的脆馕和片好的烤羊肉,摆在地毯上。阿依古丽双手捧着温暖的奶茶碗,轻轻地抿了一小口,满嘴都是奶茶的清香。多少个日日夜夜她生活在痛苦和惊恐中,多少个日日夜夜她没有能够喝到一口温暖的奶茶,现在,双手捧起这碗香香的奶茶,热在手上,暖在心里。她看着老人家。老人家端庄和善的笑脸上,一双明亮的眼睛正在慈祥地、充满关爱地看着她。老人家心想,她是一位多么美丽温柔的小公主呀。

"我一直在等待着你们。"

"您怎么知道我们会来呢？"

"小金雕昨天告诉我的。"

"小金雕是谁呀？"

老人家笑了笑说:

"以后你们会见面的。"

这位慈祥的老人家就是穆拉罕草原牧民人人都尊敬的阿娜尔罕大婶。孩子们还亲切地称她金雕奶奶,把她的毡房叫做金雕毡屋。

在这温暖的毡房里, 在老人家特意准备的铺着羊绒被褥的小床上,阿依古丽安详地睡着了。

她梦见了正在抚摩她脸颊的母亲温柔的手;

她梦见了正在看着她的父亲睿智闪光的双眼;

她梦见了巴拉提鼙黑刚毅的笑脸。

在梦中,她笑了,甜甜地笑了。

"她笑了! 她笑了!"这是从毡房门缝钻进来的小娜伊悄悄说的。她带着两个小朋友来看望金雕奶奶,想要一些金雕奶奶做的香馓子。可是,一进毡房就看见甜睡中的阿依古丽公主。孩子们的目光被睡梦中的公主身上散发出的华美光彩吸引。公主玉白的脸盘透出桃花般的红润,轻闭着的双眼低垂着紫燕墨羽般的睫毛,微合着的双唇有着水洗过的樱桃的亮泽,洁白眉宇间透出若有若无的淡淡蓝晕。她的双唇微动,小小的酒窝又出现了。三个小姑娘趴在小床边看入迷了。

"她笑了!她笑了!"小娜伊轻声说。

"别吵醒公主!"金雕奶奶柔声说。

可是,阿依古丽公主却从睡梦中醒来了,她说:

"我不是公主。我是伊犁姑娘。我永远是伊犁姑娘。"

她睁开了惺忪的明眸,看见三个活泼的小鹿般的小姑娘,伸手去拉她们。她们却像一个个活泼的小鹿跑着、跳着、笑着,钻出毡房。她们边跑边喊:

"伊犁姑娘来了!伊犁姑娘来了!"

小娜伊的弟弟阿肯从他家的毡房钻出来。他看到姐姐兴高采烈的样子,转身跑回毡房,抱出和他差不多高的一面大鼓来。他的腰间系着一个胡杨树根做的大鼓槌,拖在地上,拉着出来。他把大鼓放稳当,搬来一块大石头垫在自己的脚下。他立刻显得比大鼓高了一些。他解下系在腰间的鼓槌,双手举起,敲起鼓来。他一边敲鼓,一边向四处张望,看看有没有大人走出毡房。听到他的鼓声,赛里木爷爷缓缓走出毡房。他捻着自己的胡子,笑着问:

"小阿肯,什么喜事来了?"

"爷爷,伊犁姑娘来了!姐姐说的。"阿肯的双眼闪动着喜悦和得意的光芒。伊犁姑娘他还没有见过,伊犁姑娘是谁他都不知道。小娜伊姐姐喜欢的客人,就是高贵的客人。草原上的人们从小就是这样好客。

赛里木爷爷也不知道谁是伊犁姑娘,可是,孩子们高兴的事情就是爷爷心中最大的事情。他侧耳细听小阿肯的鼓点,知道孩子在敲打古尔邦节跳的萨玛舞的节奏。他清了一下嗓子,从腰间取下永不离身的唢呐,举起来,和着鼓点,吹起萨玛舞蓬勃热烈的旋律。

"过什么节呀,赛里木大爷?"

"孩子们的节日!欢庆伊犁姑娘来了!"

小伙子们来了。他们带来了冬不拉。

姑娘们来了。她们拿来了手鼓。

大婶大叔们放下手中的活计,也来了。

他们的脚禁不住踏着鼓点,和着乐曲,展开双臂,跳起萨玛舞来。

以前的阿依古丽公主,现在的伊犁姑娘和阿曼尼也来了。她们看到欢乐的人群, 听到热烈的旋律, 内心积压好久的阴霾一下子散尽了。她们也禁不住踏着鼓点,和着乐曲,展开双臂,旋转起柔美的身姿,加入欢乐的人群。

橘红的大圆月亮出现在地平线的时候,人们点起了篝火,环绕着飘荡跳跃的小火苗跳着、唱着:

穆拉罕草原的姑娘,

幸福泉边上的天鹅。

脸盘像带露的玫瑰,

卷发在清风中飘拂。

穆拉罕草原的姑娘,

幸福泉边上的天鹅。

云朵做洁白的衣裙,

心灵泉水般的明澈。

小娜伊心里知道,这是赛里木爷爷为伊犁姐姐唱的歌。她高兴得笑脸红得赛过红樱桃。她心里永远记得妈妈说的,别人的美好,就是自己的幸福! 她忘记了羞怯,跑到伊犁姐姐身旁,拉着伊犁姐姐的小手,跳起活泼欢快的舞蹈。草原上的伊犁姑娘享受着真爱带给她的喜悦。她兴奋的笑脸赛过红苹果。

　　在篝火旁烧烤的羊肉浓香四溢。烤羊滴落的油汁在火苗中丝丝作响,仿佛在告诉人们到了品尝美餐的时候了。不知疲倦的小阿肯加快了鼓点。手鼓上的串铃声响成一片。冬不拉的节奏像澎湃的海涛。赛里木爷爷的唢呐旋律像风中的烈火。突然,这一切戛然而止。瞬间寂静。倏地,人群中迸发出一阵热烈的掌声和欢笑声。

　　姑娘们端来香梨、葡萄和无花果。阿娜尔罕大婶在给大家盛奶茶。赛里木大爷开始用他的英吉沙小刀片烤羊肉。人们在草原温暖的晚风中,碧草的清香里,享受着迷人的晚宴。草原牧人心中有的只是真爱、信赖和忠诚。

　　金色的圆月静静地升起。她亲切地望着欢乐的草原牧人,分享着他们的幸福。 也许此刻,月亮也渴望像阿依古丽公主一样,飞落草原,永远和欢乐的牧人生活在一起。我要是明月,我一定这样做,把光明永远洒向草原牧人的心中,让自己和草原牧民永远相伴在一起。

　　圆月边上真的飞来一颗金色的小流星。这颗小星星越来越大,向欢乐的人群飞来。不久,可以看清楚她了。她是一只有着金红色羽毛的小金雕。她轻捷地扇动羽翅。娇美的小头上扬着一片金红的羽毛。一双明亮的眼睛灵秀而聪慧。她鲜红的小喙格外玲珑秀美。她一双娇小的爪子像穿着一对鹅黄的小皮靴格外华丽。你能够感觉到,她似乎不是一只小金雕，而是一位娇美的小姑娘。

她绕着人群飞着。她看见阿依古丽公主了。她在她的头顶盘旋了片刻。

小娜伊高兴地拍着她的一双小手，伸着两只小胳臂，跳着小脚，展开双手渴望接到小金雕。小金雕看见她热情的样子，就飞过来，张着双翅，伸出那双可爱的"小皮靴"，轻轻落在小娜伊的小手上。小娜伊双手捧着小金雕，激动地亲吻她的小脸。

阿娜尔罕大婶立刻放下自己手中的奶勺，在自己的围裙上擦擦手，匆匆站了起来。神色似乎有一点紧张。平常小金雕都是白天回家，现在她这么晚飞来，一定有重要的事情。她看着小娜伊手上的小金雕。

小金雕的鲜红小喙轻轻地贴在小娜伊的小脸上。片刻，她抬眼向阿娜尔罕大婶看去。接着，她展开双翅，一双小脚轻轻一蹬，飞了起来，轻轻落在大婶的肩膀上。她的小头立刻紧紧地贴在大婶的脸上，像是一个久别的孩子偎依在母亲身边。人们惊喜地看着"母女"相会的动人情景。

阿娜尔罕大婶对伊犁姑娘说：

"你看，她就是小金雕。这么快，你们就见面了。"

伊犁姑娘惊奇地看着小金雕，忘记了少女的矜持娇羞，跑过来，把自己桃红的小脸伸给小金雕，等待她的亲吻。

"是你把我来的消息，告诉好妈妈了吗？"小金雕点着头。她长久地亲吻着姑娘的脸庞。

人们看着她们亲昵幸福的情景，感到无比欢欣和喜悦。皎洁的明月洒下青蒙蒙的光华。天地间仿佛是一块无边透明的水晶。原野空灵迷蒙，草香随着晚风轻轻飘荡弥散。不时传来远处一两声夜鸟的轻鸣。随后，还能够听到的就只有阵阵晚风带着淡淡的草香轻轻飞过的细细声音。

静夜来临了。明天还要放牧。小伙子们彼此拍着肩膀。姑娘们相互吻别。人群渐渐散去了。阿娜尔罕大婶拉着伊犁姑娘和阿曼尼，带着小金雕回到自己的毡房。

大家坐在花丝毯上，品尝起香香的奶茶。小金雕落在伊犁姑娘膝盖上。她们像是久别的亲姐妹一样倾吐各自的心里话。

伊犁姑娘向小金雕讲述了她和阿曼尼逃出卡拉尼耶提魔掌的经历。小金雕谆谆嘱咐伊犁姑娘一定要小心每一个陌生的人。魔鬼害人的恶意是永远不会改变的，特别要警惕一个名叫阿西娅的女人。

夜风轻飞的声音也远去了。姑娘们一直聊到深夜。

阿娜尔罕大婶看了一眼小金雕，又看了一下伊犁姑娘。小金雕微微地点头笑了。她展翅飞到了大婶的枕边。

伊犁姑娘躺在阿娜尔罕为她铺好的小床上，很快就甜甜地入睡了。她的心陶醉在真爱的幸福之中。梦中她似乎听到一位声音甜美的小姑娘在和阿娜尔罕大婶说些什么。

二十二、阿娜尔罕大婶

    阿娜尔罕大婶有一个聪明而勇敢的儿子,他就是阿米尔。阿米尔有一位形影不离的小伴侣,她就是美丽的小金雕。

    阿米尔十八岁的时候,带着小金雕,背着他父亲留下来的热瓦甫琴,告别母亲,离开穆拉罕草原,从此没有回来。不过,人们从来没有看到过大婶伤心落泪。大家以为是大娘坚强。人们因为担心勾起大婶的伤心事,谁也不愿提及她儿子的事情。但是,人们经常看到阿米尔的小金雕从远方飞回来,又从大婶的毡房飞出去。大家虽然觉得十分奇怪,可是日子久了,渐渐习以为常,也就不以为然了。只是大婶的生活越来越安闲,越来越宽裕。大婶的生活无忧无虑,大家也就为她放心了。不单大婶生活越来越好,而且她还经常周济别人。近年来,穆拉罕草原所有的贫苦牧民都受到过大婶的帮助。不管是谁,只要有了难处,她好像早就知道,立刻主动帮助。谁家有生病的,她立刻悄悄地送来草药;谁家的羊羔被野狼叼走,她就立刻悄悄地把自己的小羊羔送来。

    最令人们难忘的是,每逢大旱的时候,牧草枯黄,阿娜尔罕大婶就赶着她的羊群,领着全村的牧民赶草。她带领大家去的地方,定然是水草丰茂的地方。

令牧民最难忘的一件事情是,今年初夏,穆拉罕草原雨季来得早。遍布墨绿苜蓿的原野上,远近点缀着一片片鹅黄的雏菊,就像姑娘们新织出的毡毯一样美丽鲜艳。草原上,不时飞来一群群金黄鹂、黑雨燕和红椋鸟。它们带着欢快的歌声飞来又飞去。清晨的天空湛蓝、透明如水晶。明亮的太阳仿佛就在穆拉罕草原的边上,你迎着太阳走,肯定能走到太阳的身边去。早起的阿娜尔罕听到赛里木大爷吹起他的牧笛,召唤大家带领羊群去享受带露的早餐。阿娜尔罕大婶赶紧掀开毡帘,匆匆跨出毡房。她高声呼唤:

"赛里木大哥,今天不能放牧!得带大家到南山避黑沙暴!"

"他大姐,这么好的天气,哪来的沙暴?"

"北边黑沙暴已经起了,再晚走就迟了。快吹牛角号吧。人畜都得走。拆毡房,备牛车,照顾好孩子。告诉大家能多快就多快!"

赛里木老人家有几十年的看天气的经验,很少见到夏天会有沙暴的。他虽然心里嘀咕,可是,阿娜尔罕大姐心底善良,从来不讲虚言。他必须听从她的话。他立刻从腰间摸出许久没有吹过的牛角号,用力吹起来:

"呜……呜……"

远近的牧民都从自己的毡房走出来,不知道发生了什么意外的事情。听了赛里木大爷的话,人们仰头看看明媚的蓝天,心里疑惑,但是,赛里木大爷忠厚诚实,从来没有讲过虚言。人们必须听从他的话。大家立即返回毡房,匆匆喝罢奶茶,嚼了几口新烤的馕,开始收拾锅碗,打点铺盖,拆卸毡房。备好牛车,牵上马匹,赶起羊群,准备上路。

一时间，草场上人呼马嘶牛叫羊咩，热闹起来。

碧空依旧湛蓝、透明如水。太阳依旧灿烂夺目。金黄鹂、黑雨燕和红椋鸟成群地欢笑着飞来飞去，好奇地观看这热闹的场景。但是，当一片乌云匆匆飞过的时候，鸟儿们突然惊慌起来。有的鸟儿飞向高空，它们好像看到了什么，立刻箭似地坠落下来，匆匆掠过苜蓿叶梢，擦着地面，一群群地向天山南面飞去，瞬间消失得无影无踪。

阿娜尔罕大姊骑在她的枣红马上，率先起程了。她轻挥细鞭，驱赶羊群。她不时前后奔跑，照顾大家的羊群。赛里木大爷走在大家的最后，关照那些掉队的牛羊。

如果你能够坐在碧空徜徉的云端，俯瞰这长长的行进队伍，就会看到，它像一条多彩的丝带，在闪着锦缎般光泽的草原上，迎风缓缓地飘动着。如果你侧耳细听，还能够听到牛车车轮咯吱地吟唱，听到小羊不时咩咩地找妈妈的焦急声音。

赛里木大爷却昂首遥望那如絮的银色轻云，看着那湛蓝如水的碧空，不由得放声唱起来。他用舒缓而低沉的声音，唱出世代相传的古歌：

草原上的雄鹰，

你高高地飞翔。

乌云密集翻滚，

你高高地飞翔。

四处电闪雷鸣，

你高高地飞翔。

狂风卷起黑沙，

135

你高高地飞翔。

草原上的雄鹰，
你高高地飞翔。
乌云四散奔逃，
你高高地飞翔。
电闪雷鸣远去，
你高高地飞翔。
狂风黑沙消遁，
你高高地飞翔。

你是永远高翔的雄鹰，
苦难激励你高翔，
胜利鼓舞你高翔，
永远飞翔在草原牧人的心上。

赛里木大爷歌声的余音还在草原上空回荡的时候，在长长的行进队伍中，所有男子汉都放声应和，用他们浑厚而豪壮的声音，像海涛一样，呼应着，倾泻出人们心底澎湃汹涌的豪情：

草原上的雄鹰
你永远高高地飞翔，
苦难激励你高翔，
胜利鼓舞你高翔，
远飞翔在草原牧人的心上。

这时候，不知道是谁一声惊呼，打断了这豪壮的歌声。

"看啊！沙尘暴！"

人们顺着他的指向，看到西北地平线上，出现了一团滚动着的黑影。人们能够隐约地听到远方传来雷鸣般的声音。这时候大家开始觉察到大地都似乎在微微颤动。往年沙尘暴带来的灾害，依然留在人们的记忆中，然而，像这样猛烈的沙尘暴还没有见过。大家知道它经过的地方定将被黑色的砾石所掩埋。心里不由得充满惊惧，继而，从心底深深感谢赛里木大爷。

曾经饱尝沙尘暴灾难的老人们说：

"真得好好感谢赛里木大哥啊！"

"不，应该感谢的是阿娜尔罕大姐。是她清晨叫我吹牛角号，是她让大家迁草场的。是她的预言救了我们。"

这时候，阿娜尔罕却说：

"好了，他大哥，别多说了。再吹牛角号吧，告诉大家准备落脚。现在，我们可以停下来了。"

沙尘暴没有出现的时候，她让人们迁移草场；看见沙尘暴来临的时候，她却招呼大家停下来。一时人们不解地愣在那里。

阿娜尔罕看着大家的神情，笑了。她手指着前面两座的褐色巨岩，说：

"看吧，大家看这两座褐色的巨岩。它们原来是连在一起的，是我们的巴拉提，以手做斧，力劈石山。石山崩裂，一股清泉从两山之间喷涌而出。我们去看看这股清泉吧。"

人们顺着阿娜尔罕指的方向跑过去。大家听到淙淙的泉水声，看到碧草丛中涌出的一弯青青如玉的清泉。它像流动的水晶，像滚动的珍珠，像一群活泼的孩子，手拉着手，欢笑着，跳蹦着，跑了出来，奔向苍翠的草原。它们经过的地方，青草从沙砾中钻出来，波斯菊举起花蕾，绽放出紫色、蓝色和红色的花朵。

阿娜尔罕大婶说：

"这是从巨岩石隙中涌出的幸福泉！它是我们的巴拉提用他的双手开辟出的。我们到了这儿就不用担心了。多么大的沙尘暴也到不了这里。"

大家这时候也听到了泉边红椋鸟的歌声，看到了黑琴鸟的旋舞。它们唱着欢歌，跳着群舞。

突然雷声滚动，沙暴翻涌奔腾，墨云般铺天盖地而来，打断了鸟们的轻歌，中止了它们的曼舞。沙暴像是直奔褐色巨岩而来，人们不由得惊呼起来。但是，当它临近巨岩的时候，却陡然失去威风，戛然止步了。巨岩的前面好像有一面竖立在天地之间透明的墙壁，分割天宇，将疯狂肆虐的沙暴挡在这透明的天墙之外，使它无法逾越半步。滚滚黑风的狂妄顿时消失，阵阵黄沙无声地降落到地面。

人们看到一个奇迹：以褐色巨岩前面的天墙为界限，草原的上空被清晰地分成了两半：远处沙暴遮天蔽日，呼啸奔腾，令人惊惧；近处，天清气朗，风和日丽，随着青青山丘起伏的翠绿草原，绿得令人心醉神迷。

人们惊呆了。一时鸦雀无声。这时，一只鸟儿突然唱出了一声嘹亮的欢歌。人们随之迸发出一片惊喜的欢呼声。人们惊喜的是羊群不会受到伤害了。人们欢呼的是有了一片安居乐业的丰美草原。

赛里木大爷说：

"真得感谢阿娜尔罕大姐呀！是她叫我吹起牛角号的。"

"赛义德大哥可别这么说。我们真正要感谢的是另一个'人'。"阿娜尔罕大婶说。

"那是谁呀？"小娜伊仰着她美丽的小脸，闪动着一双明丽的大眼睛着急地问。

"等着吧，到了时候，我就会告诉你的。"阿娜尔罕大婶俯身在小娜伊的耳边悄悄地说。

这个"人"是谁呢？

其实，她就是小金雕！

其实，沙暴来的前一天。天气特别好。艳阳灿烂夺目，晴空明净澄碧。几朵白云留恋不去，静静地享受着阳光的温暖，欣赏湛蓝的天宇。就在这洁白云朵的后面，湛蓝天宇的深处，出现了一个小小的金点。她像流星般急速飞来。瞬间，能够看清楚这颗金星的样子了——她是一只闪着金光的小金雕。

阿娜尔罕大婶仰望蓝天，远远地就看见她。大婶笑着伸出一只手，等她飞落。很快，就可以听到她羽翅扇动的声音了。大婶大声说：

"小宝贝，你好！"

"好妈妈，您好！"小金雕亲切地说。声音娇嫩甜美，像一个小女孩。说着，她收翅，伸脚，一双鹅黄的小脚就落在大婶的手上了。

"阿米尔好吗？"

"他很好。他让我为您带来最美好的祝福！无论他走到哪里，妈妈永远在他的心中。他的智慧给他带来平安。请您放心。"

"我放心。我看见你了，就是看见阿米尔了。"

一边说着，大婶一边掀起毡房的毡帘。一进毡房，小金雕就飞落地面。这时候，她小身子一闪，就变成一个娇美的小姑娘，像一朵初开的红玫瑰。她戴着一只宝蓝色绣着金花的小帽，帽上插着一只金红的羽毛。她摇晃着小头，闪动着一双明亮的大眼睛，笑着，看着大婶。大婶伸出双手，把她抱在自己的怀里。这是她们俩人的秘密，谁也不知道的秘密——小金雕就是一位初开的红玫瑰般美丽的小姑娘！就连阿米尔也不知道这个秘密。小金雕在好妈妈面前是什么都不隐瞒的。她连自己早就爱上阿米尔的少女心事，都告诉好妈妈了。那是阿米尔和她要长久地离开好妈妈的时候。当时，她怕好妈妈伤心。她飞走了，又飞回来，飞到好妈妈的怀里，小头贴在好妈妈的心口上，低诉自己少女心中爱的秘密。就像今天一样，她偎依在好妈妈温暖的怀抱里，享受到好妈妈怀抱的幸福。她低着小头，满脸红红的娇羞，低低的声音，向好妈妈倾述她甜蜜的心事。好妈妈知道了她的心事，对他们的离去，非但没有丝毫伤心，反而万分高兴。她为他们的幸福无限欣喜。小金雕从此也为自己有两位妈妈而感到无比幸福。一位是金雕妈妈，一位是好妈妈。

"好妈妈，您的身上真香！"偎依在大婶怀里的小金雕说。

"是奶酪的清香！我天天都为你们准备新的奶酪，等着你回来！等待你们就是我的生活，等待你们就是我生命的意义！快来尝尝这新鲜的奶酪吧。"

小金雕盘膝坐在洁净的花丝毯上，小手拿起一小块奶酪，放在自己的小嘴里。她有点着急地说：

"好妈妈，明天得迁草场了。"

"为什么？"

"沙暴已经到山北了。"

"我们迁到什么地方？"

"幸福泉。"

"为什么？"

"那里有两座褐色巨岩。沙暴无法逾越这两座巨岩。幸福泉滋润的草原是无比丰美的草原。"

同样地，在阿依古丽公主到来的前一天，小金雕又从云端飞来。她飞落在大婶的手上。她一进毡房，就变成娇美的小姑娘。她长久地偎依在大婶温暖的怀抱，享受这好妈妈怀里的清香。她品尝好妈妈为她准备的新鲜奶酪。她说：

"好妈妈，明天阿依古丽公主清晨就到了。她是从卡拉尼耶提的魔掌里逃出来的。她们很快就会越过黑石戈壁滩，明天就会到我们的幸福泉了。您今天布置一下我们的毡房吧。"

每次小金雕都是白天从洁白云端、蓝天的深处飞来，但是，今天异乎寻常。阿依古丽公主已经平安到了，小金雕却在黎明时分从晨月边飞来。她要告诉阿娜尔罕大婶什么呢？

夜晚舞会的篝火随着夜风的来临，困倦地闭上小火星的亮眼睛。阿娜尔罕大婶急于带她心爱的孩子们回到毡房。伊犁姑娘的心依然陶醉在被爱的幸福之中。她在阿娜尔罕为她铺好的小床上，很快就甜甜地入睡了。梦中她朦胧地听到一位声音甜美的小姑娘对阿娜尔罕大婶说些什么。可惜的是，在朦胧中的伊犁姑娘听不清楚她们说的是什么。她想睁开眼睛看一看她们，可是，她太疲倦了，无法睁开双眼，无法驱散困倦。她又进入紫色的梦乡。

声音甜美的小姑娘当然就是小金雕了。她对好妈妈说的是：

"好妈妈，阿米尔哥哥让我告诉您，魔王萨泽江父子派一个名叫阿西娅的人来盗窃红蓝钻石，并且阴谋伤害阿依古丽公主。您一定要细心保护她。随时警惕到穆拉罕草原来的陌生人。"

小金雕为什么能够告诉阿娜尔罕大婶这么重要的事情呢？这要从头讲起……

二十三、小金雕的故事

18年前,阿娜尔罕大婶的丈夫、阿米尔的父亲阿赫义提牺牲在战场上。那是魔王萨泽江侵犯穆拉罕草原的战场。阿米尔的父亲阿赫义提跟随克里木可汗抗击入侵者。不幸的是阿赫义提和五十名勇士轻信了叛徒的话,夜袭敌营,身陷重围,只有一名勇士冲出火阵。这名勇士的名字叫穆尔扎·艾义德尔。他带回来阿赫义提写在一张羊皮上的血书。

血书上,写给妻子的是:

"爱妻阿娜尔罕,你要坚强!"

血书上,写给儿子的是:

"爱子阿米尔,记住:智慧是力量!"

阿娜尔罕独自坚强地抚养阿米尔。

阿米尔四岁的时候,他时常到胡杨林中去玩。他喜欢那片胡杨林,因为那里柔和起伏的沙丘上有着金色的细沙,每次他的小手捧起一些细沙,细沙都会从他的指缝间轻轻地流回地面。他喜欢细沙从他的小手滑过的感觉。他还喜欢看沙地上灵活奔跑的小蜥蜴。小蜥蜴在热得发烫的沙地上跑来跑去,突然停下来,抬起小脑袋,瞪着鼓鼓的小眼睛四处张望。沙地上除去黄沙以外什么也没有。小阿米尔很奇怪,不知道它在找什么。他问:

"你找什么呢?"

他想不到,小蜥蜴不爱理他,扭头就跑了。一闪,它就消失在沙丘的那一边。小阿米尔时常想:

"它到哪儿去了呢?"

他从来也没有得到小蜥蜴认真的回答。

一次,他看见光秃秃的沙地上钻出一个翠绿色的小尖尖。那是一撮细长秀挺的叶子,美丽极了。他惊喜地跑回毡包,告诉妈妈:

"妈妈,地上长出绿翡翠,像你头上佩戴的翡翠簪子!"

妈妈拉着他的小手走出毡房。他们走上沙丘,远远地就看见那一束翠绿的尖叶子。

妈妈笑了,说:

"孩子,那是一株草原上罕见的翡翠兰!"

"它绿得多么可爱呀!把它搬到咱们毡房里去吧。"

"可别动它!春天一到它就会开出洁白香香的翡翠兰花来。那时候,我们站在这儿就能闻到它甜甜的清香。"

小阿米尔天天等待着春天的到来。在梦中,他常常看到那洁白的花朵,闻到那令人心醉的馨香,梦中的他会咯咯地笑起来。

春天终于到来。风和日丽,天净云洁。小阿米尔拉着妈妈温暖的大手,早早地就走出毡房,去看长在沙丘上的翡翠兰。这时,沙丘远近已经钻出的一团团骆驼刺,远远看去像绿色的小星星点缀在沙原上,衬托着婷婷玉立的翡翠兰,使她显得更加秀挺美丽。她细细的花茎高高地举着那洁白如玉的花朵。挺拔娇艳的叶片宛如妈妈头上的翡翠玉簪。小阿米尔放开妈妈的手,自己小豹子般地跑到翡翠兰前面,趴在沙地上,细看秀美、雍容、华贵而高雅的翡翠兰。叶片丰丽,脉纹纤秀,叶面的绿色从淡到浓,柔和的变化可爱之极。金红的花蕊周围是玉白的花瓣。花瓣白里隐着淡淡的若有若无的桃红色丝脉,娇艳华美动人之极。小阿米尔禁不住想伸出一双小手,捧捧这娇美的花朵,但是,他只是伸了伸小胳膊,就停住了。他舍不得去捧它,甚至不忍心接近它。它太美了!

妈妈走过来,坐在小阿米尔的身边,看着这女神般美丽的花朵。他们静静地一句话也不说,他们不愿打扰这花朵神圣的宁静。

一只不知趣的小黄鹂掠过,侧头看见这花神,禁不住惊喜地喳了一声,飞落沙面。这才令母子从美的陶醉中醒过来。

妈妈说:

"花神把美丽和馨香送向人间!你要永远记住花神的美!花神的美就是奉献!只有奉献,没有索取。世间的一切美,都是这样。我们也要把心中的真爱奉献给人们!我们的心灵才是美的。"

说着妈妈静静地站起身,轻轻地拉起小阿米尔的手。他们依依不舍地离开花神。小阿米尔回头看看花神。花神靓丽的倩影永远留在他的心中。妈妈的话深深打动了小阿米尔。妈妈的话永远留在他童年的记忆中,永远留在他的生命中。他也因此获得愉快幸福的一生。因为奉献是心灵的最大幸福。

这时候,在湛蓝的晴空里,一只巨大而美丽的金雕高高地翱翔,缓缓地盘旋着。她侧头俯视草原上这赏花、爱花、赞花、悟花的母子。这只美丽的金雕深深地感动了。她穿行在洁白的云朵间,久久不愿离去。她远望着母子二人回到毡房，进入毡房，才依依不舍地扬翅飞向湛蓝的晴空。

平常妈妈忙着做奶酪的时候，小阿米尔总是独自到胡杨林中去听鸟儿歌唱。

林中的鸟歌是草原最美的天籁之音。黎明时分，天光迷蒙，最先睁开眼睛，看到淡青色曙光的小鸟惊喜地发出"咿！"的一声。另一只小鸟带着刚刚苏醒的微哑的声音"呀！"了一声。片刻，咿咿呀呀地就响成一片。鸟儿们笑语欢歌开始了。草原林间欢乐的晨歌开始了。清脆的鸟歌格外响亮动听。有的宛如冬不拉琴弦欢快热烈地跳荡，有的仿佛鹰笛悠扬舒畅地独唱。小阿米尔禁不住随着鸟儿们的歌声轻吟。当他轻吟的时候，鸟们就飞到他的身旁伴唱。他觉得鸟歌是草原上最美的、最动听的声音。这歌声带给他心的宁静、欢快、热烈和蓬勃。这是鸟歌的灵魂，是生命的灵魂。在阳光明媚的时候，胡杨林就成了无数鸟儿们沸腾的赛歌的地方。有云雀的欢歌，有戴胜的轻鸣，还有紫翅椋鸟的低吟，绯红椋鸟的曼唱。它们唱着令人心醉神往春天的颂歌，自己也陶醉在爱的渴望和春天的赞歌里。无数林鸟的歌声汇成春天的交响乐，像奔驰的林风，像欢乐的泉音，像澎湃的海涛，像汹涌的云流，充满林间，飞向草原，弥散天宇，汇成鸟歌的宇宙。

特别是黄昏到来的时分，胡杨林笼罩在紫色的暮霭中，鸟儿们热烈欢腾的、爱的、宏大的交响曲晚会就开始了。那是鸟儿们最火炽沸腾的爱的交响乐曲。在它们歌声的倾诉里，在它们乐曲的旋律中，饱含着鸟儿们爱的热烈渴望，爱的真诚赞美，爱的真挚欢愉。这是鸟儿们世代相传的自己的"民歌"，永远保持它们歌声的纯净，不受人类虚伪声音的污染,不受盲目流行东西的玷污。鸟儿们的"民歌",在人间,人们是难以听到的,是难以领略和感受到它们的热烈和真诚的。"民歌"是来自天堂的真音。

鸟儿们的晚会开到什么时候,小阿米尔就不知道了,因为,那时候,他已经进入甜美的梦乡。他梦见自己变成了一只山鹰,飞向欢乐蓬勃的歌海。他随着歌海起伏的碧波,展开翅帆,随风飞翔。即使他长大以后,依然清晰地记得这天在梦中他展翅飞向蓝色歌海的情景。他离开穆拉罕草原,踏上征程,不论他走得多么遥远,不论他经历了多少苦难,在他心中,时时回荡的就是这里鸟儿们汹涌澎湃的歌涛。这歌涛是他生命中的光明、希望和力量。

在小阿米尔的记忆中同样难忘的是母亲的一次教诲。

有一天,他到胡杨林中去玩。他坐在沙地,靠在一棵粗大的胡杨树旁,等待聆听胡杨树梢上清脆的鸟歌。可是那天鸟儿们却不知道都飞到哪儿去了。一只鸟儿也看不见。他抬头四处寻找。在高高的树尖上,他突然发现那里有一个小小的鸟窝。他定睛细看,惊奇地发现自己从来也没有见过这么美丽的鸟窝。这个鸟窝是用细细的胡杨小枝条密密地编织成的,编织极为精细,看上去就像巧手的姑娘用金丝银线细心绣成的。他翻身站起来,顺着树干爬上去。他爬上颤颤巍巍的树枝,看见鸟窝里面有四只玉青色的小鸟蛋。小鸟蛋上有着椭圆的琥珀色花斑,美丽可爱。他高兴极了,伸出一只小手轻轻地一颗一颗拿出来,小心翼翼地把它们放在贴着心窝的小兜兜里。他想带给妈妈,心想妈妈一定和自己一样喜欢这些小鸟蛋。

他把花鸟蛋带回家,一双胖胖的小手托着,给母亲看。可是,妈妈看到他小手中的小鸟蛋,赶紧用自己的双手捧住阿米尔的小手,生怕有一颗小鸟蛋从孩子手中滑落。小阿米尔一看妈妈紧张的脸色，立刻知道自己做错了。

妈妈紧皱着双眉说：

"孩子，你从哪里拿回来的？"

"胡杨林。它们在一个特别好看的鸟窝里。您瞧这些小蛋蛋是多么好看呀！"

母亲难过地说：

"你把它们带来。它们的妈妈回家一看，心爱的宝宝不见了。它们的妈妈能不着急吗？妈妈会伤心的呀。"

阿米尔深深地知道自己做错了。一双小手小心翼翼地捧着鸟蛋，不知所措，呆立在那里。

母亲说：

"快，快把它们送回家去吧！"

阿米尔摇晃着自己的小身子，向胡杨林走去。

在湛蓝的晴空，一只巨大而美丽的金雕高高地翱翔，缓缓地盘旋着。她侧头俯视着这个走路摇摇晃晃的小男孩。他的左手小心翼翼地托着那四颗花鸟蛋，右手抓着树干，慢慢地爬上高高的树梢。他的双腿紧紧夹住树干，腾出右手，把小花鸟蛋一个一个地轻轻放回那个像巧手的姑娘用金丝银线细心绣成的鸟窝里。

这只巨大而美丽的金雕看到这个小男孩把脸贴向回到家中的花鸟蛋，听到他对它们轻轻地说：

"妈妈一会儿就会回来了。你们不要着急呀。"

巨大的、美丽的金雕盘旋在湛蓝的晴空。她不停地看着这个小男孩。她盘旋在洁白的云朵之间，久久不舍离去。直到她远望这个小男孩从树上安全地滑落地面,迈着蹒跚的脚步,回到毡房,她扬翅飞往湛蓝晴空的深处。她似乎作出一个重要的决定,而且要急于去实现这个决定。她的身影瞬间就消失在碧空深处。

阿米尔五岁了。他还是每天到胡杨林中去听鸟歌,去看小沙蜥。小沙蜥已经认识阿米尔了。它们不再闪电般地躲进沙丘了,而是跑到阿米尔的腿上,爬在他的肩上,瞪着一双鼓鼓的小黑眼睛,听阿米尔给它们讲故事。阿米尔很想带它们回毡房。可是,阿米尔一起身向毡房走去,它们就一个个从阿米尔的肩上匆匆跳下来,不说一句话就消失在沙丘那边了。

这一天,阿米尔想给小沙蜥讲一讲他变成一只山鹰,飞向沙丘尽头的故事。可是,自己从来也没有去过那里。故事讲不下去了。这使他极想看一看沙丘尽头那里有什么。他住口不出声音了,眼睛盯着沙丘的尽头。一只聪明的小沙蜥知道他在想什么。它在阿米尔的耳边悄悄地说:

"沙丘边上还是沙丘。"

"不一定,沙丘边上可能还有雪山!"阿米尔大声说。

"雪山边上有什么?"另一只小沙蜥问。

阿米尔又不知道了,他呆呆地凝神细想。他并不想隐瞒自己的无知。

这时候,他们听到一个娇小细嫩的声音说:

"雪山边上有戈壁,戈壁边上有绿洲,绿洲边上有草原,草原边上有田野,田野边上有海滩,海滩尽头有大海,大海尽头是海滩…… 你飞在云端,就能看到一切。"

这说话的声音由远及近，越来越清晰。阿米尔高兴极了。这声音回答了久久憋在他心中的问题。他寻声看去，远远地仿佛飞来一只小蝴蝶。瞬间，小蝴蝶变大了，是一只美丽的小金雕！她飞过来了！她像一只美丽的蝴蝶在他的身边飞来飞去。她像背诵儿歌一样仍然在说：

"海滩的尽头是田野，田野的尽头是草原，草原的尽头是绿洲，绿洲的尽头是戈壁……你飞在云端，就能看清一切。"

他惊喜地听到这只"小蝴蝶"告诉他的一切，他惊奇于这只"小蝴蝶"知道得这么多。一时无数问题涌上心头。他想知道什么是大海。他还想知道大海那里都有什么。他很想立刻问问她。阿米尔迅速从沙地上站起来。他站得太快了，一只小沙蜥不小心从阿米尔的肩膀滑到沙地。阿米尔充满歉意地弯下腰，伸出小手捧起小沙蜥，可是他的眼睛却一直在看这只美丽的"小蝴蝶"。小沙蜥摇着细尾巴，从阿米尔的小手缝轻轻爬下去。

阿米尔突然担心起来。他担心"小蝴蝶"也会瞬间消失在胡杨林间。他伸出小手去捧"小蝴蝶"。"小蝴蝶"灵巧极了。阿米尔无论动作怎么快也碰不着她一点。可是，她不像小沙蜥那样闪电般地就消失了。她只是躲闪阿米尔，可是又不飞离阿米尔。阿米尔走一步，她像一只小蝴蝶一样绕着阿米尔飞来飞去。这使得阿米尔有一些放心了。于是他向毡房跑去。他想让妈妈看一看这只美丽的"小蝴蝶"。"小蝴蝶"忽前忽后、忽上忽下地围绕阿米尔飞着，跟随着他，飞到毡房。

蓝天上，那只巨大的、美丽的金雕一直在他们的头顶缓缓地盘旋。她俯视小金雕和小阿米尔进入毡房。她缓缓地飞下来。妈妈听到她扇动羽翅的声音，就从毡房走出来。衬着湛蓝的晴空，妈妈看到巨大的金雕的翅膀上的褐色羽毛下面有一排洁白的长羽。长羽的中间有一只金红色的羽毛，格外鲜明夺目。瞬间，这只大金雕收拢翅膀，落在毡房的顶上。

这只大金雕说话了。她说：

"善良的阿娜尔罕，请您好好照顾我的小金雕。我把她托付给你了。让你的阿米尔做她的小伙伴。她也会帮助阿米尔的。请你把我左翅膀下面的那支金红色的羽毛取下来，留给你的阿米尔。请你细心收藏起来。在阿米尔离开你出征的时候，你把这只羽毛交给他。这羽毛将帮助他完成他的事业。请你记住，在我们金雕的族群中，只有这一只羽毛。这是一羽神奇的羽毛。它的名字叫昆仑神鸟智慧羽毛。我们可以透过它照每个人，立刻就能显出他的原形，看透他的本性。智慧羽毛是昆仑山上的神鸟为了保护鸟类不受坏人的伤害，赐给我们鸟类的。每一种鸟类只能拥有它一百年。现在轮到我们金雕掌握它了。它对我们族群的生存是非常重要的。当阿米尔完成他事业的时候，请他还给我们族群中任何一只金雕都可以。我们的族群依靠它而存在，失去它我们族群就可能消失灭亡。"

妈妈按照金雕的话，取下那只金红色的羽毛，细心地放在自己的怀里，说：

"请你放心，我一定按照你的意思去做。"

毡房里的阿米尔听到妈妈说话的声音，好奇地从毡房走出来，看见妈妈正在和一只大鸟说话。他惊奇地瞪大眼睛，张着小嘴不知道说什么好。这时候"小蝴蝶"已经不再躲闪阿米尔了。她大胆地站在阿米尔肩膀上。她侧着秀丽的小头，仰脸看着她的母亲大金雕，眼睛里充满惜别的神情。她知道母亲即将离她而去。

她的母亲大金雕对她说：

"记住替我细心照顾阿娜尔罕好妈妈。"

说罢，她展翅跃起，腾空飞翔，盘旋片刻，凌云而去。

阿娜尔罕、阿米尔和小金雕目送大金雕消失在碧空。

阿娜尔罕把小金雕看做是自己的孩子。小金雕就睡在大婶的枕边。每天只有大婶温暖的手轻轻抚摩她的时候，她才能静静地安睡。不然，她就不停地唱歌。

每天，她第一个醒来。第一件事，就是飞到阿米尔床边，用她的小喙去啄还在酣睡中的阿米尔的小脑门，直到把他叫醒。大婶知道，她是在教他勤快。大婶更加钟爱小金雕了。她把小金雕看做是自己的小女儿。

很快，小金雕和阿米尔就成为一对形影不离的小兄妹。她飞在前面，他在草原上奔跑追随。她最会发现哪儿的树林最好玩，草原上哪儿的花朵最芬芳美艳。他知道她飞到的地方就是林鸟唱歌最好听的地方。调皮的小金雕常常故意箭一般飞掠草原，阿米尔只得尽力追赶，追不上，小金雕闪电般飞回来啄他的后脑勺。起先，阿米尔甩动胖胖的小腿，怎么也追不上，后脑勺常常肿起一个一个小包包。阿米尔只是咬牙忍疼，恨自己笨，可是从来不责备小金雕。小金雕飞累了，就落在阿米尔的头顶上，让累得路都走不动的阿米尔顶着她回家。妈妈看见了，只是轻轻抚摩抚摩阿米尔的后脑勺，笑一笑，说：

"你快成为草原上的男子汉了！"

一年的春天来了，又一年的春天来了。阿米尔后脑勺上不再有小肿包了。他跑得比箭还要快，比闪电还要迅速。他有了修长而有力的双腿，健美英俊的身材。小金雕也长大一些了，出落得更加美丽。一双金色灵动的大眼睛,周身的羽毛洁净闪亮。当你看到她那双聪明的大眼睛的时候,你会感到它们会看穿你的心。她褐色柔细的羽毛边缘镶着金蓝色的花边。她轻盈的小身子,在阳光里就会散发出金蓝色的光环,华美、典雅而高贵。

这天,春光明媚,蓝天碧透,轻云飘飞。寥廓的草原仿佛贴在高远的蓝天上了。微风摇动着初放的金红的、宝蓝色的波斯菊。红蓼举着紫白相间的花束,沐风招展。妈妈带着阿米尔和小金雕迎风站在春花中间,远望灿烂夺目的雪山,她对阿米尔和小金雕说:

"看看你们谁先登上那座最高的雪山顶吧。"

两个孩子异口同声地回答:

"好! 好! "

妈妈说:

"预备,开始! "

小金雕像一只金箭,飞出;阿米尔像一只雪豹,窜出。他正要赶上小金雕的时候,小金雕伸下一只小脚来,拉住了阿米尔的一只小手,他们一起腾空飞起,瞬间他们变成一个小黑点,登上了白雪皑皑的最高峰。不一会儿,小黑点变大了,小金雕的一只小脚拉着阿米尔的一只小手,他们像一双金箭,飞了回来。

妈妈笑着说:

"再来一次比赛。看你们谁先登上远处最高的那朵白云!预备,开始! "

小金雕像闪电般地飞出,阿米尔像雪豹一样跃起。他正在要赶上小金雕的时候,小金雕伸下一只小脚来,拉住了阿米尔的一只小手,他们一起凌空腾飞,瞬间他们变成一个小黑点,登上了那蓝天上高耸如山的云朵,消失在洁白的云朵里。不一会儿,他们从云朵里钻了出来,眨眼间,小黑点变大了,小金雕的一只小脚拉着阿米尔的一只小手,双双闪电一般地飞了回来,轻轻地落在妈妈的身边。妈妈紧紧地拥抱这两个孩子。

她对他们说:

"目标是没有止境的。达到了一个新的目标,不是到了停止的时刻,而是站在奔向下一个更高目标的起点。新的高度,新的境界是无限的,是没有止境的。它们永远在前面等待着你们。实现了一个目标以后,需要立即考虑到下一个目标是什么。达到一个高度以后,需要立即考虑到下一个高度是什么,下一步应该做的是什么。登临最高的雪山以后,要登临最高的白云。登临最高的白云以后,要翱翔蓝天。翱翔蓝天以后,要飞向宇宙。宇宙是无限的,人生的目标和高度也就是无限的。你们是草原上的飞箭,更要成为天空里的闪电!你们飞翔的速度胜过飞箭以后,要赛过闪电。什么是生命?生命就是永远不停地攀登和高翔!什么是朋友?朋友就是互相帮助和激励、携手腾飞的伙伴!"

两个孩子互相拉着,静静地谛听妈妈的教诲。随着妈妈的教诲,他们的眼睛看向雪山,看向白云,看向蓝天,看向宇宙,看向宇宙的深处。宇宙是没有边际的。人生的目标是没有止境的。

二十四、天鹅的一千双眼睛

小金雕和阿米尔是真正的朋友。

顽皮的小金雕专门喜欢咬阿米尔的耳垂和啄他的脑门。不听话就咬耳垂，不动脑筋就啄小脑门。

有一天，阿米尔的小脑门被啄得青一块、紫一块的。阿米尔一双小手使劲捂着，也不行。小金雕还是能够从他的小手缝里啄阿米尔的小脑门。小金雕嫌阿米尔太笨，连小鸟们的话都一句也听不懂。

这一年，春天来了。鸟们赛歌的季节到了。小阿米尔十岁了。那天清晨，太阳染红了满天云霞，草原金红翠绿，透明的空气中，弥漫着沁人心脾的草香。小金雕和阿米尔喝了妈妈煮好的香香的奶茶，吃了新做的甜甜的奶糕，带上酥脆的新馕，出发了。

阿米尔和小金雕去胡杨林，学唱鸟歌。春天的鸟歌美极了。有的幽婉，有的欢畅，有的喜悦，有的热烈。鹅黄的弹琴鸟身材最小，可是，她们的歌声最优美动听。她们唱歌，就像是在用小手指灵巧地弹奏箜篌的琴弦一样，发出悦耳叮咚的声音。她们的旋律虽然单调，但是格外动人心弦。有时候，她们的歌是述说一只小鸟独自远望家乡，思念亲人、寂寥、凄凉、哀惋。有时候，她们的歌是两只小鸟的倚肩相偎、附耳细语，亲切、甜蜜、温柔。她们是世间最富有情感的生命。她们的歌声是世间最动听的歌声。因为她们倾吐的是心里的真情。

可是，这么深情的歌儿，小阿米尔是怎么也学不会。

小金雕飞向阿米尔的小头上。阿米尔赶紧说：

"别啄了！我知道我为什么学不会了，我听不懂鸟儿们的歌词。"

小金雕飞落在阿米尔的小头上，这次并没有啄他，甚至没有想要"惩罚"他。小金雕反而自责：

"哦，我也做错了。单是督促你，却没有想你为什么一直学不会最美的鸟歌。是我不好，是我不对。我现在想明白了你学不会的原因。我一听她们的歌声，立刻就学会了。因为我是属于鸟类的，所以我能够理解她们的心情，而你觉得她们是鸟，不是你的同类，所以你不去理解她们的内心。你无法领悟她们的思想和情感。其实，她们和人类一样有着丰富的感情，一样在自然环境中，在喜怒哀乐的生活中，同样会遇到挫折和困难，同样会取得成功和胜利。在顺利的时候，一样喜悦。在困难中，一样苦苦思考探索。当你把她们看成和你一样，有着丰富的思想和情感的时候，你就会感受到她们心中的喜怒哀乐，你就会听懂她们的歌词了。她们的歌声就是抒发她们心中的喜悦和痛苦的。"

停了片刻，小金雕接着说：

"其实，鸟儿们在许多方面也许比人类更值得尊重。她们不知道什么是欺骗、什么是野心、什么是贪婪，也不知道什么是阴谋。所以她们的歌声比人类的更纯真、更真挚、更深情。你把鸟们看做和你一样是有着丰富情感和智慧的生命，你就能够听懂鸟儿的语言了。你不要轻视她们,而要尊重她们,你就能够领悟她们的内心,理解她们的内心,领略、欣赏她们的歌声了。"

阿米尔这时心有所悟。他回想起,当鸟儿迎接春天的时候,她们像人类一样从心底歌唱赞美柔和的春风、清澄的蓝天、纯洁的白云和灿烂的阳光。当一只鸟儿看见坏人的时候,她立刻警告自己的亲人,那声音里面充满深切的关爱、担忧和急切。她首先腾飞,带着自己的亲人躲开坏人。她们有时候,为救自己的同胞,甚至牺牲自己的生命。她们善良而高尚。她们甚至比许多人更理解亲情和友情。她们绝对不会出卖、陷害自己的同类,更不会充当敌人的爪牙,背叛自己的同胞,出卖自己的尊严。

第二天,小金雕和阿米尔像在妈妈面前赛飞一样,飞向天山雪峰间的天池。雪峰山腰是墨绿茂密的松林,松林的下面是新绿的白杨林,白杨林的下面是翠绿如茵的香草,香草中间点缀着鹅黄、淡蓝的野菊花。池水如镜,倒映着蓝天白云。天仿佛就在天池的怀抱里。

蓝天远山间飘来一大群洁白如云的天鹅。它们在轻言细语。

"你听,它们在说什么?"小金雕问。

"它们声音里充满喜悦和欢乐。我知道了。那只年长的威望最高的天鹅远远地望见蓝宝石般的天池了。它告诉它的亲人们:'看吧,这里的池水像蓝宝石一样美丽,像水晶一样洁净,我们就在这里落脚吧。'你看,它们一个个斜飞下来,一个个飞落在碧绿的镜面上了。"

阿米尔领悟到了天鹅精神的高尚,它们的语言也就十分清晰、明白、通俗易懂了。他也就深深感到自己和它们是那么亲近,心贴着心。

两只大天鹅带着它们的三只小天鹅轻轻飞落,在池面上漾起一圈圈涟漪。涟漪散开,交汇,又分开,向周围扩展。

刚刚落在湖面上,三只小天鹅的小脚蹼碰到清凉的湖水,感到格外惬意。它们高兴极了,立即拨弄湖水。很快,三只小天鹅朝着不同的方向散开了,游远了。

　　这时候,阿米尔听到天鹅妈妈的一声鸣叫,声音里充满动人的母爱。阿米尔完全明白这鸣叫的意义:她在说,孩子们,回到爸爸妈妈身边来。又一次听懂天鹅的语言,阿米尔格外高兴,顿时忘掉周围的一切,专心静听天鹅们的对话。渐渐地天鹅说的每一句话他都能够听明白了。他越听越不敢打搅他们。他觉得天鹅爸爸妈妈的话,也是在教育自己。

　　"我们想到四处玩一会儿。"小天鹅们说。

　　"回来吧,妈妈有话对你们说。"

　　小天鹅们有些不情愿地游了回来,围在妈妈和爸爸的身边。

　　天鹅妈妈说:

　　"孩子们,我们天鹅是群居的生物。任何一只天鹅都不能远离大家。你们知道这是为什么吗?"

　　孩子们一会儿看妈妈,一会儿看看爸爸,谁也回答不了。

　　天鹅妈妈说:

　　"你们看,刚才我们都听你们大伯父说的话了。是他首先发现这么美丽的天池。我们在这里可以感受雪山的俊美,湖光的明艳,湖水的纯净。我们可以享受大自然的纯美和宁静。可是自然是多变的。暴风雪从天际涌来的时候,并不是我们每一只天鹅都能够立即发现的。只有正在天空翱翔的天鹅,他飞得高,看得远,他的视野广阔,他能够看到北方天边的怒云翻滚,预感到暴风雪即将来临。他就立刻告诉我们肃煞的冬天即将来临。我们就会一块起飞,到南方寻找明媚的春光。现在你们知道我们为什么要大家生活在一起了吧？"

名叫雪莲的小天鹅抢着回答：

"我们在一起的天鹅越多，眼睛就会越多。我们的天鹅群中，有一千只天鹅，我们就会有一千双眼睛，就有可能发现更多美丽的湖泊，就能够更快的防备灾害的突然降临。我们就能够更好更安全地生活。"

天鹅妈妈说：

"我们是互相依存的。我们和天池同样是互相依存的。天池的美丽，让我们留下来。我们也给天池增加了生机，增添了宁静和舒展的美。天池养育我们，我们给天池增加色彩。如果我们不在这里落脚，那么，天池就会是寂寞的、无声的。天地之间的一切都是互相依存的。"

天鹅爸爸插嘴说：

"这是一个朴素的真理。但是，真理越是朴素，人类中许多人往往越不理解。要知道，人类和我们不同，他们更需要群居。但是有些人懂得这个真理，有些人却不懂。这会给他们带来极大灾难的。更可怕的是有些人不但没有认识到天地之间的一切都是互相依存的，而且认为伤害别人，伤害自然对他们自己有好处。这些人很狂傲。他们的天性是攫取。他们狡诈而恶毒。人类虽然是有智慧和力量的生物，但是他们不会使用自己的智慧和力量。他们用他们的智慧和力量，去创造杀害我们的武器，却不去创造更美的天池，创造更加洁白的云朵，更加洁净的蓝天，更加温馨的草原。他们向大自然索取无数财宝，反过来，他们不知道报答大自然的恩赐，反而残忍地破坏大自然。他们对待自己也是这样残酷。索取者反而妄图无止境地凶残地屠杀奉献者。他们自以为不可一世，其实他们是十分愚蠢的。他们真不如我们有智慧。你们一定要提防这种人。"

名叫玫瑰的小天鹅问：

"我看到好多人都是美丽和善的。怎么才能识别出坏人呢？"

天鹅爸爸说：

"几千年来，在我们鸟类中有一个传说。传说中提到昆仑神鸟为了保护我们鸟类不遭受坏人的杀害，他把识别人类善恶的智慧藏在一只羽毛中。谁拿到这只羽毛，把它放在眼前，去照他看见的人，就能够立刻看出那个人的原形和本性。"

名叫茉莉的小天鹅问：

"世间真的有昆仑神鸟羽毛吗？"

天鹅爸爸说：

"当然，真的有啦。不但以前有，而且现在有，就是将来也有。昆仑神鸟的这只智慧羽毛是永存的。"

"它在哪儿？"

"昆仑神鸟为了保护我们所有的鸟类，规定各种鸟类可以轮流持有他的智慧羽毛。每一种鸟类可以持有一百年，而且由它们中间最德高望重的长者掌握。现在轮到雕类持有，由它们中间最德高望重的金雕掌握。但是，听说她为了避免淳朴的穆拉罕草原的人们遭受屠杀，她把智慧羽毛交给一位善良高尚的长者持有。"

"她是谁呢？"

"昆仑神鸟不让随便说出来。"

阿米尔专心静听天鹅们的对话。他渐渐地能够听懂天鹅说的每一句话了。他屏住呼吸静心聆听。他越听越不敢打搅它们。他觉得天鹅爸爸妈妈的话，也是在教育自己。自己应该永远牢牢记住天鹅爸爸和妈妈讲的道理。

小金雕在阿米尔的耳边轻轻地说：

"妈妈在等待我们。我们出来的时间太久，妈妈会担心的。"

想起妈妈会担心，阿米尔只得依依不舍地离开天鹅一家，离开天池。他和小金雕转身飞奔，奔向穆拉罕草原。

是谁持有昆仑神鸟智慧羽毛呢，这个问题一直盘旋在阿米尔的心中。

他们飞奔的时候，阿米尔问小金雕：

"你说，谁持有昆仑神鸟智慧羽毛？"

"不告诉你！你没有听见天鹅爸爸说昆仑神鸟不让随便说出来吗？刚刚听到的话，你就忘记了，小心你的小脑门！"

二十五、魔鬼花和玫瑰花

第一次能够听懂天鹅的话语，激发了阿米尔学习各种鸟语的更大热望。他知道学习各种鸟语会使他懂得更多最朴素的真理。鸟儿们生活在复杂而严酷的大自然环境中，复杂和严酷使它们懂得很多生存的宝贵真谛。

现在，每天不是小金雕第一个醒来了。第一件事，也不是小金雕飞到阿米尔床边，用她的小喙去啄还在酣睡中的阿米尔的小脑门，把他叫醒了。而是阿米尔和小金雕同时醒来，他已经习惯和小金雕一样勤快了。

以前阿米尔不听话，小金雕就啄耳垂，不聪明，就啄脑门。阿米尔的小脑门被啄得青一块、紫一块的。妈妈每天晚上都要笑着数一数阿米尔小脑门上的青块紫斑。妈妈常常温柔地抚摩阿米尔前额，风趣地说：

"看看今天阿米尔的成绩。"

现在妈妈不用数了。阿米尔的小脑门上总是白净透亮的。他的脑袋也似乎一天一天的长大，不过脑袋上再也没有小鼓包了。

妈妈欣喜地说：

"咱们的阿米尔越来越聪明了。""咱们"当然包括小金雕了。小金雕早已经是这个家庭里的重要成员了。妈妈的话是在夸奖阿米尔，当然更是说给小金雕听的。妈妈心里是在感谢小金雕。小金雕站在妈妈的左肩膀上，微微地摇摇她的小头。她心里是在说，妈妈千万别谢我，阿米尔自己很努力嘛。

一天清晨，太阳还没有染红满天云霞，阿米尔早早就起床了。他轻轻地叫醒小金雕。他悄悄走出毡房，挑出晒得最干的牛粪团，放进灶里，细心地点燃。其实，妈妈早就醒了，只是眯缝着眼睛看看阿米尔在干什么。

阿米尔只顾低头点灶，没有听见妈妈起床到马圈去。灶火燃起来的时候，妈妈已经拎着刚刚挤好的马奶，站到阿米尔的身边了。

这时，天边云隙间露出太阳半张红艳艳的脸庞。太阳挥动巨大的画笔，瞬间染红了满天云霞。草原被映成金红翠绿斑驳的锦缎。百灵鸟们开始唱起活泼欢快的晨歌。雨燕往来斜飞，聆听百灵鸟的晨歌，寻觅晨风中令人心醉的芬芳。

小金雕和阿米尔喝了妈妈煮好的热热的奶茶，吃了妈妈新做的甜甜的奶糕，带上妈妈新烤的酥脆香香的新馕，出发了。

他们飞向天山雪峰中的天池。小金雕和阿米尔最喜欢的是在天池边聆听那里的鸟歌。这歌声格外优美动听，因为它们是鸟儿心中真情的倾诉。鸟儿中间流传的歌是非常富有哲理的。就像在人类各民族中间流传的民歌一样，鸟歌中也是饱含鸟儿们世世代代赖以生存的平凡真理。鸟儿也是用它们的民歌世世代代传递它们生命的真谛。

那天，在灿烂的阳光中，雪峰上的松林显得格外葱茏。松林的下面,白杨林显得更加明丽。白杨林下面,新绿如茵的香草散发出的醉人清香,弥漫在无边的原野。你仿佛能够伸手触摸到弥散着的馨香,因为它们环绕在你的身边,轻轻地贴在你的脸颊上。在穆拉罕草原,无论你走到哪儿,这沁人心脾的清香都时时伴随着你,环绕着你。翠绿的草滩上铺着一抹抹野菊花,有鹅黄的、淡蓝的和浅紫的。池水如镜,倒映着蓝天白云。这一切,都令人赏心悦目,令人心灵陶醉。

小金雕和阿米尔刚到天池边上。他们准备采一些天池边特有的蓝铃铛花带给妈妈。淡蓝色的小铃铛一串串地长在细长的花茎上,特别好看。别的地方的小铃铛花只能散发出淡淡的幽香,可是天池边上的小铃铛花还会奏出动听的乐曲。每当春风吹过的时候,如果你细心静听,就能够听到小铃铛花们发出丁丁东东的悦耳声音。不过只有心灵优美高尚的人、富有丰富想象力的人才能够听到这小铃铛花演奏的优雅乐曲,感受到无边的欢快甜美。但是,内心丑恶的人是绝对听不到的。内心丑恶的人是没有幸福的。

小金雕和阿米尔想在妈妈的耳边摇动蓝铃铛花,让妈妈听听小铃铛演奏出的清脆动人的优雅乐曲。不过,这样神奇的蓝铃铛花,在天池边也是罕见的。可是,聪明善良的蓝铃铛花能够猜出小金雕和阿米尔爱妈妈的心意,她们也愿意随他们回毡包。所以,小金雕和阿米尔到天池玩的时候,蓝铃铛花就一丛丛挤到他们的身边,吐蕊绽放,等待他们采摘。有时候,蓝铃铛花故意逗他们,和他们捉迷藏,在草丛中露一下小脸,让他们看见自己,等到小金雕和阿米尔飞跑过来,蓝铃铛花就立刻躲在草丛深处,不让他们看见。看着他们四处张望的样子,蓝铃铛花们就悄悄地笑了。

蓝铃铛花和小金雕、阿米尔捉迷藏玩得正在高兴的时候,蓝色的远山间闪出三只墨色的雨燕。它们在急速地飞着,匆匆地说着什么。它们的话语,吸引着阿米尔注意。

飞在最前边的是一只小雨燕。它嘴里衔着一朵美艳极了的花朵。嫣红的花瓣像是闪光的丝缎。在这闪光的丝缎中间,有一个墨绿的斑点。在这墨绿斑点中间,吐出一丛金黄的花蕊。

它身后两只雨燕急速追来。小雨燕不时顽皮地回头看它们一眼,随即加速急飞。

这时,阿米尔听出后面的两只雨燕的叫声中充满焦急和担忧。他也就完全明白它们说的是什么了。

"小宝贝,快快吐掉嘴里的魔鬼花!听话,快快吐掉它!"

它们越是着急,小雨燕越是不听话,在天池上空飞得越快越高。

两只雨燕似乎更加焦急,它们飞扑过去,想从孩子的嘴中抢出那朵美艳的花朵。但是它们已经来不及了。高飞的小雨燕陡然间无力展翅,翻滚着跌落下来。它的爸爸妈妈惊呼着去接坠落的孩子。但是它们已经来不及急飞过去接住它了。小雨燕就要落入湖水的时候,阿米尔飞身跃入冰冷的湖水中,伸出双手接住小雨燕。这时候,它已经闭上它的双眼,一双秀丽的翅膀还在颤抖着。阿米尔从湖面跃身飞回湖岸。他刚刚站定,两只雨燕很快飞到他的身边。

它们分别站在阿米尔的左右肩膀上,焦急万分地看着它们的孩子,它们泪水滴落在阿米尔的身上。它们无限焦急地恳求道:

"你们一定要帮助我们的孩子。你们一定要救救他。他是我们唯一心爱的宝贝。我们把它的生命托付给你们了。"

阿米尔一双小手捧着周身颤抖的小雨燕,一时一筹莫展。

小金雕对雨燕爸爸妈妈说:

"别着急,我知道,白雪皑皑的托木尔夏雪峰上雪莲花的露珠能够解毒挽救它。"

"啊!路太远了!"雨燕妈妈无望地说。

"不怕,你们等着!"话音未落,小金雕已经闪电般地飞向云端,消失在蓝天深处。

阿米尔把小雨燕放在自己的胸口,给它温暖。

比闪电还要快的小金雕,瞬间已经飞临白雪皑皑的托木尔夏雪峰。那里的景象令她大吃一惊。鲜艳明丽的雪莲花已经看不见了,那里出现了一座彩虹环绕的晶莹的冰雕宫殿,宫殿周围镶嵌着无数红玫瑰花。小金雕急于寻找雪莲花,她围绕着冰宫盘旋,突然看到宫殿中间有一朵憔悴枯萎的雪莲花。这朵雪莲花似乎知道小金雕在寻找她,尽力睁开双眼,顿时冰宫被她明丽的眼睛照亮了。她轻轻启动双唇,吐出了连小金雕都几乎听不见的微弱声音:

"你带一朵冰宫的红玫瑰去吧。她能够救你的小朋友。这红玫瑰是英雄们的鲜血凝结而成的。"

"谢谢您!"小金雕深深地鞠躬说道。她恭敬地从冰雕宫殿上摘下一朵红玫瑰花,虔敬地拜别雪莲花,转身展翅腾飞,闪电般飞向天池。

此刻,雨燕妈妈和爸爸正在仰望蓝天,期待看见小金雕的身影。突然它们看到一条金红色的闪电出现了。不一会儿,它们听到羽翅扇动的声音,片刻就看见飞来的小金雕。她收拢金翅,飞落阿米尔伸出的手上。

"快把红玫瑰放在小雨燕的身边吧。玫瑰花的幽香会令小雨燕苏醒过来的。"小金雕急速地说,显然来去匆匆的紧张情绪在她的心中还没有散去。

阿米尔立刻把胸前的纽扣解开。小金雕用她的小嘴叼住玫瑰花萼,小心翼翼地放在小雨燕的身旁。片刻,奇迹出现了,小雨燕停止颤抖,安静下来;片刻,它睁开了眼睛,眨动着它的睫毛;片刻,它扑动着小翅膀,在阿米尔的胸前,站了起来。

　　它的爸爸妈妈流下了喜悦的眼泪。

　　"谢谢救命的小姐姐和小哥哥吧!不是他们及时救你,魔鬼花就会夺走你的生命。"

　　这时,小雨燕低下它的小头,流下了懊悔和感激的眼泪。

　　"妈妈爸爸,我错了。"

　　"不是完全错了。你被魔鬼花的美艳欺骗了。你要学会分辨美丑善恶,要学会识别玫瑰花和魔鬼花呀!魔鬼花能够夺取你的生命。玫瑰花能够使你得到再生!"

　　小雨燕急切地问:

　　"我看这些花都是那么美丽,它们散发出来的香味都是那样甜美。怎么才能区别它们呢?"

　　雨燕爸爸说:

　　"几千年来,在我们鸟类中一直流传着一个传说。传说中昆仑山上有一只神鸟。他为了保护我们鸟类不遭受恶魔魔法的毒害,经过多年的修炼,练出了一尾具有神力的金红羽毛。无论是谁,拿着这只羽毛去照他所看到的花,立刻就能够照出它的本质。智慧羽毛更大的神力是它可以用来识别人。昆仑神鸟把他识别人类善恶的智慧藏在这只羽毛中。人各自有很大不同,有的甚至有根本差别。谁拿到这只羽毛,把它放在眼前,去照他看见的人,就能够立刻看出那个人的本质原形,看出那个人的本质是善良的还是凶残的。"

小雨燕问：

"世间真的有智慧羽毛吗？"

雨燕爸爸说：

"当然，真的有啦。不但以前有，而且现在有，就是将来也有。神鸟的这只智慧羽毛是永存的。"

"它在哪儿？"

"神鸟为了保护我们所有的鸟类，规定各种鸟类可以轮流持有智慧羽毛。每一种鸟类可以持有一百年，而且由它们中间最德高望重的长者掌握。现在轮到雕类持有，由它们中间最德高望重的金雕掌握。但是，听说她为了避免淳朴的穆拉罕草原的人们遭受屠杀，她把智慧羽毛交给一位善良高尚的长者持有。"

"这位长者是谁呢？"

"昆仑神鸟不让随便说出来。"

阿米尔专心静听雨燕们的对话。他渐渐地能够听懂它们说的每一句话了。他屏住呼吸静心聆听。他越听越不敢打搅它们。他觉得雨燕爸爸妈妈的话，也是在说给自己听的。自己应该永远牢牢记住它们讲的真理，要学会区别现象的表面样子和内在本质。

这时，小金雕在阿米尔的耳边轻轻地说：

"妈妈在等待我们。我们又出来的时间太久了，妈妈会担心的。"

显然，这悄悄话也被雨燕爸爸听到了。它惋惜地说：

"我们多么想永远和你们在一起呀！我们全家永远感谢你们！"

"我们一样也希望永远和你们在一起。可是，我们的妈妈在惦念着我们。她的心在召唤我们。我们必须回家了。你们遇到困难的时候，面向白云，叫一声小金雕和阿米尔，白云就会告诉我们，我们就会飞到你们的身边来。"

小雨燕眼睛里噙着泪，泪珠滴落在阿米尔的胸前。小雨燕扑棱着翅膀飞了起来。它和爸爸妈妈一起扇动着翅膀，向小金雕、阿米尔告别。

小金雕和阿米尔转身飞离天池，飞向穆拉罕草原。

"在穆拉罕草原，是谁持有神鸟的智慧羽毛呢？"这个问题一直盘旋在阿米尔的心中。

他们飞奔的时候，阿米尔又问小金雕：

"你说，谁持有昆仑神鸟的智慧羽毛呢？"

"不告诉你！你没有听见它们都说昆仑神鸟不让随便讲出来吗？刚刚听到的话，你要是忘记了，小心你的小脑门！"小金雕调皮地说。

"我们要是有昆仑神鸟的智慧羽毛就好了。不过，世界上只有一只智慧羽毛，应该留给那些最柔弱的生命。为什么智慧羽毛能够识别好坏呢？没有智慧羽毛应该怎么办呢？"阿米尔问。

"这是你新的探索攀登的目标！你有智慧能够解答这些问题。神奇答案是人的智慧创造的！"小金雕说。

二十六、阿米尔突然听到……

阿米尔十六岁了。他已经是一个面如美玉,目若朗星,动似飞燕,静如平湖的英俊少年。

自从他能够听懂鸟语以后,他和小金雕一样,常常感到耳边涌出无数各种各样的声音。这些声音一如海涛奔腾汹涌而来。他知道这是从遥远地方传来的声音。他还有更加奇异的本领,不仅能够听清正在发出的声音,而且能够听到过去发生的声音,还能够听见未来可能出现的声音。他必须逐个有选择地辨别。这些声音仿佛使他们能够看到整个世界,看到了整个世界的过去、现在和未来。这些声音,使阿米尔的心胸广阔了,使阿米尔的视野拓展了,这些使他懂得了自己的责任。

令小金雕和阿米尔永远难忘的是,他们听到了来自托木尔夏雪峰的雪莲花微弱美丽动听的声音。这声音向他们诉说了一个动人的故事。这故事仿佛把小金雕和阿米尔带回往日的雪峰。他们的眼睛仿佛看见了那时的情景。他们看见了,在那冰雪凝结成晶莹透剔的托木尔夏雪峰上,站立着两位少年。他们正把目光转向一朵秀丽纯美的雪莲花。雪莲花娇美脸颊的红艳正在褪去，花瓣渐渐变成金黄色。她努力睁开双眼，看着两位少年，启动她的双唇，吃力地发出微弱的声音：

"穆拉罕草原期待着你们，穆拉罕部落期待着你们。像春天的雪山融化冰雪，用甘泉滋润草原一样，把你们的智慧、勇敢和生命奉献给草原。"

话音刚落，她就闭上了美丽的眼睛。一轮轮彩虹般的光环渐渐凝聚在她的身边。

"穆拉罕草原期待着你们！穆拉罕部落期待着你们"的回声依然在雪山之巅由近及远地回荡着。这回荡着的声音，阿米尔和小金雕听得十分真切。

这时他们听到冰凌清脆的声音。这是两位少年用他们的双手作为利刃，劈开冰山，砍成一块一块的冰砖的声音。他们的手被冰刃划破，鲜血滴落在冰砖上，顿时化为一朵一朵的玫瑰花镶嵌在冰砖里。他们将冰砖垒起来，为雪莲花建造了一座晶莹的冰的殿堂。他们的双手交叉在胸前，向雪莲花深深地鞠躬告别。

一位头戴金冠的少年对那位身体十分虚弱的少年说：

"卡拉尼耶提和巴赫迪提江还在施展他们的阴谋。我们必须尽快赶回穆拉罕草原！"

金冠少年搀扶着看上去身体十分虚弱的少年从雪山之巅攀缘而下。

这时，小金雕站在阿米尔的左肩膀上，侧着她的小头和阿米尔一起细听。不时他们交换目光，交流他们内心的感受，或是赞许，或是担忧，或是愤慨，或是激动。小金雕和阿米尔心里对两位少年充满敬意。阿米尔的心中涌出无限豪情，他相信他一定会和这两位少年并肩站在一起。这就是托木尔夏雪峰雪莲花为什么用微弱美丽动听的声音，向他们回忆这个动人故事的原因。她希望在这些青年英雄们的心中建立起永恒真挚的友谊。

阿米尔充满豪情地对小金雕说：

"他们就要来到我们的穆拉罕草原了。我们会见到这两位高尚勇敢的朋友的！"

小金雕高兴地扑棱起她金色的双翅，急切地期待着他们的到来。

阿米尔和小金雕还听到了来自黑山谷的声音。他们的眼前出现了那悲壮的情景：

买买提和公主跑向躺在草地的克里木可汗。

"接来公主……"买买提话没有说完，就无法张口，宛如一座青铜铸像，矗立在草原上。公主流泪了。公主缓缓地站起来，走到父王身边。

"父王，女儿来迟。"

"还来得及。"这声音像往常一样洪亮有力。他像没有中箭一样。但是，他的脸已经变成墨黑色，剧毒已经侵袭他的周身。他的生命只有一瞬间了。

"你记得我曾经让你去认一认通向宝库的道路吗？"

公主含泪微微点头。

"你要努力和草原英雄一起，尽快打开宝库，将珍宝还给牧人，将盔甲交给他们。你要记住'财富不能带来人间真情，人间真情却是无价的财富'。你的母亲和你是我的一切，是我心中永恒的珍宝。"身中毒箭的可汗继续说。

说完这句话以后,看着女儿俯在自己淌着黑血的胸前,他闭上了双眼,用极低的声音说:

"两座宝库的钥匙是王冠上的两颗钻石,红的是宝库的,蓝的是武器库的。博斯腾知道路线。"下面他用更低的声音说些什么,阿米尔几乎一点也听不清楚了。

他急切地问小金雕:

"他说什么?"

"他在说:'记住,更重要的是你要珍藏你母亲绣着你名字的菫色丝绢手帕!战胜敌人以后,你们必须立即将红蓝钻石击碎!菫色丝绢手帕却要永远珍藏!'"

阿米尔被克里木可汗的英雄气概深深感动。可汗用自己的智慧,用自己的最后遗言和魔鬼进行战斗。但是,阿米尔不明白克里木可汗的遗言最后一句话的意义是什么, 为什么战胜敌人以后必须击碎红蓝钻石,为什么要永远珍藏那菫色丝绢手帕。直到他和他的战友们执行了这个遗训的时候,他才悟出其中的真谛。

就在这个时候,阿米尔听到一声声尖锐刺耳的声音。这声音来自于老可汗克里木的宫殿。

卡拉尼耶提正得意地坐在老可汗的宝座上。一条巨大的黑狗急速冲进宫殿,伏在卡拉尼耶提的面前,用一种令人战栗的声音说些什么。黑狗只说出了一句话,卡拉尼耶提立即从宝座上站了起来,毕恭毕敬地侧耳细听。接着他们的声音变得十分轻微。阿米尔怎样努力也不能完全听清楚。他不知道,恶魔们越是阴险的诡计,越需要小心掩盖,让别人听不清楚。

然而，阿米尔预感到魔鬼们的阴谋像一场遮天蔽日的黑色沙尘暴即将来到穆拉罕草原。

他对妈妈讲：

"我应该出征了。"

妈妈知道儿子即将面临无数艰难险阻。妈妈并不挽留儿子。她知道有更高的目标等待着儿子。只有经历无数艰难险阻，自己的儿子才能够成为一个像他父亲一样真正的草原勇士。

妈妈开始默默地为儿子准备远征的行李。

二十七、阿米尔突然看到……

明天儿子将出征。

惜别之夜宁静而漫长。

妈妈、小金雕和阿米尔围在明亮的小油灯前。小油灯的火苗不时颤抖着,它也因为离别而伤心。

妈妈从她的怀里取出一只金色的羽毛,对阿米尔说:

"这是小金雕的妈妈留给我们的。当时,她说:'这是留给你的阿米尔的。请你细心收藏起来。在阿米尔离开你的时候,你把这只羽毛交给他。这羽毛将帮助他完成他的事业。请你记住,在我们金雕的族群中,只有这一只羽毛。这是一羽神奇的羽毛。它的名字叫昆仑神鸟智慧羽毛,透过它可以看透人的本性。它是昆仑山上的神鸟为了保护鸟类不受坏人的伤害,赐给我们鸟类的。每一种鸟类只能拥有它一百年。现在轮到我们金雕掌握它了。它对我们族群的生存是非常重要的。当阿米尔完成他事业的时候,请他还给我们族群中任何一只金雕都可以。我们的族群依靠它而存在,失去它我们的族群就可能消失灭亡。'现在你就要离开我了,按照金雕妈妈的意思,我把它交给你。"

妈妈双手拿着昆仑神鸟的智慧羽毛，准备递给阿米尔。金红的智慧羽毛在妈妈的手中放出彩虹般的光环。光环不断焕发出彩色光辉，向四周散开，映亮整个毡房。

阿米尔看着金红的智慧羽毛，看着彩色三光环，惊奇万分。留在他心中许久的问题，今天，突然得到答案了。他心中一直以为昆仑神鸟的智慧羽毛是远在天边的，想不到它就在自己母亲的怀里。穆拉罕草原德高望重的长者就是自己的母亲。金雕妈妈就是把神奇的智慧羽毛交给自己母亲的。他激动万分。他看看慈祥的母亲，看看肩上的小金雕。他一时竟一句话也说不出来。小金雕看着他惊奇的样子，咯咯地笑了。

阿米尔双手接过智慧羽毛，庄重地举起它，透过它发出的彩虹光环，看向自己的母亲。羽毛顿时化为一面明丽的水晶镜子。镜中的母亲正在慈祥地看着自己。妈妈如满月般纯净的脸庞，透出安详和慈爱。他高兴极了。

他转身透过昆仑神鸟智慧羽毛的彩虹光环中的明镜，照向小金雕。他大吃一惊：在那面水晶镜子前面的竟然不是和他日夜相处的秀丽的小金雕，而是一位秀媚聪颖、温柔端庄、美丽可爱的小姑娘！一双清澈明丽的眼睛正在注视自己。她的眼睛里流露出恬美的笑意。金发柔和地盘在肩上，如流动的山泉映着明亮的月光，散发出淡淡的清辉。

更加令他吃惊的是他用昆仑神鸟智慧羽毛彩虹光环中的明镜照自己的时候，发现在那面水晶镜子里的不是一个身段修长的英俊少年，而是一只温顺瘦小的绵羊！他侧头吃惊地看着这只小绵羊，这只在镜子中的小绵羊也侧头吃惊地看着自己，似乎在说：

"我就是你的本质。你敢正视自己吗？你敢承认吗？"

阿米尔惊呆了。

他回想自己：

"在妈妈和小金雕身边,自己一直的确是温顺的。母亲让自己把宝石般美丽的小鸟蛋送回家,送到它们的妈妈身边。自己想到它们妈妈的心情,立刻就把它们送了回去。母亲让自己不要打搅翡翠花的宁静,自己就站得远远的,用心欣赏高贵优雅的花神,甚至不忍心接近她一点。无论小金雕是怎样啄自己的小脑门,自己只是责备自己愚笨,从来一点也不生她的气。自己的确是一只温顺的小绵羊。"

然而,当他想到在智慧羽毛彩虹光环中的妈妈,是仁慈善良的妈妈,在智慧羽毛彩虹光环中的小金雕,是明丽娇美的小姑娘,心中便涌出喜悦的浪花。

他深深地感谢昆仑神鸟智慧羽毛的神奇。这时,他又想到自己：

"小绵羊只是知道低头吃草,吃它眼前的一片嫩草。自己只是知道吃母亲烤的酥馕,喝母亲煮好的奶茶。自己很少想到为了母亲做一点什么事情。自己能够看到的只是家里的毡房和毡房周围的一片草原。以前,自己不知道巴拉提和金鹰少年的英雄事迹,不知道阿依古丽公主的悲惨命运,更不知道卡拉尼耶提的阴谋。自己的视野太狭窄了,心胸太狭小了;自己就是一只小绵羊只知道低头吃草,只能看到眼前的一片草地。自己必须站立起来,必须抬起眼睛看广阔的世界!"

想到这里,阿米尔缓缓地抬起自己的头。他看到母亲和小金雕正在关切地注视着自己。他们的目光相对的时候,她们惊喜地看到阿米尔明亮清澈的目光。他的目光中流露出坚定的神情。他没有丝毫自卑气馁的样子。母亲和小金雕感到无比欣慰和喜悦。她们知道这个能够勇敢正视和面对自己的阿米尔，一定能够成为一个真正的人。

　　阿米尔再次透过昆仑神鸟智慧羽毛的彩虹光环中的明镜照自己，他惊奇地看到那只小绵羊正在努力直立起来。阿米尔再次惊异昆仑神鸟智慧羽毛的神奇透视力。

　　这神奇的透视力激起阿米尔的好奇心，在他的心里形成了一个新的问题：

　　"为什么智慧羽毛具有这样大的神力？"这个问题一直盘旋在他的心中，直到他经历了许多惊心动魄的事件以后，他才领悟出来，他才真正具有了透视现象本质的能力。

　　阿米尔的目光显示出他在思考。妈妈看透阿米尔内心的变化，深情地说：

　　"金雕妈妈还嘱托我，好好照顾小金雕。让阿米尔做她的小伙伴。她也会帮助阿米尔的。我希望你们永远记住金雕妈妈的话。"

　　阿米尔理解母亲的深意，他点点头，坦诚地说：

　　"小金雕永远是我的好伙伴！"

　　说着，他把手上的智慧羽毛递给小金雕。一个奇怪的现象发生了：智慧羽毛立刻隐在小金雕额头上的羽毛中间。小金雕明亮的双眼立即开始闪烁出金色的光辉。她头顶上的羽毛也放出悦目的金色光辉。这光辉是令善良的人感到喜悦的金光，是令恶毒的人感到战栗的金光。

二十八、游吟诗人

惜别之夜宁静而漫长。

小油灯火苗不时颤抖着，为离别而悲伤。

妈妈对阿米尔说：

"你要首先去拜访父亲的老友。他名叫穆尔扎·艾义德尔。他是克里木可汗的重臣。"

黎明披着薄薄的丝巾，轻轻地走来。她张开双手，在天边散发出石青色的晨光。她伸展双臂，向晴空散发出朵朵玫瑰红的朝霞。在她散发的霞光映照下，紫色的雾纱渐渐消散，草原多彩多姿的丽影慢慢地显现出来。绿色斑驳的草原染上了淡淡的金红色，惊人地美丽。一只百灵鸟唱出第一曲清脆的晨歌，接着一百只、一千只百灵鸟欢快的合唱潮水般地涌来了，多声部合唱和谐地交汇，在草原上，汇成欢乐的歌潮，献给黎明，献给太阳。

阿米尔跨出毡房。他的左肩上站着散发着金光的小金雕。黎明的光辉照亮他们的心房。他们交换了一下目光，笑意留在他们的眼睛里，留在他们的嘴角上。

妈妈提着刚刚给他们准备好的馕袋和盛水的葫芦，还有阿米尔父亲留下来的热瓦甫琴。

妈妈把馕袋和热瓦甫琴斜背在阿米尔的右肩，把盛水的葫芦挂在他的腰间。她亲吻了阿米尔的额头，亲吻了小金雕的脸颊。她说：

"上路吧！替我祝福艾义德尔兄弟！"

阿米尔转身迎着朝霞，踏上拜访父亲老友艾义德尔的道路。母亲站在毡房前，挥动着她紫色的丝巾，一直看着他们的身影消失在天边。

在艾义德尔老人的官邸，阿米尔和小金雕见到了那白发白须的老人。他的双目放出睿智的光芒；然而，浓重的阴霾笼罩在他紧蹙的双眉中间。这阴霾里充满忧虑和愤怒。这是从充满正义感和责任感的内心涌溢出来的。

阿米尔先是作了自我介绍，然后向他转达了自己母亲对他老人家的祝福，说明了自己的来意。

艾义德尔老人看着眼前身如玉树般的青年，知道他是英雄阿赫义提的儿子，一脸的阴霾顿时消散。他深情地拥抱这个青年，然后，仔细端详阿米尔，激动地说：

"阿赫义提兄长有了继承人了！我有了可以依靠的青年！从今天开始你就留在我的身边吧。"

他们坐在紫色的花毯边。仆人端上热茶。阿米尔看到仆人们一个个离开大厅，就向老人讲述了自己听到的一切。他特别提到自己听不清楚魔王萨泽江父子的对话，无法判定他们的阴谋。

艾义德尔老人说：

"恶魔策划阴谋是不能让人们听清楚的。不过,恶魔的行动就会暴露出他们的一切阴谋。"

从此,阿米尔和小金雕一直不离艾义德尔老人的左右。艾义德尔老人带领阿米尔出入克里木可汗的宫廷,让他了解宫廷的剧变,认识魔鬼们的野心和阴谋。

这一天,艾义德尔老人约阿米尔和小金雕来到大厅。他们坐在紫色的花毯边。仆人端上热茶。艾义德尔老人看到仆人们一个个离开大厅,就向阿米尔和小金雕郑重地说:

"你们对卡拉尼耶提宫廷的黑暗已经有所了解了。现在你们的使命是进一步了解魔王萨泽江的阴谋!去吧!尽快赶到魔王萨泽江的领地,了解他们的诡计!把他们的阴谋尽快告诉金鹰博斯腾和草原英雄巴拉提。你们齐心协力才能战胜敌人。快!时间最重要!你要学会识破他们的阴谋诡计。切记邪恶人的念头和善良人的思想正相反的这个道理。"

阿米尔的眼睛闪出了明亮的光芒,小金雕的双翅在扇动,她急切地振翅欲飞。

阿米尔和小金雕上路了。阿米尔左肩上站着美丽的小金雕,右肩背着母亲给的馕袋和热瓦甫琴,腰间系着盛水的葫芦。他知道自己必须赶在恶魔们出动之前了解到他们的阴谋和行动。

瀚海无垠,携着沙尘的干热黄风漫无目的地四处滚动着。一团团墨绿的骆驼刺星星点点,分散在沙原上,不时可以看见一丛丛红柳在沙风中摇曳。没有一只飞鸟掠过,没有一只沙鼠蹿出,甚至连沙漠中的小蜥蜴也躲起来了。在起伏的沙丘间只有几匹野骆驼在咀嚼香甜的骆驼刺。时时警觉的野骆驼,突然听到身后细微的风声,它们回过头望去,惊奇地看见远处飞驰而来的身影。瞬间,一个人和一只小金雕闪电般地从自己身边擦过。野骆驼来不及躲闪,这两个身影已经远去了。

阿米尔和小金雕很快就赶到了魔王萨泽江的王城。阿米尔穿着米色的长衫,裹着洁白的缠头,左肩立着小金雕,右肩背着母亲给的镶袋和热瓦甫琴。这是当时游吟诗人们的典型装束。至今,在南疆还有这样的民间说唱艺人。他们有时是一人,有时是两个人结伴漫游。他们在甜杏香梨的果树园,在翡翠绿葡萄的晾房前,奏起热瓦甫,击着手鼓,述说世代流传的情人们的哀婉故事,曲调悲怆,情节动人。他们有时回忆自己的苦难经历,有时讲述亲人的悲欢离合,有时歌颂英雄们的壮举,激励着那些生活在沙漠荒原的人们,无畏地面对肆虐的沙暴,勇敢地迎接严酷的干热风。沙漠上的人心比钻石还坚强,那是因为在他们的心里,永远清晰地站立着先辈英雄们高大的身影。

阿米尔和小金雕走到魔王萨泽江森严宫阙的时候,正值宫中为艾罕丁王子和阿西娅举办订婚酒宴。酒宴安排在宫廷长满无花果的花园里。头戴华冠的大臣、身穿锦袍的贵族、肥胖臃肿的富商都来参加了。他们三三两两走进镶着蓝色琉璃瓦的宫门。

阿米尔带着小金雕,加入这些神气十足的人们的行列,正要进宫,却被两个持矛的卫士交叉长矛,挡在宫门前。

"我是云游四方的游吟诗人。我将最美好的歌声奉献给幸福的人。"阿米尔说。

"不行！王子命令任何陌生人都不能进入宫廷！"卫士严厉地回答。

阿米尔不再搭理他们，自己轻弹起热瓦甫，放开歌喉唱道：

游吟诗人的歌声

是草原的黎明，

唤醒百灵，

染红朝霞，

迎来蓝天光明。

游吟诗人的歌声

是草原的春风，

红柳飘动，

玫瑰艳红，

惊喜荡漾在你的心中。

游吟诗人的歌声

是润湿的云影，

播散珍珠，

飘洒水晶，

翡翠湖水明亮如银镜。

游吟诗人的心中

有无数圣洁的歌声。

唱给善良的人们，

唱给碧绿的草原，

唱给晶莹的雪峰，

唱给心爱的家乡，

家乡里有游吟诗人的甜梦。

阿米尔高亢的歌声越过高高的宫墙，回荡在整个宫廷。

一位须发花白的大臣说：

"在这喜庆的日子里，应该有游吟诗人奉献祝福的酒宴歌。"

"宣他进宫！"艾罕丁王子说。

阿米尔带着他的小金雕缓步走进大殿。拥挤的贺喜人群立刻让开一条路来。阿米尔看见面色铁青、恶狼似的尖长脸的艾罕丁王子。王子用尖细的声音问：

"你带来什么酒宴歌？"

阿米尔回答：

"我的小金雕将唱出一首动听的思乡曲！"

王子骄横粗野地说：

"胡说！鸟会唱歌？"

阿米尔用目光向小金雕示意。小金雕凝神思索了片刻，想到自己的使命，面对狂傲的艾罕丁，抑制住心中对他的憎恶，昂起美丽小头，放开她少女甜美的歌喉，吐出银铃似的美妙歌声，唱出她无限深情的思乡曲。这歌声立刻充满整个宫殿：

我是祖国的歌声，

像天鹅飞翔在蓝天。

遥望美丽的家园，

思念令我无限伤感。

草原上的红柳瘦细如线，
枝头上的绿珍珠一串串。
挥动着紫色丝巾的母亲呀，
你令我无限思念。

河滩上的石子，
数也数不完。
痛苦的眼泪，
擦也擦不干。

打开我的心房，
仔细看一看。
想念母亲的心呀，
碎成一片片。

我是祖国的歌声，
像天鹅飞越戈壁滩。
挥动着紫色丝巾的母亲呀，
我就要回到你的身边。

这歌声惊动了隐在地宫的魔王萨泽江。他魔鬼的本性最害怕优美的歌声。他仇恨世间一切优美的事物。人们赞赏的，正是他们恐惧仇恨的。他声嘶力竭地吼叫：

"谁在唱这样可憎的歌,给我抓起来,打入铁牢!"

他的吼声震动了阿米尔敏锐的耳朵。这时候阿米尔记起了艾义德尔老人的嘱咐,切记邪恶人的念头和善良人的想法正相反。人们心中优美的歌声,是恶魔仇恨恐惧的雷声。世间老人的话年轻人常常难以真正听懂。只有他们经历了苦难,才能够真正领悟。只有真实的经历,才能够帮助他真正领悟。虽然阿米尔记得艾义德尔老人的嘱咐,但是,真正的领悟却来得太迟了。

魔王萨泽江的吼叫声刚刚停止,五十一名卫士立刻围住阿米尔。五名卫士用锐利的长矛顶在阿米尔的背后。他们押着阿米尔穿过宫内的地道,把阿米尔推进铁牢。"哐当"一声,他们关上了大铁门。"喊卡"一声,他们锁上了大铁门。

黑暗的牢房里空荡荡的什么也没有。

阿米尔坐在一个角落里,心中充满懊悔,垂下自己的目光,低下了头。幸好,他的小伴侣机灵。在她听到恶魔吼叫的时候,敏捷地钻进阿米尔的怀中,谁也看不见她的身影。她和阿米尔一起被关入铁牢。卫士走开以后,她从阿米尔的怀中钻出来,站在他的左肩上,用她红色的小喙轻轻梳理他散乱的柔发。她不说话,静静地,让阿米尔思索。

战斗不允许战士有片刻停顿,有丝毫气馁。在投入战斗的勇士面前,挫折是对他的最大激励,失败是向他发出的进军号角,是他探索成功之途的大门。阿米尔从牢房的角落站了起来。他首先打破沉寂,问小金雕:

"他们在做什么?他们还要做什么?"

"他们将我们关在铁牢中,这铁牢就在宫中。我们在宫中才有可能听到恶魔的窃窃私语,直接了解他们的阴谋!这是一个难得的机遇,它使我们有可能了解魔王萨泽江的底细。"小金雕宽慰他。

第一天,阿米尔和小金雕就听到从地底下传出嘶哑的声音。这是恶魔父子的声音。恶魔总是躲进黑暗的地下策划他们罪恶的阴谋。他们总是用漂亮的外衣掩盖他们最阴险的企图。

阿米尔和小金雕仔细听恶魔萨泽江父子的对话。

魔王萨泽江窃窃地对艾罕丁说:

"我们要把和平和幸福带到穆拉罕草原。但是,我们的重要目的是拿到红蓝钻石!不惜一切代价夺得穆拉罕草原的宝藏!派阿西娅去。一旦阿西娅了解了真实的消息,立即想办法除掉她!绝对不能让她泄露我们的意图!"

魔王萨泽江最擅长发表虚伪的谎言,即使对他自己的儿子,也忘不了欺骗,把掠夺说成是降福,把战争说成是和平。他用攫取红蓝钻石掩盖他内心深处的目的。他认为这个目的是谁也不能知道的。但是,他想象不到深谋远虑的克里木可汗早就有所防备,使他的罪恶诡计绝对不能得逞。魔王萨泽江更无法预知,他内心深处的种种阴谋最后却将自己的儿子推向永劫不复的深渊。

"阿西娅已经出发,去穆拉罕草原。阿西娅说,阿依古丽已经逃到穆拉罕草原了。"艾罕丁回答。

"我们要把大批士兵伪装起来,化装成商队、舞乐队和杂耍队,让穆拉罕草原的愚民失去警觉。你立即出发。我即将抵达那里。我们在那里汇合。"魔王萨泽江急切地说。

这时,小金雕和阿米尔听到一个沙拉沙拉的声音,显然是萨泽江指点地图发出的声响。他在指出他们要去的地点。

阿米尔和小金雕无法确切知道魔王萨泽江要抵达什么地方。他们也不知道阿西娅是谁。但是，他们能够明确地意识到穆拉罕草原处在危险中。他们知道阿西娅可能伤害美丽的阿依古丽公主。阿依古丽公主处在危险中。因为，阿依古丽公主一定了解穆拉罕草原的宝藏。

第二天，阿米尔和小金雕听到许多士兵走动的声音。这声音由远至近，队伍从四面八方向王宫集结。

第三天，阿米尔和小金雕听到许多刀剑、铠甲碰撞的声音。队伍正在准备出征。

第四天，他们听到奏着舞乐的骆驼队出动的声音。这声音由近至远，伪装的军队正在离开王宫。他们出发了。

阿米尔焦急地说：

"小金雕，按照艾义德尔老人的话，你必须尽快飞回穆拉罕草原，找到金鹰博斯腾和草原英雄巴拉提，把魔王萨泽江父子的阴谋告诉他们，让穆拉罕草原的所有牧民警觉起来！想办法，保护阿依古丽公主！"

"你怎么办？"

"我等待你返回。你是能够救我的。"

"好！等待着我！"小金雕的话音未落，她已经从铁栏杆的空隙中钻出，穿过地道。她立刻呼吸到铁牢外面清新的空气了，想到阿米尔的处境，她展翅闪电般地飞向夜空。

二十九、回到穆拉罕草原

在朦胧的月色中，小金雕的身影像划过碧蓝夜空中的一颗流星，越过晶莹的雪山，穿过墨绿的峡谷，掠过黑色的戈壁，飞向墨绿的穆拉罕草原。她想到魔王萨泽江的阴谋，就更加焦急。她要比闪电还要快地飞向穆拉罕草原，要把可怕的信息告诉穆拉罕草原的人们，告诉金鹰博斯腾和草原英雄巴拉提，告诉阿娜尔罕妈妈。

天上的星辰一个个静静地闭上了自己的眼睛。黎明伸展开双臂，将金光洒遍穆拉罕草原。这时，天边却突然闪现出一颗散发着金色光辉的明亮晨星。然而，她不是茫茫宇宙的晨星，而是为了穆拉罕草原的和平，为了阿依古丽公主的安全，离开自己朝夕相伴的阿米尔，匆匆飞回穆拉罕草原的小金雕。她要飞到面如红宝石的阿依古丽公主的身边，亲吻她温润如玉的脸庞。

金鹰博斯腾和巴拉提告别了善良的雪莲花。

金鹰博斯腾对巴拉提说："魔王萨泽江和卡拉尼耶提还要施展他们的罪恶阴谋。我们必须尽快赶回穆拉罕草原！"

金鹰博斯腾搀扶着巴拉提从雪山之巅攀缘而下。金鹰博斯腾心急如焚。他想展翅飞回穆拉罕草原。骆驼刺虽然帮助巴拉提恢复了体力，但是，他只能急速奔跑，不能腾飞。金鹰博斯腾不能离开巴拉提。他只得和巴拉提连夜行进。在黎明到来的时候，天光苏醒了，她睁开了明亮的眼睛，天边出现了辉煌的光明。雪山草原露出了明丽的色彩。金鹰博斯腾和巴拉提站在雪山上，俯瞰青翠的草原，他们惊奇地看到一场奇异的战斗。他们看到阿依古丽公主在巨石间和盲目的士兵搏斗。他们由衷地赞美善良的阿依古丽公主。他们看到恶蝙蝠在地平线上一丝石青色的曙色微显的时候，它的黑色蹼翅立即消失，从高空猛地跌落下来，摔在戈壁滩的砾石上。他们禁不住大声笑起来。

他们知道恶魔是见不得光明的，光明能够使恶蝙蝠失去魔力。不过，金鹰博斯腾心中惊异，看上去那么柔弱的阿依古丽公主却具有巨人般的力量。但是，巴拉提心中十分清楚，那是最苦涩的骆驼刺带给阿依古丽的神力。金鹰博斯腾和巴拉提走到戈壁滩上，他们努力寻找最苦涩的那一种骆驼刺当做他们最好的早餐。几天以来，他们都是在焦虑和担忧中度过的。然而，阿依古丽公主的胜利使他们心中的巨石消失了。他们感到许久没有的轻快。他们想去追赶阿依古丽公主和阿曼尼，可是，她们很快消失在草原的尽头。

他们继续行进，经过两天的步行，在满天光明的时候，穆拉罕草原就显现在眼前了。他们深深地呼吸着草原清香的空气。他们闻到了毡房顶上散发出的炊烟香气。他们心醉了。

新绿的草原舒展在他们的眼前。清澈的幸福泉在晨光中欢快地流淌，闪动着银色的光华。

赛里木老人是最早迎接黎明的人。当晨曦出现的时候，他已经品尝过热气腾腾的奶茶，揣上烤馕，准备出发放牧了。他跨出毡房，满天悦目的光明流进他的心胸，令他忆起十八岁时去接他新娘的幸福情景。他穿上宝蓝新袍，系上红色的丝带，跨上枣红骏马，去接他的新娘。新娘明亮的眼睛，璀璨的笑脸，银铃般的歌声，令他永生难忘。从那天开始，他把自己的新娘就叫做"黎明"。不幸的是，他们新婚不久，魔王萨泽江入侵穆拉罕草原，带来黑色的干热风，席卷走穆拉罕草原所有牧草，饥饿夺走了赛里木羊群，也夺走了赛里木心爱的"黎明"。但是，美丽的"黎明"永远活在赛里木老人的心中。每当他看到悦目晨光的时候，他的心中便出现他新娘"黎明"靓丽的倩影，出现他心中永远年轻的新娘。他仰望满天的光辉，又哼唱起心中赞美"黎明"的情歌。初恋的真爱是人生永存的感情。

在这深情的歌声里，赛里木老人又看见自己心爱的"黎明"。她在灿烂的曙光中向赛里木老人走来。他感到青春的活力涌动在自己的心胸里。他迈着有力的脚步，走到羊圈边。一群可爱的小绵羊离开它们的母亲，跑过来，围在老人身边，咩咩地叫着，蹭蹭他的腿，叼叼他的长袍。他抱起最小的绵羊，站起身，抬起头来，忽然惊喜地看到草原的尽头出现了两个奔跑过来的人影。瞬间他看清楚了，有一个人是他的儿子巴拉提。

瞬间，巴拉提来到老人面前。他万分激动地把老人和小绵羊一起拥抱在自己怀里。许久许久，巴拉提才放开双臂，然后，他接过老人怀中的小绵羊，问：

"这是我的迪阿热的小女儿吗？"

"哈哈，你猜对了。就是她的！你看她头顶上的花斑，和她的母亲一样。"

这时，在羊群中叫做迪阿热的母羊认出和自己朝夕相处的巴拉提。它从羊群中跑过来。它、小迪阿热和巴拉提偎依在一起。他们是久别重逢的亲人呀！巴拉提紧紧地抱着小迪阿热，轻轻地亲吻她的花额头。迪阿热紧紧地贴在巴拉提的身边。站在一旁的金鹰博斯腾看到他们这亲情温馨的"一家人"，微笑着默默不语。

许久，巴拉提才转过身来，非常抱歉地对金鹰博斯腾说：

"真对不起，我只顾得问候亲人了，忘记我最亲密的兄弟了。"

他拉住金鹰博斯腾的手，把它放在赛里木老爹坚硬如石的大手中，说：

"他是把我从死亡中救回的恩人兄弟。"

金鹰博斯腾对老爹说：

"他是用他的生命把我从魔法中解救出来的恩人兄弟。"

老爹爽朗地大笑着，紧紧地拉着他们的手，领着他们跨进毡房。老爹点燃牛粪。金鹰博斯腾煮奶茶。巴拉提烤新馕。老爹盘膝而坐。金鹰博斯腾端上香气四溢的奶茶。巴拉提捧上烫手的新馕。

金鹰博斯腾感到了"回家"的无比温暖和欣喜，不过，这也唤出了他内心痛苦的记忆。他向老爹讲述自己因为贪杯而落入卡拉尼耶提和巴赫迪江诡计的经历，讲述了巴拉提怎样用自己的生命换取他的自由，雪莲花怎样用自己的青春挽救巴拉提。

这些英雄们的事迹，令老爹越听越高兴，他仿佛也变成一个少年，要和这两位草原之子一样，再次踏遍沙漠、戈壁、雪岭，创建草原英雄的伟大业绩。

老爹斟满大碗热气腾腾的奶酒，说：

"为我们草原之子们,干杯!"

"我们为老爹健康长寿,干杯!"

三人举杯一饮而尽。

金鹰博斯腾讲起令他们最开心的事情,是他们看到阿依古丽公主战胜恶蝙蝠的经过和她巨人般的力量。

他说:

"我怎么也想不到一位娇弱秀美的姑娘怎么会有高举巨石的力量。"

老爹说:

"咱们穆拉罕草原这两天也有新鲜事情。草原来了一对美丽的姑娘。姐姐叫阿曼尼,妹妹叫伊犁。自从她们来了,咱们草原就变了样子。每天都有会唱歌的鸟儿飞来。前天飞来的是欢乐的百灵鸟,昨天飞来的是歌声动听的夜莺。它们成群地飞落在我们毡房的附近,欢歌不断。甚至,飞往南方的天鹅也要停下来,落在我们的幸福泉边。它们是来听鸟歌的,还是来看这对美丽的姑娘的,我就说不清楚了。"

说到这里,老爹眼睛里透出内心的无限欣喜。但是,他的话却令巴拉提感到十分震惊。阿曼尼,这个名字在巴拉提的耳中是这样熟悉,但是,伊犁姑娘这个名字却是那样陌生。那曾经和自己手拉手坐在金色的圆月光辉中的阿依古丽公主到哪儿去了。他心中涌出一个强烈的愿望,急切地想去看一看阿曼尼。他渴望知道阿依古丽公主的去向。但是,他抑制住自己内心的冲动,依然沉静地细听金鹰博斯腾的豪言,欣赏赛里木老爹豪壮威武的气概。

阿娜尔罕大婶走出毡房,迎接黎明。她看到从霞光中飞来的一颗

金星,划过停在天边的一抹红云。眨眼间,从天而降的小金星飞落阿娜尔罕大婶的左肩上,亲吻着大婶的脸颊,说:

"好妈妈,你好!"

大婶还没有回答,小金雕又问:

"阿依古丽公主好吗?"

"我们都好!"

"她在哪儿?"

"在她的小床上,在她的甜梦中。"

"我们去看看她。"小金雕说。她时刻担心阿依古丽公主的安全。

进入毡房,小金雕立刻飞到脸庞温润如玉、面颊如红宝石的阿依古丽公主的枕边。她还在甜梦中,甜甜的笑靥还留在她的嘴角边。小金雕轻轻飞落在她的枕边。她们的小脸轻轻地贴在一起。小金雕担忧的心情稍微减轻了一些。她还没有来得及说些问候的话,就听到毡房外面的脚步声。

大婶和小金雕走出毡房。她们惊喜地看到赛里木大爷带着两位面如美玉、目如晨星的英俊少年,迎面而来。

小金雕一低头,用她的一双金星般明亮的眼睛,透过头顶上金红的智慧羽毛,看到他们是三位刚强如山的勇士。他们纯洁高尚的目光相遇的时候,每一个人内心都会感到彼此是真诚的朋友。小金雕看到他们,就知道这正是自己要找的英雄,他们竟然这样意外地相逢了。

小金雕抑制不住内心的喜悦,开口讲话了!她热情地说:

"你们好!"

赛里木大爷、金鹰博斯腾和阿米尔惊奇万分。但是,出于对这位

娇小的、目光锐利的金雕的尊敬,他们异口同声地回答:

"你好!"

小金雕立刻向他们讲述了在魔王萨泽江的铁牢中听到的一切。

听到阿娜尔罕大婶的儿子阿米尔被关在铁牢中,金鹰博斯腾愤怒万分。他说:

"带我去救他!"

巴拉提从自己怀中取出一束骆驼刺,说:

"这是最苦的一种。吃掉它们吧。你将有力量打碎任何铁牢!"

金鹰博斯腾看到阿娜尔罕大婶焦虑的神情,坚定地说:

"等待迎接您英雄的儿子吧!"

小金雕对阿娜尔罕大婶说:

"照顾好阿依古丽公主!"

说罢,金鹰博斯腾和小金雕腾空而起,闪电一般飞越草原戈壁雪山。从天上俯瞰魔王萨泽江的宫殿,与其说是宫殿,不如说是一座周围设有十七个堡垒的黑色城堡。心怀鬼胎的恶魔,总是胆战心惊的,时时刻刻担心遭到天遣,所以他们把住的地方建成堡垒。

金鹰博斯腾和小金雕立刻找到设有铁牢的那座碉堡。碉堡并没有多少卫士守卫。四处显得空空荡荡的。

黑色的铁牢是用五十一根黑色的铁柱围成的。一看见黑色的铁牢,小金雕立即飞进去,落在阿米尔的手上。从不落泪的小金雕,禁不住一颗颗珍珠般的眼泪滴落下来。

"你还好吗?"小金雕问。

"在我的面前没有困苦。"阿米尔回答。

吃了巴拉提给的苦骆驼刺的金鹰博斯腾心中有数,他知道自己的力量。他缓步走到铁牢旁。他伸出双手，抓住铁柱，猛一用力，只听得"咔查"一声，两根铁柱断成四节。他抑制不住内心的愤怒，一连折断八根铁柱。他跨进铁牢，双手扶住阿米尔的臂膀，用力摇撼着，然后，两人紧紧地拥抱在一起。

他说：

"走吧，母亲在等待着你！"

仅有的几个黑衣卫兵听到铁柱折断的声响，紧张万分。他们持着黑色的长矛围拢过来。

金鹰博斯腾、阿米尔和小金雕对他们不屑一顾，先后跃身而起，凌空而飞。天上飘着几朵白云。这云朵听到从身后传来奇怪的风声，它们转身望去，只见三条闪电，瞬间从自己身边闪过。不过，那不是真正的闪电，而是思念母亲的阿米尔、小金雕和金鹰博斯腾掠过的身影。

三十、英雄相聚

看着金鹰博斯腾和小金雕腾空而去，巴拉提急于见到阿曼尼的心情立即涌上心头。在毡房里的阿曼尼也早就听到英雄们说话的声音。她也同样急于见到巴拉提，只是不便打断他们的交谈，她一直站在那里静静地等待着。此刻，她掀开了一点毡房的垂帘，露出了红苹果般的笑脸。巴拉提一眼看见久别的朋友，惊喜使他一时不知道应该说些什么。他在那里站立良久，才说出涌在心头的一句话：

"阿依古丽公主在哪儿？"

"你认识伊犁姑娘吗？"阿曼尼没有正面回答。

"不认识。"巴拉提一时迷惑不解，不知道她为什么这样问。

"那好，你看，这是谁？"说着，阿曼尼打开了毡房的垂帘。

端坐在玫瑰红毡毯上的阿依古丽公主身上散发出满月般的清辉，照亮了每个人的眼睛。

"啊，阿依古丽公主，我们看见你和恶蝙蝠、盲兵较量的情景。我走得慢，想不到你们先到家了。听说还来了一位伊犁姑娘。"无数话语同时从巴拉提的心中冲出来了。

这时阿曼尼才告诉巴拉提，为了永远离开纷争万端的宫殿，为了躲避卡拉尼耶提的奸细，阿依古丽公主改名伊犁。解除了心中的疑惑，巴拉提憨厚地笑了。

他们谈起分别以后各自的经历。巴拉提没有讲自己怎样为金鹰博斯腾献身，只讲了博斯腾和雪莲花怎样救了自己。

在他们述说往事的时候，阿娜尔罕大婶走出毡房，远望天边，等待着亲人。

突然，她万分欣喜地看见天边飞来了三颗金色的星星，她立刻挥动起丁香紫色的丝巾。

三条闪电瞬间飞落穆拉罕草原，飞到阿娜尔罕大婶的面前。像往常一样，小金雕飞落在大婶的怀中。她最喜欢的是感受好妈妈怀抱的柔软和温暖，享受她身上散发出来的奶茶清香。大婶轻柔地抚摩她，把她举到脸边深情地亲吻。

阿米尔张开双臂紧紧地拥抱母亲。母亲仔细端详着儿子。孩子黧黑的脸膛透出从未见到过的刚强坚毅。母亲感到无比欣慰，心想他越来越像他的父亲了。

英雄们相聚了。阿娜尔罕的毡房里已经容纳不了这么多人。伊犁姑娘和阿曼尼把大婶的紫花毡毯取出来，铺在草地上。热心的牧人用快马把艾义德尔老人也接来了。金鹰博斯腾看到老人家高兴极了。他扶着老人的左臂，领老人坐在赛里木大爷的身边。附近的牧民听说来了这么多好心人，纷纷带着自己最好的美酒、最香的美食来看望亲人。有金色的蜜瓜，有翡翠般的葡萄，有黄玉般的香梨，摆满紫花毡毯。围着紫花毡毯坐满纯朴憨厚的牧民。

阿米尔说：

"我被关在魔王萨泽江的铁牢中,听到了魔王父子策划入侵我们穆拉罕草原的阴谋。"

接着,他详细讲述了五天中听到的一切,他最后说:

"到了第五天,连他宫殿里的卫士,都减少了。他们倾巢出动了。"

"他们的目的是什么？"艾义德尔老人问道。

"他们在地底下策划。多数时间他们是在耳语。我们难以听清楚,但是,他们提到红蓝钻石和穆拉罕草原宝藏的时候压不住内心的急切,高声交谈起来。不过,他们讲到最主要的事情的时候,便立即压低声音,看来他们还有比窃取红蓝钻石更重要的目标。"

金鹰博斯腾说:

"攫取红蓝钻石是他们的一个目标。红蓝钻石是克里木可汗宝库的钥匙。"

他继续讲道:

"我的父王和克里木可汗青年时征战南北,抗击强敌。胜利以后,他们精选出一千套最好的盔甲、利剑、弓弩,精选了一千箱从宝矿开采出来的金银和宝石,分别储藏在克里木可汗的宫中和我父王的宫里。我的父王很早就发现魔王萨泽江企图觊觎武器和宝藏,让我带他的亲笔书信给克里木可汗,辅佐他御敌。克里木可汗命我将武器和宝物藏在雪山冰峰的宝库中,以红蓝钻石为钥匙。红钻石为宝库的钥匙,蓝钻石为武器库的钥匙。红蓝钻石钥匙一共有两套,一套红蓝钻石镶在克里木可汗的王冠上,一套镶在我的金冠上。"

"那么,他们来穆拉罕草原是为了夺取这些珍宝吗？"巴拉提问。

"不一定,魔王萨泽江的贪婪绝对不止如此。贪婪是在不断膨胀的。不过，无论他的目的是什么，我们都要做好迎战的准备。首先要把盔甲、利剑和弓弩取出，分发到穆拉罕草原的勇士手中。"艾义德尔老人说。

金鹰博斯腾理解老人的意思，立即将斜挎在身上的背包取下。这背包是母后古丽碧塔亲手给他的，是他从不离身的。现在他打开它，取出裹在里面的金冠。金冠上的红蓝钻石熠熠生辉。他小心地将两颗钻石摘下来，将它们放在巴拉提的手中，说：

"这是宝库和武器库的钥匙。你去执行艾义德尔老人的安排吧。"

巴拉提点着头，站起身来双手郑重地接过闪闪发光的红蓝钻石。他心中清楚艾义德尔老人说的"首先"的意义是什么。他知道，牧民的财富是草原和牛羊，不是珠宝；牧民的生命是草原和牛羊，不是珠宝，保卫自己的生命和财富，最重要的是武器。

巴拉提说：

"我需要五百名草原勇士。"

赛里木大爷说：

"好，跟我走！"

赛里木大爷熟悉穆拉罕草原的每一个家庭，熟悉每一个毡包里刚毅的青年。

赛里木大爷和巴拉提迅速离席而去。赛里木大爷摘下拴在腰间的牛角号，昂首吹响。号声急促而激烈。草原上的风随之骤起。急风迅速带着老爹的号角声，传遍穆拉罕草原。像草原上卷起的旋风一样，五百名草原勇士的队伍迅速从四面八方云集而来。

全部落的亲人们也纷纷聚集起来，为出征的勇士送行。

队伍整齐而威武。旋风卷着穆拉罕草原牧民的旌旗，猎猎有声。

旋风掀动勇士们的战袍,摇动勇士的佩剑和箭囊,铿锵铮铮。

金鹰博斯腾站在巴拉提的身边。战友目光相视。金鹰博斯腾拍拍巴拉提的肩膀,说:

"我们要在这次战斗中,成长为智勇双全的战士。战胜一切,勇敢是基础,而智慧是前提。"

巴拉提用坚定的目光回答战友。他环视送行的亲人。他知道金鹰博斯腾的话也是阿依古丽公主的希望。他看到阿依古丽公主注视着自己的目光。他知道,这是渴望看到一个智慧不断发展的巴拉提的目光。这也是穆拉罕草原牧民对自己的希望。巴拉提用坚定的目光回答为自己和勇士们送行的所有亲人。

这时人们听到远处传来一声长长的嘶鸣声。人们不由得向草原的尽头望去,只见一个高大褐色的身影奔驰而来。

"是一匹骆驼!"一个眼尖的青年说。

"是沙拉米!"赛里木大爷惊喜地说。自从巴拉提为解救金鹰博斯腾久久离去,骆驼沙拉米就离开了穆拉罕草原,回到戈壁深处野骆驼群中去了。

巴拉提远远地看到是自己的救命恩人来了。他飞一般迎向恩人。他们相见了。他们的脸紧紧地贴在一起。巴拉提的脸颊感到沙拉米清凉的眼泪。他轻轻地抚摸自己的恩人。他感到沙拉米瘦多了。这时他的双眼涌出了泪水。他们相互偎依着,缓缓地走向人群。

勇士们的战马在嘶鸣。巴拉提正要跨上自己的战马,忽然感到有人在扯拉他的战袍。他回头一看,是自己的沙拉米正在用嘴衔自己的战袍一角。他知道沙拉米的心意。他们曾经一起从沙暴中走出来,曾经一起为寻找幸福泉与沙暴搏斗,现在面临更加艰险的战斗,沙拉米怎么能够让自己单独奔赴。想到这里,巴拉提把战马的缰绳递给赛里木大爷,自己跃上沙拉米的驼峰。

整齐而威武的勇士队伍开始出发了。

艾义德尔老人看着威武的勇士们,听到旌旗猎猎,佩剑铿锵。他只说了两个字:

"出征!"

队伍像穆拉罕草原上的旋风一样,卷过草原。长风扬起天边的白云,像巨大无边的海浪,奔涌在蓝天。

阿娜尔罕大婶站在她的毡房边,挥动她丁香紫的头巾,告别勇敢的孩子们,目送着五百零一名草原勇士,消失在草原的尽头,消失在蓝天边,消失在云海的巨浪中。

人们继续商议如何迎接正在到来的战斗。

"我们需要确切地知道,他们真正的意图是什么。"艾义德尔老人说。

"我们去侦察!"阿米尔说。"我们"在他的心中永远是朝夕相伴的小金雕和他。

"我们是草原的游吟诗人。我们带上热瓦甫,走遍四方,去查看他们的踪迹,了解他们的意图。"阿米尔说。

他们立即准备出发。像往常一样,阿娜尔罕大婶为他们装满一袋酥馕,把它挎在阿米尔的左肩上。母亲紧紧地拥抱腰身像钢铁般坚实的儿子,长久亲吻秀丽的小金雕。

小金雕飞到阿依古丽的肩膀上,在她的耳边说:

"可爱的伊犁姑娘,请你千万小心一个名叫阿西娅的女人呀!"可惜的是,善良的阿依古丽从来不知道防备别人,这使她不能牢记小金雕的嘱咐,她因此而遇害。

小金雕说罢和阿米尔腾空而起,一如两颗金色的流星消失在天际。阿娜尔罕大婶久久凝望着云端,挥动着她丁香紫的丝巾。

阿依古丽公主遥望着消失在天际的小金雕和阿米尔,心中充满惜别的惆怅。她缓缓地转过身来,对阿曼尼说:

"请回到毡房,取出我堇色的丝绢手帕包。"

阿曼尼跑向毡房,旋即跑了回来,把堇色的丝绢包递给阿依古丽公主。

她展开手帕,在她手中的两颗钻石顿时散发出柔和的光辉。它们就是克里木可汗生前王冠上的红蓝钻石。

阿依古丽公主对博斯腾说:

"这是父王遇害的时候,交给我的。他用谁也听不到的暗语,留下最后遗言。这遗言是,找到博斯腾,把红蓝钻石交给他。父王说:'告诉博斯腾,在他完成使命以后,他必须击碎红蓝钻石!'我的父王还嘱咐我,一定要将这块堇色的丝绢手帕亲手交给你。请你珍藏好,绝对不能丢失。父亲说堇色丝帕是最重要的,请你一定转交给你的父亲。我知道,你一定会忠实履行他的重托。"

金鹰博斯腾恭敬地双手接过闪闪发光的红蓝钻石和那块堇色的丝绢手帕,仔细将它们放在怀中。

然后,他郑重地说:

"我一定忠实履行尊贵的克里木可汗的重托。"

阿依古丽公主完成了父亲的嘱托。这时,她心中轻松了许多。她深知卡拉尼耶提的阴险狡诈。她知道这个恶魔不会轻易放过自己的。她知道灾难时时在黑暗中窥视着自己。灾难迟早会降临到自己的身上!现在,完成了父命,她感到自己无所畏惧了。

乌云缓缓聚集。草原的尽头红色的闪电不时在战栗颤抖。疲惫的黄昏慢慢地闭上它的眼睛。灾难暗中无声地伸出它的黑色触角,悄悄地卷向阿依古丽公主。

在光明到来的时候,恶蝙蝠隐去它的身影,隐到黑暗的地方去了。但是,恶蝙蝠不会因为害怕光明而消失,它的贪婪和野心,它对光明和美好的仇恨也不会有所收敛,它不会放弃罪恶企图和恶毒行径,它依然在黑暗中时时蠢蠢欲动。

善良的人们常常看到事物的美好,很少想象黑暗中隐藏的丑恶。

人们视野所及的只是真实世界微不足道的一点,视野以外却是无边无际的宇宙的存在。人们应该依靠自己的想象和思考扩大自己的视野,去认识那无形的、未见的一切。

三十一、红衣富商

深夜,草原上,驼铃声是最优美动人的音乐。

静夜中,听到沙漠尽头飘荡着悠扬的驼铃声,有谁不会感到瀚海天宇的无边广阔呢。宁静的深夜,驼铃声格外悠扬悦耳。它们回荡在夜空中,像风中飘荡的丝带,起伏摇曳,自远而近,自近而远,由渺茫而清脆,由清脆而渺茫,渐渐消失在无边的、高远的夜空,带你进入蓝色的梦乡。你会感受到,再也没有比悠扬的驼铃声伴随你入梦乡更加甜美的了。驼铃是永远飘荡在人们心中优美的旋律。

然而,美,总是被丑恶破坏。

沙漠上的人们一直看不到魔王萨泽江的一兵一卒,却不时看见大大小小的骆驼商队默默地走过。这一天,穆拉罕草原来了一个庞大的骆驼队。不过,令人奇怪的是,这样大的骆驼队,却没有一只骆驼戴着驼铃。谁都知道,没有驼铃,夜行的骆驼就有可能走失。可是,这个驼队却在悄悄地行进,能够听到的只有骆驼落脚踩砂子的沙沙声。商队刚刚进入沙漠的时候,倒是有一个年轻的赶驼人,觉得时光度过得太单调,就别出心裁地给自己赶的骆驼颈上系了一只银亮的驼铃。这只驼铃刚刚发出清脆悦耳的铃声，年轻人的背上就重重地挨了一皮鞭子。这是一个带队的黑衣人抽打的。黑衣人不由分说，解下那只驼铃，将它远远地扔在沙丘的后面。那个年轻人目光紧紧地追随着消失在沙丘后面的驼铃，听到被摔的驼铃最后一声呻吟。他抚摸着自己像刀割般疼痛的后背，低下了自己的头。

这个驼队就只能在默默中，悄悄地行进。

商队真正首领是一个红胡子老人。他的缠头顶上缀着一颗蓝色的大宝石，披着深红色的丝绒斗篷，系着金色的丝带。他盘膝坐在骆驼双峰间的软座上，神态轩宇，气度高昂，显示出他巨富商贾的身份。他的骆驼每迈出一步，老人身体就摇动一次，透出他的悠闲自得。他似乎在不断思考着什么，感到胜券在握而内心自喜。随行的一些骆驼装饰各异，虽然不及他的豪华，但也是色彩缤纷，华丽多姿，远远看去与其说这是商队，莫如说是王侯出行。

绿洲肥美的牧草，他们是不感兴趣的。茂密的白杨林，在晨风中的欢歌，他们是不去聆听的。骆驼队蜿蜒翻过沙丘，绕过胡杨林，经过欢乐的小溪的时候，他们也不允许骆驼低头饮几口甘泉。这个骆驼队外表似乎非常安闲从容，但是，这后面掩盖着异常急切地赶路的目的。

骆驼队径直奔向老克里木可汗的王城。王城热闹非凡。那天正好是四面八方的牧民赶集的日子。他们有的骑马，有的牵驴，有的驾着牛车，来赶王城清真寺前的巴扎集市。远处的牧民常常是一家人挤在小毛驴车上，唱着欢快的小曲，高高兴兴地来赶集。车后面牵着自家养的羊。他们用自家的羊换取急需的小麦、茶叶、盐巴、蜡烛和土制肥皂。当然孩子们也渴望能够尝一尝罕见的糖果。他们看见这样富丽堂皇的骆驼队，就像看见新奇的杂耍队一样。孩子的目光追随着骆驼队。一些街上光屁股赤脚的小孩干脆就跟在骆驼队的后面,看热闹。骆驼队的商人,看到孩子们追随,就从他们囊袋里拿出糖果,扔下来。一群群的孩子争着拾起来,放在自己的衣兜里。

一群唱歌的人们挡住了骆驼队行进的道路。人们正在随着一位游吟诗人,高唱一首悲壮的古调。这位游吟诗人的左肩上站立着一只美丽的小金雕。

他高声唱道:

思念勇士的人们,

请到荒凉的戈壁去找寻。

思念勇士的人们,

请到干热的沙漠去询问。

辽阔的草原上,

恶狼四处飞奔,

羊群无处藏身。

辽阔的草原,

痛苦地呻吟,

盼望着那紧握长矛的亲人!

红衣富商回过头,用目光向他的随从示意。骆驼队立刻加快了脚步,穿过拥挤的人群。

人群被冲散了,歌声却没有片刻停顿。一位青年人用力擂起大鼓。鼓声震耳,歌声洪亮。

集市上有卖古老的陶器的,有卖新做的乐器的,有卖精绣的花帽的,有卖珍贵的丝毯的,还有卖各种花色艾得莱斯丝绸的。但是,骆驼队的商人不屑一顾。他们也不卸下自己的骆驼驮载的商品,只是匆匆行进,直奔卡拉尼耶提的王宫。骆驼驮着巨大的货包看上去十分沉重,显然不是珠宝,更不是香料。驼队商人尽量掩盖他们的行迹,默默地行进,更显出他们行踪的神秘。

在人群中,有两双锐利的眼睛一直盯着这个奇怪的商队。这是游吟诗人和小金雕的眼睛。他们停止唱歌,盯着红衣富商。

游吟诗人问他肩上的小金雕:

"你看,他是谁?"

"你看呢?"小金雕反问。

"知道他的过去,就能够看透他的现在,就能够知道他的未来。是他来了。"

小金雕侧着头,智慧羽毛开始发放出彩虹般美丽的光辉。这光辉向四周散去,羽毛化为钻石般明洁的镜子。这光辉和这面镜子只有阿米尔和小金雕能够看到。 小金雕透过这面明镜,看向红衣富商。她看到这个红衣富商原来是一条体型巨大的灰色恶狼。这只垂着尾巴的恶狼正在四面窥视。

小金雕说:

"是的,他来了。"

小金雕的语调里在肯定阿米尔的洞察力。

现在,如果我们也有一只智慧羽毛,透过它去看小金雕,那么我们一定会惊喜地看到:这样一个娇美的姑娘正在深情地看着阿米尔,目光里充满赞美的笑意。这笑意一直留在她的眉梢上,留在她的眼睛里,留在她的嘴角边。

骆驼队径直走向卡拉尼耶提的王宫。宫殿已经失去昔日的光辉，有的只是笼罩在整个宫殿上空的一层若有若无的灰色阴霾。这阴霾时而如不动的夜雾，时而如涌动的黑云，是灾祸留下来的印痕，也是灾祸将至的先兆。

红衣富商依旧昂头挺胸端坐骆驼双峰中间，但是显得更加傲然自得、从容不迫。此刻，王宫中却喧嚷万分。一头巨大的黑狗低头摇尾地从宫中蹿了出来。跟随它的后面走出来的是躬身哈腰、披着黑袍的巴赫迪江。跟在他后面的是缺齿黄牙的卡拉尼耶提。他的两旁分列的是五十一名卫士。他们匆匆出宫迎接红衣富商。

远远地看到这个红衣富商，卡拉尼耶提立即失去了他身为可汗的威风。他的内心充满胆怯和恐惧。他甚至不敢正视红衣富商。他偷偷瞥了一眼那只伏在红衣富商脚边摇尾乞怜的黑狗。他的心不由得一阵战栗。他已经听到了自己妹妹古兰丹的遭遇。

他们走到红衣富商骑的骆驼旁边。黑狗匍匐在地，红衣富商踏在它的背上。卡拉尼耶提赶忙伸出双手，去扶他的左臂。巴赫迪江殷勤地赶上前去，想扶红衣富商的右臂。富商厌恶地一甩右袖避开他的双手。巴赫迪江想做驯服卑贱的奴才，可是在红衣富商的眼中他却不及足下的那一条黑狗。这个背叛草原的东西，连他的主子都憎恶他。这个黑蝙蝠，鸟类唾弃，鼠类憎恶。他原本是克里木可汗的马弁，因为偷盗了宫中的一支金瓶，畏罪逃往魔王萨泽江领地。魔王萨泽江知道他了解克里木宫中的内情，觉得他可能有用处，就用银杯的绿酒使他变成一只黑蝙蝠，隐藏起他的本来面目。不久，魔王萨泽江就派他潜回穆拉罕草原，刺探克里木可汗宫中的情况，协助古兰丹，施展阴谋。

红衣富商昂首缓步进入王宫。黑狗摇尾乞怜，殷勤地跑前跑后，引导红衣富商走向大殿。初进大殿,红衣富商就边走边四处张望。他探寻窥视的神情显得颇失他的身份。但是,他无法掩盖他内心的急切。他急于看透这里的一切,看穿宫殿,看透宫殿地下的一切。他贪婪的目光在搜索着什么。这是一个窃贼的目光。瞬间,他突然意识到自己的失态,立刻收敛目光,再现他尊贵威严的仪态。

卡拉尼耶提卑躬屈膝地紧随其后,微微觉察到富商仪态步履的变化。不过,即使他与红衣富商一样贪婪,此刻,他也想象不出这位仪表尊贵的人物内心翻腾着的诡计。卡拉尼耶提即使谙熟利用高贵的仪态、高雅的言语,掩盖内心卑鄙阴险的技艺,但也看不到红衣富商的心底深处。不过,他们狡诈的伎俩在有经验的、善于观察的、富有洞察力的人们眼中,是遮掩不住的。

黑狗将红衣富商引入大殿。黑狗赶紧跑在前面,用尾巴仔细给他擦拭可汗宝座上的微尘。许多天以来,这个宝座一直是卡拉尼耶提坐着,呵斥他的朝臣的。现在,他只能远远地站着,看那只令他胆寒的黑狗用尾巴为红衣富商擦拭了。

红衣富商缓缓走向镶着五色宝石的王座,整理一下红衣,双手轻触扶手,坦然坐定,神态俨然早就是这里威风凛凛的可汗。一群宫娥立即端上金壶金盆,请他洗手,递上热巾擦面,呈上香茶漱口,布上水果甜点,请他享用,悉心接待周到备至。卡拉尼耶提看在眼里,失落的痛苦隐在心里。这些都是平时自己享用的,现在却是红衣富商享受的。不过,他失落的痛苦还只是刚刚开始,真正的还在后面呢。

卡拉尼耶提不敢忘记交还巴赫迪江带来的宝物——金杯和银杯。他在知道这位红衣富商到来之前,已经将它们藏在自己的怀中。他看着红衣富商安闲坐定,就赶紧从怀中取出那个华丽的紫檀木盒,双手捧着，恭敬地呈上，说：

"尊敬的、伟大的大地之王！伟大的草原之主！这无价的宝物具有无穷神奇的力量！它是只有伟大的大地之王、草原之主才能拥有的无价宝物。我无限感激您对我的信任，现在，我在这里恭谨奉还。"

卡拉尼耶提边说边用他的一双绿豆眼环视克里木可汗的庄严辉煌的宫殿。这目光似乎在说，正是它们帮助自己得到了这举世无双的富丽殿堂。然后，目光回到红衣富商身上。他向前跨步，低首双手呈上紫檀木盒。

红衣富商的暗红脸膛上没有一丝表情。他的双眼目光闪闪，也扫了一下堂皇的宫殿，然后盯住缺齿黄牙的卡拉尼耶提。他沉默不语，心里却在说：

"你用它们除掉克里木可汗，攫取了他的一切！"

红衣富商的闪闪目光令卡拉尼耶提感到一阵战栗恐惧。

站在红衣富商身边的一个黑衣侍者走过来，接过紫檀木盒。卡拉尼耶提顿时感到万分痛苦，交出紫檀木盒，他将失去魔力，但是，他心中知道，也许只有交出它们，才有可能换来性命。他颤颤巍巍、步履蹒跚地向后退了两步。

红衣富商用目光向身旁的黑衣侍者示意。黑衣侍者双手拍了两声。大殿外面的赶驼人立刻慌张起来，纷纷七手八脚地卸下骆驼背上沉重的货包。一个一个小心抬下。货包看起来非常沉重。他们吃力地将货包一个个抬向大殿，把它们整齐地摆放在平时朝臣上朝站立的地方。大殿成了货仓。卡拉尼耶提看了，心里更加感觉不是滋味。他敢怒不敢言。只能毕恭毕敬地伺立一旁，等待着。

红衣富商才开口了：

"说吧。"

卡拉尼耶提赶紧向前蹭了两步,嗫嚅道:

"红蓝钻石还没有拿到。"

"为什么?"

卡拉尼耶提周身瑟瑟,用沙哑颤抖的声音所问非所答地说:

"尊敬的、伟大的萨泽江殿下!罪臣效忠不力。罪臣有罪。"

"我问你,为什么你还没有拿到红蓝钻石?"红衣富商声音更加严厉。

卡拉尼耶提周身颤抖,嗫嚅道:

"我知道,红蓝钻石共有两套,一套在博斯腾的金冠上,一套在阿依古丽手中。罪臣曾将博斯腾变成山鹰,将阿依古丽扣在宫中。罪臣不慎,他们先后逃走了。"

红衣富商愤怒地厉声吼道:

"什么不慎!你,贪恋女色!破坏了我的大计!"

红衣富商的目光转向他脚下的那只黑狗。卡拉尼耶提感到了他目光的变化,心中闪出一阵胆寒。他的肝脏在颤抖。他知道妹妹的遭遇。他双膝一软,跪在地上。巴赫迪江随之匍匐在地。卡拉尼耶提双目直视地面,周身颤抖,等待黑狗扑来。那只黑狗仰首摇尾,期待着红衣富商启口。它早已饥肠辘辘。红衣富商迟迟不语。他抬眼看向大殿的外面,捻须沉吟片刻,心中在思索,还有许多事情需要让这些奴才去做,于是语气有所缓和,脱口说道:

"立即取回来!""取回",仿佛红蓝钻石本来就是他的。

听到这个命令,卡拉尼耶提立即感到自己从死神那里回来了,不由得匍匐在地,连连跪拜。冷汗从他的额头一滴一滴地落下。红衣富商嘴角轻蔑地微微一动,不再启口。他觉得不值得再向这样没有骨头的奴才张口。

卡拉尼耶提趁机赶紧谄媚地说:

"博斯腾和阿依古丽都在穆拉罕草原。"

卡拉尼耶提深知出卖别人才能够挽救自己。他不知道,其实他是怎么出卖别人也无法挽救自己的。因为,在主子的心中,叛徒的用处是暂时的。而且,他既贪婪又怯懦的本性,也正驱赶着他走向死亡。

红衣富商不再看跪在下面的奴才,只是对黑狗说:

"去通知艾罕丁王子和阿西娅,让他们去穆拉罕草原,带回阿依古丽公主。"

那只巨大的黑狗一直在竖着耳朵细听,听到命令,立即低首窜出大殿。

在小金雕和阿米尔看着红衣富商进宫的时候,阿米尔问小金雕:

"怎么办?"

"等一等。"小金雕回答。

看到集市上的人们喜欢自己的歌声,阿米尔格外高兴。他的热瓦甫琴弦上顿时跳荡出火炽的旋律。这旋律点燃青年们的心火。激情奔放的青年们高举手鼓,沸腾的鼓点齐声迸发出来。蒙着绚丽多彩轻纱头巾的姑娘们扬臂起舞。她们轻轻牵起纱巾的一角,遮掩自己的笑靥,露出花蕾般的明眸,绽开了,闪动着。小伙子们的心被炙灼了。他们疯狂地踏着火热的鼓点,弹跳旋转。他们单腿下跪,姑娘们笑着转身避开。欢乐的笑声像火苗一样跳动闪耀。渴望爱的幸福陶醉了每一颗心。他们成双成对地手拉着手。他们的心沉浸在爱的海洋里,在爱的海洋里摇曳荡漾。他们由衷地感谢喷涌出火炽旋律的热瓦甫琴手阿米尔。

人们又聚拢围在阿米尔和小金雕的身旁，等待他放声歌唱。

阿米尔高歌：

原野碧草清香

随风四处飘荡。

黑红罂粟招展，

鲜艳玫瑰芬芳。

白云般的绵羊

带露苜蓿品尝。

金色沙丘起伏

暗中隐藏恶狼。

这富有哲理的歌声同样感染了每个青年。他们放声呼应：

黑红罂粟招展，

鲜艳玫瑰芬芳。

金色沙丘起伏

暗中隐藏恶狼。

人们的歌声刚落，大家就看见一条狮子般巨大的黑狗从金碧辉煌的王宫窜出。

阿米尔轻声对站在自己左肩的小金雕说：

"恶狗出洞了。我们应该回穆拉罕草原了。"

"等一等。看一看这位红衣富商干什么。"

这一等，使他们看到了百思不得其解的事情。

三十二、夷平王宫

红衣富商每日只是在王宫四处巡视。

看上去他仿佛是在游览王宫,欣赏建筑。

卡拉尼耶提不知道他的真意,只得无奈地陪着他巡看,走一处卖弄地介绍一处。他以为这壮丽的宫殿已经属于他自己了。

"整个宫殿建筑风格是优美雅致和富丽堂皇巧妙结合的典范。建筑的高雅华贵,是匠心独具的建筑艺术杰作。每一间宫室都以一种花的名字命名。因为,每个宫室都是用同一种花朵装饰的。您看,这是玫瑰宫。它的窗棂透雕石刻的都是初放的玫瑰花。窗幔金丝绣着的也是绽开的玫瑰花。每天室内摆放的还是带露的玫瑰花。室内四季充溢着玫瑰花的浓郁芬芳。"

"玫瑰宫外的花园是玫瑰园。玫瑰园里种满各色玫瑰花。花径石路是用和田玉石铺就的。用紫玉铺成的花径,两旁种的是黄玫瑰;用黄玉铺成的花径,两旁种的是红玫瑰。"

卡拉尼耶提嘴上殷勤介绍的是宫殿花园,心中得意的是赞美欣赏自己拥有的财富。

红衣富商似听似不听,偶尔也颔首应之。然而,他的本性是憎恨任何美的,但是,为了探寻王宫的秘密,他忍耐着内心的憎恶,一处一处地听,一处一处地看。

红衣富商不时突然失去他貌似尊贵的仪态,一再露出一个贪婪饿狼的目光,四处张望,四处窥视。他无法掩盖他想看透这里的一切的渴望,看透宫殿,看透宫殿地下隐藏着的一切的强烈欲望。他贪婪的目光急切地搜索。片刻,他又意识到自己的失态,立刻收敛目光,再现他高贵尊严的样子。卡拉尼耶提一直卑躬屈膝地低首紧随在红衣富商的后面,没有发现他神情的变化。可是,红衣富商却深知,用尊严的神态、漂亮的言语掩饰贪婪、狠毒、丑恶灵魂的手段,往往具有很大的蛊惑力。这蛊惑力的来源之一是愚昧的奴才们的奴性。他们极容易被外表尊贵的仪态吓倒,胆怯封闭了他们的头脑,抑制了自己的独立思考,使他们不能透过威严神态认识到它所掩饰的本性。所以,红衣富商随时留意保持自己的尊贵仪态。

"艺术价值最高的是可汗的寝宫。它是聘请和阗的建筑师设计建造的。您看这精美的廊柱,您看这圆拱形门楣,您看门楣上雕刻着一对小天使。据说,这些小天使是给可汗送来甜梦的使者。您看,一个小天使手中拿的是蓝百合,它带来的是安宁柔和的梦;一个小天使手中拿的是紫丁香,它带来的是香甜美好的梦。"

卡拉尼耶提仍然在展示自己的财富,卖弄自己宫殿建筑艺术的知识。

他介绍什么,红衣富商仿佛就仔细看什么。这更鼓励卡拉尼耶提卖弄下去。他就带着红衣富商去参观王后的寝宫。

"王后的寝宫是整个王宫中最富丽的建筑。最美的是王后寝宫的彩色玻璃花窗。每个花窗都是用彩色玻璃镶嵌成画来装饰。您看，这四扇花窗是彩色玻璃和宝石镶嵌的四季窗画。春天是花季。您看，窗花上面，环绕活泼欢快的女神身边，镶嵌着一万朵春花。夏天是蕴育的季节。您看，窗花上面，环绕端庄娴静的女神身边，镶嵌着一万片绿叶。秋天是丰收的时光。您看，窗花上面，环绕慈祥和善的女神身边，镶嵌着七个活泼欢快的胖孩子。冬天是沉思的日子。您看，窗花上面，环绕着女神和七个孩子们身边，镶嵌着一万本各种各样的图书。"卡拉尼耶提滔滔不绝地逞能卖弄着。

他介绍什么，红衣富商仿佛就仔细看什么。他目光恍惚，像是在看窗画，又像是在看窗框，像一只饿狼在嗅着寻找什么猎物。愚蠢的卡拉尼耶提只顾显示自己，显示自己的财富。他一直忌妒克里木可汗拥有这么豪华富丽的宫殿，而自己没有。他费尽心机杀害克里木可汗，就是妄图夺取这座典雅华美的王宫。现在，整个王宫都属于自己的了。他赞美，他夸耀，他显示自己的财富，他张扬自己的手段，忘乎所以。

他沉醉于欣赏自己掠夺的财富中，得意忘形。他不去留心红衣富商的目光，他更无法领悟红衣富商饿狼般目光中的意义。红衣富商听着卡拉尼耶提得意的夸耀，不时点一点头。卡拉尼耶提以为这是在赞赏自己的艺术情趣和丰富博学，越发兴奋起来。

他看不透红衣富商的内心。他无法想象，他赞美自己攫取来的财富在红衣富商内心中，引起的是完全相反的结果。他万万猜想不出，他讲的一切正好为红衣富商提供了需要从什么地方开始、怎样一步一步地破坏毁灭这座艺术殿堂的路径。红衣富商的点头绝对不是肯定卡拉尼耶提的学识。他憎恶别人有学识，他害怕别人有学识。他迷恋的只是财富。他点头只是对实现自己目的的种种打算的自我肯定。

他怎么实现自己的目的呢？我们看他是怎么做的吧。

第二天，在大殿，红衣富商坐在可汗宝座上，目光投向他的随从们。他的随从中立刻闪出那个高大黑衣侍者的身影。黑衣侍者紧张地审视红衣富商的目光。他立刻明白主子的意思，拍了两下手。所有随从立即匆忙行动起来。他们抽出腰间的短刀，跑向大殿以前朝臣站立的地方，那里现在正堆放着他们从骆驼背上卸下的货包。他们敏捷地用短刀划破货包，露出的不是武器，更不是货物，而是许多铁镐和铁锹。黑衣侍者带领他们，走向可汗的寝宫，就是整个王宫中历史最悠久的克里木可汗寝宫。

红衣富商指着历史最悠久的巍峨殿堂和殿堂下巨大的石基，下令：

"从左侧开始拆，从左侧的石基开始挖掘。拆净，挖深！"

卡拉尼耶提不敢相信自己的耳朵。他惊愕万分地看着那些随从一拥而上。他们拆的拆，挖的挖。卡拉尼耶提感到，他们拆的是自己的心，挖的是自己的肺。他痛苦万分，可是，他敢怒不敢言，垂手侍立一旁。

随从们早已从大殿将可汗宝座抬了过来。红衣富商安闲地坐在那里，目不转睛地看着随从们的一举一动。他似乎在欣赏拆除寝宫，挖掘石基，享受破坏。实际上，他的目光不错过每一块砖石，检视砖石间有什么异样的东西。刚刚返回的黑狗匍匐在他的脚下，发放绿光的眼睛时时盯着每个人的每个动作。瞬间，大殿化为废墟。在大殿的上下左右除去石土以外，红衣富商什么新奇的东西也没有发现。他陡然站立起来，神情中透出疑惑和失望。他似乎不相信自己的眼睛。他要寻找的东西竟然没有隐藏在克里木可汗的寝宫中。一向自信的红衣富商,不相信自己的猜测错了,不相信自己的计划会落空。他认为自己要找的东西,一定埋藏在这个大殿里,但是现在落空了。这里没有他要寻找的东西。

第三天,红衣富商指着艺术价值最丰富的王后的宝殿,他下令:

"从左侧开始拆,从左侧的石基开始挖掘。拆净,挖深! 一点也不留! "

卡拉尼耶提更不敢相信自己的耳朵。他更加惊愕万分地看着那些随从一拥而上。他们拆的是他的心,挖的是他的肺。他痛苦万分,但是敢怒不敢言,只得垂手侍立一旁。

随从们早已将宝座抬了过来。红衣富商直着腰身坐在那里,不错过半点眼神,仔细盯着随从们的一举一动。黑狗匍匐在他的脚下,发放绿光的眼睛也时时盯着每个人的每个动作。红衣富商的目光在紧紧地盯着每一锹石土,检视里面藏着什么东西。然而,大殿很快化为废墟,他又一次什么也没有找到。他坐不住了,站立起来,来回徘徊,神情再次从疑惑转到失望。他不相信自己的眼睛,不相信自己的猜测错了,不相信自己的计划落空了。他要寻找的东西竟然也没有隐藏在王后的宝殿中。一向自以为是的红衣富商拧紧双眉,来回走着,失望使他焦躁起来。

第四天,红衣富商近乎疯狂了。他确切地推断他日夜渴望得到的东西肯定是有的。几天以来,他一直期待着这个东西到手,但是,拆毁可汗的寝宫,没有发现,拆毁皇后的宝殿,还是没有发现。失望令红衣富商疯狂了。他下令拆除整个王宫,挖掘整个地面。但是,他仍然一无所获。他究竟是为了什么要毁坏宫殿,毁灭艺术呢,聪明的读者一定会看透这匹饿狼的内心。贪婪和野心毁灭的是人间真善美。

卡拉尼耶提不能再看这个正在被夷为平地的自己的王宫了。他敢怒不敢言。他想象不出来,红衣富商这是在干什么。鼠目寸光的他无法想象出比他更加贪婪的恶魔的心思。他想自己的王宫已经化为废墟了,克里木可汗隐藏在雪山的珍宝不能再落入别人手中,他打算自己去寻找。

红衣富商要寻找的却不是有限的区区几百箱金银财宝。他想要的是那些财宝的来源,无数财宝的来源。他想要的是无数源源不断涌出来的财宝。他作过各种猜想。他想,克里木将财宝转移出王宫,目的是转移他的视线,掩盖真正宝物的踪迹。红衣富商想这真正宝物一定是被隐藏在更加隐蔽的地方,需要另想途径寻找克里木可汗的秘密。红衣富商拧着他的双眉,苦苦思索着。他开始焦急地等待艾罕丁和阿西娅的消息。鼠目寸光的卡拉尼耶提想象不出深藏在狡猾的红衣富商内心的诡计。看着红衣富商焦虑的神情,卡拉尼耶提以为红衣富商也在盘算着那几百箱珍宝,不禁十分担忧起来。

两个贪婪的恶魔这时候倒是有点想到一起了。红衣富商想,既然真正的宝物暂时还找不到,克里木转移出宫的东西一定不能够失去。他们各自怀着鬼胎。他们之间的暗中厮咬就不可避免了。

富丽的王宫已经化为废墟,巍峨的宫墙尚在。宫墙外面的人们看不见王宫里面的剧变,也看不见宫墙里面的随从正在忙碌着为红衣富商搭建毡房。红衣富商极力隐藏自己内心的颓丧,依然昂首阔步进入新搭成的毡房。卡拉尼耶提躬身跟随,心里在计划如何尽快脱身去寻宝。

"这座宫殿是克里木可汗的,应该毁掉,令它荡然无存。"红衣富商极力掩盖自己的失败,他在自欺欺人。

"是,是,是。应该,应该。"卡拉尼耶提唯唯诺诺地应承。他还没有想出脱身的托词,头上渗出层层汗水。

"什么时候取回红蓝钻石?"红衣富商问。

卡拉尼耶提立即知道机会来了,马上说:

"我即刻亲自去取!"

"好!"红衣富商答应道,又说:

"附耳过来!"

卡拉尼耶提立即俯身过去,卑微地弯腰恭听。他的绿豆眼突然一闪烁,立刻回答:

"是,是,是!一定,一定!"

卡拉尼耶提听了红衣富商的耳语心中一惊,嘴上虽然唯唯诺诺,心里却万分疑惑。然而,不管怎样,此刻能够立即离开这里,是卡拉尼耶提最大的愿望。所以,他也就不去细想红衣富商的动机了。

红衣富商看到卡拉尼耶提阴晴不定的目光,并不担心他识破自己的计谋,更不相信他的承诺,于是摆手道:

"去吧,去吧!"

卡拉尼耶提听到"去吧"两个字,如同听到特赦令,想不到自己这次还能够死里逃生。在红衣富商面前,卡拉尼耶提最怕的是那条阴森森的黑狗。卡拉尼耶提一看它,它的双眼立即闪出绿光,仿佛看见了猎物。卡拉尼耶提周身一阵战栗。他转身要走,背上突然感到一阵发冷。他好像感觉到了他面临和他妹妹一样的噩运。他担心自己逃脱的打算被黑狗的绿眼识破,它会从背后扑过来。他禁不住回头看那只黑狗,发现此刻黑狗并不在红衣富商的脚边。他紧跨几步,急切地想立刻逃出王宫,远远地躲开黑狗,远远地离开红衣富商,可是又怕红衣富商看透自己的心思,于是马上放慢脚步。不过他又一想,既然红衣富商刚刚交给自己重任,躲在哪里的黑狗不至于从身后扑来,自己的担心有些多余。他的腰不由得直起一点,深深地喘了一口气,紧跨两步,匆匆出宫。

卡拉尼耶提带着他的亲信巴赫迪江和卫士首领布克,装扮成商人,牵着两匹骆驼匆匆出发了。他想不到,黑狗带着红衣富商的示意,早已抢先出宫。卡拉尼耶提想抢先夺得珍宝,其实只是痴人做梦而已。

卡拉尼耶提走在路上,刚才红衣富商的耳语又响在他的耳旁。这使他心中又是一惊。他对自己说:

"不!不能按照他的命令去做!"

卡拉尼耶提匆匆出宫。他已经完全失去他刚刚篡位为王时得意的神情。一张蜡黄的脸透出失意、紧张,甚至绝望的神情。跟随其后的是一个全身漆黑、佝偻着他那永远直不起腰的矮子。他尾随卡拉尼耶提,蹒跚着走出来了。他就是阴险的、诡计多端的奴才巴赫迪江。他们默默地经过大街,穿过小巷,出了王城,向着穆拉罕草原行进。

这时候,插在小金雕头顶上的智慧羽毛直立起来。智慧羽毛摇动着散发出彩虹般的华彩,接着华彩渐渐向周围散去。智慧羽毛化为一面水晶般透明的镜子。阿米尔和小金雕透过这面明镜,看到垂着头、两眼盯着地面、吃力地挪动脚步的卡拉尼耶提。在智慧羽毛明镜中,显现出他的本来面目,原来他只是一只猥琐的野猪。阿米尔透过这面明镜,看到弯着腰的巴赫迪江。他原来是一只黑蝙蝠。

小金雕和阿米尔禁不住笑起来了。

小金雕和阿米尔知道红衣富商把富丽堂皇的王宫夷平了。他们在思考。

"红衣富商夷平王宫一定在寻找什么。"阿米尔说。

"肯定不是珠宝。"小金雕说。

"一定是比珠宝更有价值的。他认为,这更有价值的东西是克里木可汗隐藏在宫殿里的。"

"所以,他夷平王宫,搜索那个更有价值的东西。"

"现在看来,红衣富商并不只是要红蓝钻石。他让卡拉尼耶提附耳过来,说了什么,为什么这么神秘?他推测克里木可汗一定是把那更重要的东西交给阿依古丽公主和博斯腾王子了。他表面上寻找红蓝钻石,寻找阿依古丽公主和博斯腾王子,实际目的是要在他们那里追查那个更有价值的东西。寻找公主和王子的真正目的是妄图得到那个更加重要的东西。"阿米尔推测。

听了阿米尔的推测,小金雕又笑了。笑意藏在她的嘴角上,久久地不会散去。我们一定记得,以前阿米尔懒惰的时候,小金雕要啄他的后脑勺。阿米尔不动脑筋的时候,小金雕就啄他的小脑门。现在,小金雕不再啄他了,而是用她红红的小喙蹭他的脸颊。我们要是细心的话,一定会看到阿米尔的脸微微地有些发红了。

"这更加重要的东西是什么呢?"问题一直盘旋在小金雕和阿米尔的心中。他们急切地打算飞回穆拉罕草原,但是,他们知道还需要等待王宫里新的变化,了解更多的情况。他们抑制住内心的冲动,耐心地等待着。

新月刚刚登上远处清真寺的塔顶。偎依在新月旁边的明亮的金星在蓝天鹅绒般的夜空里，和新月一起万分担忧地俯瞰着这座危机四伏的王城。

三十三、智慧羽毛映出的

红衣富商夷平克里木可汗的宫殿以后，来到王城的商队越来越多。一时间王城显得十分喧嚷起来。

这天来了一群穿着华丽、带着鼙鼓乐器的杂耍艺人。吹着唢呐，击着手鼓。一条大如雄狮子的黑狗跑在他们前头。这条黑狗似乎十分熟悉这里的路径。它引着这群杂耍艺人穿街过巷。紧跟在黑狗后面的是一个相貌英武的青年人。他的脸颊因消瘦而轮廓分明，初看去还算有些清秀英俊，但是，他的脸上笼罩着一层黑雾，眉宇间透出一种瘆人的阴冷，显示出他内心的阴暗和冷酷，让人感到与其说他清秀英俊，不如说他是枯瘦阴冷。他丑恶的灵魂毁掉了他年轻的容貌。他持着一条黑色的皮鞭，走在这群杂耍艺人前面。杂耍艺人个个身体强壮，凶悍威武，让人们感觉他们并不是真正的杂耍艺人，而是很像大漠的强盗。

"他也来了！"阿米尔想。

"他们在汇合！"小金雕想。她本打算早一些回穆拉罕草原，现在，看来还需要等待一段时间。

225

正像小金雕估计的那样，几天以后，街上又来了一支骆驼队，看上去像是一个卖艺的歌舞队。一个蒙面女人骑在披着丝织花毯的骆驼上，随着骆驼的步子，伴着驼铃丁丁当当的声音，她苗条的身影微微摇曳着。她蒙着一条深褐色的盖头，街上的人谁也看不见她的面容。如果你能够轻轻掀开她的盖头，看到她的容貌，你一定会大吃一惊。她的容貌美艳绝伦。她洁白如云的面庞，细腻如温玉的肌肤，人间罕见。一双闪亮的眼睛大得令你吃惊。乌黑的睫毛不时上下扇动，像是扑扇着的飞蛾黑翅膀。但是，如果你能够细看她的眼睛，就会感到一阵寒冷浸遍周身。因为这双秀美眼睛的墨黑瞳仁一半隐在上眼睑里。它们会使你联想到这一定是什么可怕的动物的眼睛，可是你又感到难以确认，于是这双眼睛就成为一个可怕的阴影留在你的心中。她丑恶的灵魂毁掉了她面容的美艳，留下妖冶凶狠的相貌。

　　还是那条大如雄狮子的黑狗不知道什么时候溜出王宫，去接这个蒙面女人。这条黑狗还是跑在他们前头。当然这条黑狗更加熟悉这里的路径。它引着这个骆驼队穿街过巷。蒙面女人的骆驼紧跟在黑狗后面，走在骆驼队的前面。骆驼队跟随着领路的黑狗，拥挤地穿过小巷，默默地经过大街，径直进入王宫。

　　这两支骆驼队进宫以后，不久又先后匆匆出来。首先出来的是那个相貌冷峻、手持黑鞭的青年人和他带领的骆驼队。在他离开王宫之前，红衣富商曾经召见过他。

　　红衣富商觉得这个青年的神气格外英武威风，心中十分得意。他禁不住动情地紧紧地拥抱这个青年人。当他把这个青年抱在自己胸前的时候，他感到这个青年人的雄健和力量。他得到极大的宽慰。然

而,他也时常为这个青年的缺点而担忧。他经常对这个青年说:

"你勇敢有余,智慧不足。胸中要有一双眼睛,要有一双能够看到事情发生、发展的眼睛。"

今天,老奸巨滑的红衣富商又要派这个青年出去了。他是在给这个青年锻炼和发展智谋的机会。他内心时常想的是检验一下这个青年是否能够理解自己胸中的谋略。他每次这样做,每次得到的都是失望。他不知道这次会怎样。他心想,再试试吧。

他想:

"我暂时只告诉他我的一个步骤,看看这次他是否有心悟出我的整个谋略。"

他对青年人说:

"附耳过来。"

青年人顺从地将脸贴过去。

他对他轻轻耳语。

青年人点着头,心里却充满疑惑:

"这么一件小事情,也要派我去做?"

他的双眉微皱,瞬间,又展开来,嘴上应酬道:

"我一定谨记使命。"

青年人说罢,立刻召集自己的随从们,整装出发。他们从宫中出来,但是,现在他们行进的速度要比进宫的时候快得多。这个青年人用他手持的黑鞭抽打他骑着的骆驼。骆驼奔跑起来,很快穿过大街小巷,出了王城,向着穆拉罕草原行进。

这时候,插在小金雕头顶上的智慧羽毛直立起来。智慧羽毛摇动着,散发出彩虹般的华彩,接着华彩渐渐向周围散去。智慧羽毛化为一面水晶般透明的镜子。阿米尔和小金雕透过这面明镜,看到趾高气扬的青年残忍地用黑鞭抽打那无辜的骆驼。骆驼拼命奔跑起来。在智慧羽毛明镜中,影影绰绰地显现出他的本来面目,原来这个残忍狂傲的青年是一条消瘦的小灰狼。拼命奔跑的骆驼很快穿过大街小巷,出了王城,迅速向着穆拉罕草原行进。

"他去穆拉罕草原做什么?"阿米尔问。

"他去执行那条恶狼的命令。"

阿米尔笑了,说:

"好!他将去见识见识我们的英雄金鹰博斯腾!"

随后出来的骆驼队是那个蒙面女人和她带领着的舞乐队,但是现在她不像进宫的时候那样从容,而是显得异常急切。

在她离开王宫之前,红衣富商曾经召见过她。

红衣富商看着这个妖冶的女人,心中感到一丝寒冷。但他很快驱散了这种感觉。他用笑脸迎向这个女人。他赞美道:

"我从未见过你这样美丽可爱的姑娘!"

这个女人知道自己应该怎么做。她羞怯地低垂着头。她的脸红了,一直红到秀美的耳根。她每次见到这个老人的时候,都做出少女般的神态。她屈膝恭敬地深深施礼。她仿佛娇羞得不能承受红衣富商的赞美。

红衣富商心中在说:

"你不必这样做作。"

但他嘴上却说:

"可爱的孩子,到我的身边来吧。"

他的神情里,表现出的是长者的无限慈爱。他继续有失仪态地

228

赞美：

"你有一双美丽动人的眼睛。这是一双充满智慧的眼睛呀！"

这个女人知道自己应该怎么做。她更加羞怯地低垂着头。她的脸红了，一直红到秀美的脖颈。她再次做出少女般的神情，更加深深地施屈膝礼，表示她的无限感激。她无言以对，似乎娇羞得无法回答红衣富商的赞美。

虽然看透她是在做作，但狡诈的红衣富商却更加亲切、温柔地说："聪明的孩子，到我的身边来吧。"

红衣富商嘴上赞美这个女人，是因为他知道自己暂时必须依靠她，自己心中谋略的关键很可能只有这个女人才能够完成。他必须让她感到自己对她无限钟爱、器重和信赖。

他异常亲昵地将自己的脸轻轻地贴近这个女人发热的耳边，低声耳语。

他耳语声音极低。他说的是什么只有阿西娅能够听清楚。

女人听了，心中一惊。她想：

"为什么要让我去把她接来？"

她呆立片刻，立刻赶紧掩饰自己的吃惊，再次深施屈膝礼，表示感激他对自己的特殊信赖。但是，红衣富商的耳语却勾起她内心强烈的忌妒。她想如果自己真的把她接来了，她高贵的王族身份和神女般的美丽一定会使艾罕丁王子变心。她一定会成为他的新宠。而自己成为皇后的希望将化为泡影。

她的心里在说：

"我绝对不能让她露面！更不用说将她带到你们的身边来！"她的心中埋下了阴险恶毒的打算。

但她的嘴上却说：

"女奴，谨记！女奴，谨记！"

她心里的变化流露在她的脸上。她的脸上出现一阵阵苍白。这变化，当然逃不过红衣富商的眼睛。他想：

"我的谋划为什么在她的心中引起这样大的震动？我只是泄露了一点，她不可能识破我内心的整个谋略。"他心中十分担心她会识破自己谋略。他也感到颇为失望，心想难道连这个女奴也靠不住吗？

这个女人显示自己的卑恭屈膝，表达自己绝对顺从、忠诚以后，便立即召集自己的随从，整装出发。他们从宫中出来，但是，现在他们行进的速度要比进宫的时候快得多。她抽打骑着的披着丝织花毯的骆驼。骆驼奔跑起来，很快穿过大街小巷，出了王城，向穆拉罕草原行进。

在阿米尔和小金雕看到这个女人经过的时候，插在小金雕头顶上的智慧羽毛直立起来。智慧羽毛摇动着，散发出彩虹般的华彩，接着华彩渐渐向周围散去。智慧羽毛化为一面水晶般透明的镜子。阿米尔透过这面镜子，看到那个骑在披着丝织花毯骆驼上蒙面女人的身影，影影绰绰显现出一条黑色巨蟒的身形。巨蟒昂着黑色的头，头顶一双突出的墨黑的眼珠闪出凶恶的光芒。

看到蒙面女人的真面目，阿米尔和小金雕十分担忧起来。

装扮成红衣富商的就是魔王萨泽江。他夷平克里木可汗的王宫，却没有找到企望得到的东西，他日夜无法入睡。他想，难道远离自己舒适的王宫，来到这异域他乡，真的会无功而返吗？那天夜深，一只老鸥枭断断续续地鸣叫着，飞落在魔王萨泽江的帐篷顶上。这鸥枭的鸣叫是为了惊逃草丛里的野鼠。一只小野鼠上当了,被吓得向草丛深处钻去。小草微动的声音是逃不过老鸥枭的双耳的。老鸥枭桀桀地笑了,仿佛在说你终于现身了。它猛地扑扇起翅膀,扑了过去。

老鸥枭的鸣叫令狡诈的魔王萨泽江突然仿佛看到一线微光。他眼前一亮:

"我找不到,何不让他们自己现身!我怎么把这古老的战略忘记了。老鸥枭鸣叫惊鼠,我何不敲山震虎!"

魔王萨泽江抬眼望向天空,天色黑如浓墨。

他击掌数声。他在召回派出监视卡拉尼耶提的奴才黑蝙蝠。片刻,他听到扇动翅膀的声音,看到闪来闪去的一个黑影。那是一只黑蝙蝠。它扑扇着翅膀,落在魔王萨泽江的脚前,瞬间它变成黑衣的巴赫迪江,双膝跪地,向它的魔王表示敬意:

"伟大的草原之王,无边大地的主人,奴仆巴赫迪江恭听您的饬令!"

"你不必尾随卡拉尼耶提了。到穆拉罕草原去!四处散布卡拉尼耶提正在追杀阿依古丽公主的消息,而你要隐藏在阿伊古丽的住地,时刻监视她,最要紧的是,看她隐藏些什么东西,她将这个东西隐藏在什么地方。"

巴赫迪江谄媚地回答:

"奴仆已经打探出阿依古丽公主化名伊犁,躲在穆拉罕草原牧民的毡房里。我将隐在她毡房黑暗的角落里,监视她的一举一动。"

魔王萨泽江突然语调十分温和地说:

"去吧,我等待你的成功!"

然而,他们是注定要失败的。狡诈阴险的魔王萨泽江自以为得计,可是他是无法理解高尚人们的内心的。他猜想,克里木可汗一定会将最重要的东西,只交给自己的女儿。他想不到。高尚的人们是相互信赖的。那最重要的东西,阿依古丽公主已经转交给勇士金鹰博斯腾。

聪明的读者,你猜那最重要的东西是什么呢?细心的读者一定会猜到,那肯定是阿依古丽母亲、克里木可汗的皇后古兰慕罕的堇色丝帕。

为什么这堇色丝帕这么重要呢?你也一定会有自己的一些猜想吧。你的猜想准确吗?检验一下吧!

三十四、阿西娅

蒙面女人骑着高大的骆驼，带着她那些伪装卖艺的士兵，离开王宫。

站在大道上的阿米尔和小金雕看到这个女人匆匆经过。他们迅速透过智慧羽毛，看到这条盘在高大骆驼背上的黑蟒，昂着布满鳞片的黑色蟒头，不时吐着黑色毒信，左右测探方向，向穆拉罕草原奔去。

"她去穆拉罕草原做什么？"阿米尔问。

"她去执行那条恶狼的命令。阿依古丽公主可能会处在危险中！"站在阿米尔左肩的小金雕贴在阿米尔的耳边焦虑地说。

阿米尔没有说话。他沉浸在深思之中。他看到这些人形的野兽离开王宫，心中格外奇怪，他不明白为什么这些人有着人类的外形，实际上却是丑恶凶残的野兽。他们的外貌为什么和他们的本质有这么大的差别。幸好小金雕和自己有智慧羽毛，如果没有这只智慧羽毛，就难免被这些人形的野兽欺骗。阿米尔非常急切地想知道，自己怎样才能学会区别人的外貌和本质，洞察人的本性，怎样才能有一双透视一切的敏锐眼睛。

小金雕看到他深思的样子,不再去打搅他。

这时, 一位盘着腿坐在阿米尔身边的银须老人十分伤感地叹着气。他的叹气声却打断了阿米尔的思路。老人望着远去的蒙面女人,低下头,惋惜而痛楚地低声呼唤道:

"阿瓦罕呀!阿瓦罕!"

"您在呼唤谁的名字呀?"阿米尔恭敬地问。

"刚才骑在骆驼上蒙面的姑娘。"老人回答。

"您认识她?"

"我看着她长大的。她原来可是一个非常美丽可爱的小姑娘呀。"接着老人向阿米尔述说了蒙面女人的故事:

许多年前,那时我还年轻。我和阿瓦罕的父亲阿夏丁一起去阿尔金山草场放牧。到了初秋时分,阿夏丁知道心爱的妻子即将临产,我们就赶着羊群匆匆回来。正好赶上小阿瓦罕诞生。阿夏丁惊喜万分。我们举办了隆重的酒宴庆祝她的诞生。她生下来就是一个美丽的小仙女。百合一样洁白的笑脸上有着一双天鹅星般明亮动人的大眼睛。无论是谁看见她,都想把她抱在怀里逗她笑。阿夏丁和妻子更是钟爱她。她长到三岁之前,就从来没有离开过妈妈的怀抱。她想要什么,他们立刻就给她什么。阿夏丁夫妻用整个身心疼爱美丽的阿瓦罕。

有一天,我去看望这个小仙女。看到她那红苹果般的小脸,真想亲吻她,亲热地抱抱她。我就从她母亲手中接过了这个宝贝。她细嫩的小脸,看上去宛如一朵初放的百合花。我真舍不得去亲吻她。她一双明亮的大眼睛也在我的脸上扫来扫去,她盯住了我弯弯曲曲的胡子。她突然伸出她的小手,抓住了几根,用力一拉。这几根胡子竟然全被她拽下来。意外的疼痛使我不由得大声叫起来。我差一点松开双臂摔了她。我赶紧小心抱住她。

在我怀抱中的她却顽皮地咯咯笑起来。

阿夏丁夫妇也大声笑起来。

我忍着下巴肉皮的疼痛,将这个宝贝双手捧着,送回她母亲的怀抱中。这位小仙女的笑声还没有停下来。

一个月以后,我禁不住又想去看望这个美丽的孩子了。他们放牧的草场已经移到后山,我驱马翻山,用了多半天才找到他们的毡房。

还没有到毡房前,我就大声叫:

"阿夏丁大哥!阿夏丁大哥!"

我的叫声刚停,一个初看十分陌生的大汉掀开毡房的垂帘,一步跨了出来。阿夏丁和我是从小生活在一起亲如兄弟的朋友。现在看起来却有些生疏了。他本来长着和我一样浓密而弯曲的黑胡子。今天见到的这个大汉的下巴却光秃秃的,上面有的只是许多红色的斑点。但是他的眉宇还是我的阿夏丁!

我吃惊地问:

"大哥,你的漂亮胡子呢?"

"你还问我呢。自从你来那天,阿瓦罕揪了你的胡子,你疼得大声叫,惹得阿瓦罕高兴。从那天开始她就喜欢揪我的胡子了。我疼得一叫,她就咯咯地大笑。可惜现在不能逗她笑了。"说着,他像以前那样习惯地去捋自己的美髯,结果却捋空了,就立刻改成抚摩自己的下巴。

听到这个令我痛心的事情以后,我就再也不去看望这个小仙女了。

听说阿瓦罕十三岁的时候，被召进克里木王宫做宫女了。

开始，她事事小心谨慎，三年之内她没有做过一件错事。但是有一件小事情使她发生变化了。她独自为古兰慕罕皇后整理珠宝盒中的头饰。那里有许多精美绝伦的艺术饰品。有镶嵌钻石的金簪，有缀着金色珍珠的耳环，还有纯金雕花的发箍。其中有一对镶着樱桃红宝石的金耳坠，格外令阿瓦罕喜欢。她把耳坠贴在自己的耳垂下，左右端详镜子中的自己。她再也不想把手中的耳坠放回皇后的珠宝盒了。她顺手将这双耳坠藏在自己的袖口里。开始，她抑止不住心跳，脸红。她害怕地低着头，侧目四面瞧瞧。周围一个人也没有。她侧耳细听，周围一点声音也没有。脸上热热的感觉渐渐褪去，心跳渐渐恢复平静。她盖上皇后的珍宝盒，慢慢地走出皇后的寝宫。这是她第一次逾越了一个人洁身自好的门槛。不过，以后的几天里，她摸到藏在怀中的那对樱桃红宝石的金耳坠，内心就感到一阵痛苦的羞愧。她想把金耳坠送回去，可是又舍不得。她自我宽慰，下次再也不这样了。

但是，几天以后，皇后古兰慕罕又让阿瓦罕为自己整理首饰盒。她细心地为皇后摆放玉手镯。皇后看着她摆放得整齐美观，满意地夸奖她心灵手巧。这时候，一个宫女传达可汗的旨意，请皇后陪他观赏玫瑰园里正在盛开的玫瑰花。皇后就随这个宫女离开寝宫。阿瓦罕听着皇后的脚步声渐渐消失。她就把所有的手镯拿出来，一副一副的仔细观赏。一副金手镯上面镶着翡翠雕刻成的常春藤，华美富丽，令阿瓦罕爱不释手。她把金手镯戴在自己手腕上，上下左右端详。这时候一个念头令她心跳。这念头是：

"拿走它！"

阿瓦罕抬起头四面看看，发现周围一个人也没有。她侧耳细听，周围一点声音也没有。她感到心跳很快平静下来了。她自己微微一笑，自语道：

"我怕什么呢？"

她把金手镯藏在自己的怀里，然后，按照皇后喜欢的样子，重新摆放其他的首饰。她盖上首饰盒，慢慢地走出皇后的寝宫。她的手不时摸一下自己的胸口，摸到了那副金手镯。她心想：

"我一定要比皇后还要富有！"

她忘记了自责，忘记了自己的决心。她又一次轻易地跨越一个洁身自好的门槛。一个人放纵了自己，轻易地跨过了美丑的界限，不能自我谴责，那么，以后她做什么事情都能够毫无顾忌了。从此，她一步一步堕入贪婪的深渊。

她每天想的是自己怎样比皇后更富有。她贪婪的野心与日俱增。为了实现这个野心，采用什么手段，她就再也不去考虑了。

她想，要实现自己的目的，就必须争取到克里木可汗的身边，做他的近侍。一天晚上，她看到一位可汗身边的宫女正端着一个金盆，向可汗寝宫走去。金盆里冒着热气。她知道这是给可汗端去洗脚用的热水。她想机会来了。她立刻顺手向大理石地面泼了一杯水。正像她希望的那样，这个宫女走到这里，就被滑倒了。热水烫伤她的双脚。这个宫女吓坏了。她怕耽误可汗洗脚。

"热心"的阿瓦罕关切地说：

"别怕！我替你另打一盆热水。我替你送去。"

这个宫女噙着感激的泪花，感谢这个热心的姐姐。

阿瓦罕端着金盆,扭动着她秀美的腰身,走到可汗面前。双膝跪下,替可汗脱去皮靴,脱去毛袜。双手捧着可汗枯瘦的脚,放在金盆的边上,用手撩出热水。她看着可汗没有说水太热,才捧着枯瘦的脚慢慢放在金盆里。

闭着眼睛享受的可汗感到这双小手特别温暖柔软,这不是平时送水宫女的手,就问:

"你是谁?"

她立刻低下头来,娇声娇气地回答:

"女奴阿瓦罕!"

可汗这时候半睁开双眼,看了看她。她赶紧用自己柔软的小手轻揉那双枯瘦的黑脚。

从此,她成为克里木可汗的近侍。在她的心中已经没有道德标准,没有美丑界限,没有人格,没有尊严,有的只是她的贪婪和野心。她不断地向着黑暗的深渊堕落。

她离开了父母,离开她少年时候的好友。

她成了可汗的近侍以后,就没有回过一次穆拉罕草原,没再去看望钟爱她的父母和好友。

有人问她为什么不回草原看望父母。她嘴上说:

"我必须忠于克里木可汗!"

但她的心里却在说:

"我做了皇后再回去!"

她原来像天鹅星般美丽明亮的大眼睛开始变化了。虽说眼睛还是那样大,但是她的瞳仁却变小了。她看你的时候,一半瞳仁是隐在上眼睑的里面。她白皙如初开带露的百合花的面孔开始变化了。她的面孔仿佛被一层青色阴霾笼罩着。你看着她苍白的面孔常常隐在一层黑雾之中。她仿佛是在笑,但是,你会模糊地觉得她在寻思如何陷害你。她也感到自己的内心被写在脸上了。她知道自己必须时时尽力掩饰自己的面容。她选择了一种最适合她的面纱做盖头,透过这个面纱,她可以清楚地看到眼前的一切,别人却看不到她的表情和内心的变化。

阿瓦罕的故事讲到这里,老人家说:

"人啊,美丑荣辱的界限,千万不要越过呀!越过半步就会坠入黑暗的深渊!听说她现在的名字叫做阿西娅。可是揪我胡子的阿瓦罕换了名字,我也认识她。不管她怎样善于掩饰伪装自己,我也能够感觉到就是她。

克里木可汗遇害的时候,她就离开了王宫。我以为是她憎恶卡拉尼耶提,想不到她却投奔了恶魔。听说,她还学会隐身术,能够变成一条毒蛇,隐蔽自己,逃离危险,伤害别人。"

老人的话似乎是一支点亮的蜡烛,照进了阿米尔的心房。他觉得这一席话给他极大的启迪,回答了他心中的问题。老人没有智慧羽毛,但是,阿西娅的伪装、化名逃不过老人能够洞察一切的锐利的眼睛。阿米尔内突然心有所悟,不禁感到十分轻松。

阿米尔想到阿西娅的妖冶掩盖着她内心的丑恶,红衣富商一副高高在上、不可一世的神气遮盖着他贪婪的野心和阴险恶毒。单从外表上看,这些是不容易识破他们的。可是,阿西娅无论怎样遮掩,也逃不过这位老人的目光。这是因为老人知道阿西娅的过去。一个人的过去总是烙印在他的内心深处。一个人的现在总是支配着他的未来。了解一个人的过去,就有可能看清他的现在。了解一个人的现在,就有可能看到他的未来。在生活的道路上，一定要走好每一步呀！

"我们应该把智慧羽毛奉还给金雕妈妈了。"阿米尔突然郑重地对小金雕说。

他的话音刚落，他们就看见在洁白的云朵边上，出现一个金色的星星。这颗星星越来越大。

小金雕高兴地大声叫道：

"妈妈！妈妈！"

金雕妈妈急速扇动羽翅，瞬间飞到两个孩子的身边。她亲切地说："我原来担心你们不能认识人的本质，有可能落入他们的陷阱，现在放心多了。现在许多生物仍生存在危险中，需要智慧羽毛的帮助。鲸鱼的处境现在比我们鸟类更加危险。我们鸟类决定让我把智慧羽毛传给鲸鱼。有一种外表像人，本性残忍的野兽，正在驾驶着庞大的帆船四处捕杀它们。我们应该让智慧羽毛帮助它们识别这种野兽，躲过人形野兽对它们的捕杀。过去，这种人形野兽残杀善良的人们，至今它们的本性不改，需要让所有生物提高自己警觉这种人形野兽的能力啊！"

"金雕妈妈，您说得对。识破人形野兽，我们才有安宁。应该尽快把智慧羽毛带给那些可爱的鲸鱼们。"阿米尔说。

"你用智慧羽毛再看一下自己吧。"金雕妈妈更加亲切地说。

阿米尔知道自己原本是一只温顺的小绵羊。他迟疑了片刻，鼓起勇气，从小金雕的发髻上小心地摘下这只神奇的羽毛。羽毛开始发放出彩虹般美丽的光辉。这光辉向四周散去，羽毛化为钻石般明洁的镜子。阿米尔吃惊地看到里面映出的是一个目光纯净的英俊青年。

"这就是现在的你！这就是懂得关爱一切生命的、真正的你！一个开始探索怎样透过现象看到本质的、真正的你！一个直起腰杆站立起来、不断扩大自己视野的你！"金雕妈妈赞许道。

金雕妈妈接着说：

"学会识别一个人的本质，并不是一件简单的事情。探索透过现象认识本质，更不是一件简单的事情。这需要你不断发展自己的智慧。你开始探索了，这很好。你开始探索智慧的来源了，这很好。但是，你要记住，智慧的源泉是没有尽头的，需要你不懈地付出自己毕生的热情和精力。"

说罢，金雕妈妈展开双翅，金红的智慧羽毛从阿米尔手中飞起来，飘向金雕妈妈的翅膀，停在那些洁白的羽毛中间。金雕妈妈扇动双翅，带着智慧羽毛，飞向蓝天，飞向大海。小金雕望着云端的母亲，眼睛里噙着泪花。阿米尔轻轻地抚摸着她的小头，伸过脸颊贴在她的小脸上。泪珠滴落在阿米尔的脸颊上，流到他的嘴边。他感到泪珠的微咸。他的眼睛里也涌出泪水来。

"我们回穆拉罕草原吧！ 他们可能加害公主和王子。"小金雕说。

金月刚刚登上清真寺的塔顶。人们看见有两颗明亮的金星划破蓝天鹅绒般的夜空，飞向金月的身边。

三十五、耍狗艺人

幸福泉水晶般明净。小浪花们蹦蹦跳跳，欢快地奔向映着蓝天白云的天鹅湖。

天鹅湖畔有一个平坦开阔的地方。今天，那里牧民的巴扎集市格外热闹。远方来的货郎大声吆喝着。有的展示艳丽多彩的丝绸，有的介绍深褐、墨绿的茶砖，有的摆列出珍稀的宝石项链和手链，有的摆放着他们自己打制的精美铜壶、银盘和银饰。他们希望和牧民交换更多的羊皮。

一个相貌冷峻的青年人带着一条大如雄狮的黑狗，手持着一条黑色的皮鞭，骑在一匹高大的骆驼背上，神气傲人。一个驼队紧紧地跟在他的身后。他们的样子像是一群杂耍艺人，远道而来，风尘仆仆。

这个青年人笔挺修长的身材，虽然显得有些单薄，但是，动作却敏捷灵活，特别是他挥动黑色皮鞭尤其敏捷有力。你会感觉到被他的皮鞭扫到的东西会立即化为齑粉。雄狮般的黑狗，是一条令人望而生畏、凶恶丑陋的东西。它那双闪烁着绿光的眼睛，你是不能和它们对视的。你看到这绿光，就会感到它立刻就会扑过来。它那一副钢锯般寒森森的牙齿仿佛利剑都能够被它咬断嚼碎。不过此刻,它的这双阴森森的眼睛几乎没有离开过那个青年人的黑色皮鞭。皮鞭一动它立即低下头,你如果能够看透这条黑狗的内心,一定会感到它的整个心都在战栗颤抖。

这个青年人的黑皮鞭看不出是用什么材料制作的。有人说,它是用这条黑狗父亲的皮制作的。但是,很多人不相信。因为,如果真的是那样,那么为什么这条黑狗不知道复仇,反而死心塌地做这个青年人的奴才呢?但是,相信这个说法的人说,奴才的奴性是不敢有丝毫反叛意识的。奴才就是奴才。

皮鞭手把的质料却可以看清楚,那是用象牙制成的。人们觉得也许因为象牙可贵,这个青年人才格外珍视这条皮鞭,时时手持,从不放手。其实,这个猜测是错的。他从不放手的真正原因是他用手掩盖象牙手柄上镶嵌的四个金字。这是用金丝镶嵌成的四个字——"权力无限"。

这群卖艺的人个个都是精壮的汉子,人人身上都有一套绝技。有的擅长腾跳攀缘,有的奔跑滚打,有的力大无穷,有的灵活敏捷。他们共同擅长的是跳山狼舞。

他们不收看客的一分钱,只是要和看客中的勇敢者比赛,看谁的山狼舞跳得粗暴狂野。他们也不收牧民赠送的任何东西。人们送来奶茶和烤羊他们一份也不收。他们只吃自己带来的食物,只喝自己带来的水。他们有几十匹骆驼,驮筐里盛满食品。有几条骆驼背上的食物已经吃完了,可以看到驮筐已经是空的了。不过,他们好像要在这里长期表演。几个精壮的力士卸下骆驼背上的货包。他们手脚麻利地打开来,里面放的是驼毛毡垫。他们架起毡房棚架,展开毡垫,围拢棚架,一个漂亮的毡房很快就架起来了。那个手持皮鞭 的青年昂首缓步进入毡房。显然这座毡房是供他个人独自享用的。

当天,出场表演的是那些力士。一个力士能够轻而易举地举起巨大的石头。他猛地将巨石掷向同伴。令看的人不由自主地发出惊呼,以为他将砸碎自己的同伴。出人意外的是,他的同伴却轻轻接过这块巨石,然后,再将石块狠狠地掷向另一个同伴,这就引起大家又一阵惊呼。然而,被击打的那个力士也能够毫不费力地接在手中。那块巨石就像皮球一样,被他们扔来扔去。他们越扔越快,巨石像一条白练,在他们中间飘来飘去。人们禁不住热烈地鼓起掌来。可是,这些力士对观众的赞扬,却没有任何反应。他们脸上的表情始终是冰冷木讷的。

转天,那个领头的青年人亲自出场。他表演的是耍狗。他的演出也是相当精彩。雄狮般的恶狗,在他的皮鞭下,比绵羊还要温顺。他用皮鞭上下划圆圈。他划一个,黑狗就跟着皮鞭,翻一个筋斗。他正向划圆圈,黑狗就前翻,他反向划圆圈,黑狗就后翻。他越划越快,黑狗就越翻越快,直到黑狗化为一团黑影。这个青年人一边旋转身体,一边划圆圈,黑狗的黑影就跟随着,围绕他滚动。人们听着黑狗滚动带起的风声,看着它滚动的黑影,惊奇万分。草原的人们一传十,十传百。草原上很少有这么精彩的杂耍表演。很多人骑着马从很远的地方来看他们的演出。

到了第三天,一个力士击大鼓,一个力士吹骨笛。但是这骨笛不是鹰骨制成的,而是狼的腿骨制成的。它的声音不像鹰笛悠扬嘹亮,而像是恶狼仰天嚎叫。青年人在这疯狂的嚎叫声伴奏下,疯狂地甩着头,跳起模仿野狼摇摆着头撕咬猎物的样子。牧民的孩子看了被吓得哭起来。母亲们赶紧抱着孩子离开这可怕的表演,然而那嘶叫着的骨笛声,远远地传来,仍然令在母亲怀里的孩子颤抖。

一向善良的牧民对他们这样的表演感到有些厌恶。可是,热情好客的牧民还是取出自己的烤肉和美酒款待这些陌生的来客。

有位好奇的牧人询问:

"尊贵的客人,您是来自何方?"

"我们来自西方。我们是用重金收买钻石的商人。我们高价收买红色钻石和蓝色钻石。"卖艺人回答。

这位牧人却直率地表示:

"我们这里只有羊皮和干奶酪。"

卖艺人脸上立刻显出十分失望的样子。片刻,一个身穿黑衣的卖艺人询问:

"你们谁认识博斯腾王子?请转告他。我们的主人高贵的艾罕丁王子要和他比赛山狼舞。他如果取胜,将赢得黄金千两。能够邀请他来参加比赛的人,我们也奖赏他黄金百两。"

"我们不认识这位尊敬的王子,但是,我们可以帮助你们寻找他。"一位热心的牧人说道。

他们交谈着。杂要表演也就停了下来。其他的卖艺人点燃篝火。他们默默地围着篝火,烤着羊肉,等待着落日隐入草原的边缘,等待着星转斗移。草原的夜风无声无影地飘过。那个耍狗的青年昂首缓步进入他自己独享的毡房。

那些卖艺人默默地看着篝火余烬里的火星困倦地闭上眼睛。他们自己的眼睛却不敢阖上片刻。卖艺人双臂具有能够投掷巨石的力量,但是,他们内心却十分懦弱而胆怯,他们的内心中充满对那个狂傲的青年人的畏惧。卖艺人之间谁也不敢交谈,甚至害怕交换目光。那只狮子般的黑狗守候在他们的身边,眼睛里放着绿光。黑狗移动的细微声音,都会使这些卖艺人惊恐万状,无法抑止地周身发抖。

夜,更黑了。夜寒袭来,卖艺人在寒风中瑟瑟颤抖,期待天亮。

三十六、翅膀的力量

卖艺人寻找金鹰博斯腾王子的消息很快传遍穆拉罕草原。

消息传到艾义德尔老人暂时居住的毡房里。金鹰博斯腾煮好香香的奶茶，盛满蓝花细瓷碗，双手捧着，递给艾义德尔老人。

"您尝尝，可口吗？"

"可口，可口！这清香的奶茶让我忆起童年家乡父母毡房里的温馨。"艾义德尔老人捻须而笑。

金鹰博斯腾端着自己的奶茶，盘膝坐在老人身边。他心中有重要的事情请教老人。他说：

"他来了。"

"戴上你的金冠，去见他。"艾义德尔老人笑着回答。

金鹰博斯腾取下从不离身的斜背着的挎包，打开挎包，金光夺目的金冠出现了，特别耀眼的是红色钻石和蓝色钻石。他的红蓝钻石和阿依古丽公主的一样具有迷人的华彩，耀眼的光辉明亮而纯净。如果你仔细端详的话，也许会发现它们之间还是有着细微的差别。公主的更加透明亮泽，王子的更加温润浑厚。

金鹰博斯腾最欣赏的是红蓝钻石的纯洁。这时,他陡然记起公主给他的堇色丝帕。他立刻抚摸自己胸前的衣襟,他的手指感到丝绢的柔软光润。金鹰博斯腾放心了。

"他将为红蓝钻石付出生命!"艾义德尔老人说。

"我怎么办?"金鹰博斯腾继续请教老人。

"大胆去做吧。相信自己的智慧和力量。"老人语调坚定地说。

金鹰博斯腾点点头。他戴上金冠,跨上栗色的骏马,奔向天鹅湖畔的巴扎。

正在跳山狼舞的艾罕丁远远地就望见奔驰而来的金鹰博斯腾,望见他头顶上闪光的金冠。他想不到自己会这样顺利地见到金鹰博斯腾。他不再疯狂摇摆他的脑袋,不再前后甩动他的双臂,停下脚步。他挥动一下皮鞭。皮鞭发出一声爆响。黑狗立即匍匐在他的脚下,力士们放下鼓棰,停下吹笛,列队站立,如临大敌。

瞬间,金鹰博斯腾的骏马扬起一双前蹄,一声长嘶,伫足站在他们的面前。

"你来了!"艾罕丁说。

"是我!头上的金冠可以说明!"

艾罕丁一阵狂笑,说:

"你很大胆!"艾罕丁说。

"你想象不到!世界上,许多事情是你想象不到的!"金鹰博斯腾是在警告他,但是,利令智昏的艾罕丁是听不懂金鹰博斯腾话中的意思的。

"我是来取红蓝钻石的。"他边说边瞥一眼黑狗。

"知道,它们就在我的头上。"金鹰博斯腾轻拉了一下缰绳,示意骏马不要移动。

黑狗开始舔它黑色的舌头了。不过,它仍然匍匐在地,没有准备跃起。黑狗知道自己的行动是非常快的,不需要多做准备,以免对方有所警觉。

金鹰博斯腾对它不屑一顾。

"我有足够的力量取到它!"艾罕丁威胁道。

金鹰博斯腾笑了。这使得艾罕丁内心涌出一阵暴怒。他觉得这是对他的轻蔑。他的面孔因为暴怒而涨红。但是,他压制住了。

金鹰博斯腾看到他脸上涌出的红潮又立刻褪下去。金鹰博斯腾又笑了。

从来没有人胆敢在艾罕丁的面前这样藐视他。这藐视激起艾罕丁的狂怒。这狂怒令他失去自制。他挥鞭直取金冠。

我们知道黑狗最惧怕的是艾罕丁手持的皮鞭。原因是皮鞭表面上是狗皮制成的,实际上在狗皮下面隐藏着毒针,一旦被毒针扫上一点,轻则皮开肉绽,重则中毒。中毒轻则肌肤糜烂,无法治愈,重则立即致命。伤害程度,要看使用者挥动皮鞭的手法了。

艾罕丁挥鞭直取金冠。他将皮鞭向下一带,企图用毒针扫中金鹰博斯腾的前额, 顺手将金冠卷过来。一向狂傲的他以为自己一鞭奏效,他伸出左手,准备去接金冠,心中一阵喜悦。可是,他万万想象不到博斯腾轻轻地移动腰身,毒鞭梢扫空绕回,直打到艾罕丁自己的腿上,顿时皮开肉绽,鲜血涌出。他疼得浑身颤抖。他连忙从怀中取出一个小瓶子,将满瓶解毒止疼药倒入口中。

狂怒的艾罕丁立刻抖动皮鞭,再次挥鞭直击博斯腾的头部。这次他使用了最狠的施毒手法,隐在黑狗皮下的毒针全部暴露出来。他妄图这一鞭立即置金鹰博斯腾于死地。他同样想象不到,博斯腾再次敏捷移动腰身,鞭梢仍旧落空。艾罕丁及时抖动皮鞭,自己才免于被扫中。他一时惊呆了。

疯狂的艾罕丁使用最恶毒的手法,再次挥鞭抽向博斯腾的腰部。这次博斯腾没有移动身体。他伸出左手接住,轻轻一抖就将皮鞭掷于草地上,然后他的右手从衣襟中取出一巾手帕,慢慢地仔细擦拭接鞭的左手。他正要将手帕也掷于草地的时候,黑狗陡然扑了过来。博斯腾顺势将手帕向扑过来的黑狗掷去,正好击中黑狗的头部。黑狗眼前一黑,跌落地面,满头鲜血,滚动了一下,瘫倒在地,昏厥过去。

这时候,艾罕丁完全失去理智。他一挥手,所有力士一拥而上。

只见金鹰博斯腾伸展双臂(别人看到的是他在伸展双臂,实际上,他是在展开他背上的金色双翅),双臂下立即涌出强劲的巨风。经过十几年的不懈苦练,造就了金鹰博斯腾双翅的巨大力量。他翱翔天空的时候,不单是依靠风的力量,而是凭借驾驭自己的双翅产生的强大风力。无数次的重复练习,练就他的双翅无比巨大的力量。他永远记得金鹫的教导:

"神奇的力量来自无数次连续重复的练习!"

现在金鹰博斯腾能够随心所欲、自如地运用蕴涵在他双翅的无穷力量。这是一种精神和意识的解放。他的双翅下涌出巨风以极其强大的力量卷向力士们,使他们不但无法接近博斯腾,而且他们和艾罕丁一个个都站不住脚,像被龙卷风卷起的沙粒,拧成一个升在半空中的"人柱"。金鹰博斯腾收拢双翅,他们先后被重重地摔在地下,没有一个能够站立起来。

这时候,金鹰博斯腾转过头来,面向来看杂耍的牧民兄弟姐

妹们说:

"他们是妄图掠夺我们穆拉罕草原人们的财富、企图霸占我们草原的贪婪者。我们一起来保卫我们的草原,保护我们的家园吧!"

"我们和你在一起!"大家齐声回答。

黑狗、艾罕丁和力士们渐渐苏醒过来。黑狗夹着尾巴,缩在那里,浑身颤抖着。力士们的双臂双腿都被重重地摔伤了。他们想爬起来,但是,一时是做不到的。艾罕丁还想保持自己的威严,也只能双膝跪在地面。

"你,坐在地上吧。十天之内,你是站不起来的。"金鹰博斯腾平静地说。

艾罕丁无语。他再也支撑不住,"砰"的一声跌倒在地面。

"不允许你再拣起杀人的毒鞭。如果我再看见你拿着它,耀武扬威,我将摔碎你的头颅!"金鹰博斯腾手臂一扬,一阵强风顿时涌起。艾罕丁赶紧趴在地下,躲避强风。可是,这时候,金鹰博斯腾已经放下手臂了。强风渐渐远去,发出滚雷般的声音,艾罕丁吓得周身战栗。

"不过,我也想满足你贪婪的野心。你想得到红蓝钻石,我可以给你。你看,红蓝钻石就在我的头顶上。它们的光辉就是证明,它们正是你们渴望得到的。但是,你要用两件东西来换取,而且,可以换取我的整个金冠。我还可以带你进入雪山寻找宝库。"

艾罕丁一听到他有可能换取红蓝钻石,顿时忘记痛楚,坐了起来。他用乞怜的目光,仰脸看着金鹰博斯腾。这种目光我们是见过的,我们以前从黑狗望着艾罕丁的眼睛里见过这样的乞怜目光;从古兰丹匍匐在地、仰看艾罕丁的眼睛恳求饶命的时候,也见过;从黑蝙蝠匍匐在地、仰望古兰丹的眼睛企求宽恕的时候，也见过。这样的目光是一种卑微、低贱、懦弱、无耻的目光。艾丁罕等待着金鹰博斯腾下面的话。

金鹰博斯腾继续说：

"用你们毒害人们的金杯和银杯来交换打开宝库的红蓝钻石钥匙。我见到金杯和银杯以后，我将带你们到雪山宝库洞前。想要宝库的财宝吗？去吧，去拿金杯和银杯，来换取打开宝库的红蓝钻石钥匙。十天以后，你带五十四名卫士同来。"

艾罕丁无法理解金鹰博斯腾的话。他能够听明白的只是他可以用金杯和银杯换取红蓝钻石。他努力掩盖自己的晕眩，用尽他最大的力量，说：

"我将如约前来！"

说完这句话以后，他又感到一阵更加强烈的晕眩，昏厥过去。

勉强支撑着从地上爬起来的力士，抬起他们的主子，替他们的主子拣起毒鞭，悻悻离去。他们担心十天以后，有可能被迫再回来。

三十七、蒙面女人

　　金红的圆月安详地停在天边,静静地散发着柔和的金辉。在宝蓝的夜空中,点点明星欢快地闪烁着。伊犁姑娘弯起手臂,解开包在头上的纱巾,丝缎般光泽、天鹅绒般柔美的秀发飘下来。伊犁姑娘又变成天仙阿依古丽公主了。清凉的晚风轻轻吹拂着她的秀发,令她记起和巴拉提在幸福泉相识的那个金色夜晚。那甜美的情景清晰地显现在阿依古丽公主的眼前。金红的月色映着巴拉提轮廓明晰、刚毅如铜铸的脸庞。他用充满力量厚实的大手亲切温柔地握住伊犁姑娘的小手。她第一次感到自己的小手是多么娇小,多么柔软无力。这真切的回忆令她的心里漾起甜美的波澜,这是她从未体验到的新奇而神秘的感觉,无比珍贵的感觉。每当她忆起这种感觉的时候,心头随之涌出一抹忧郁,挥之不去。与巴拉提的久别加重了阿依古丽公主心中的酸楚。她不由得自语:

　　"他在哪儿呀?"

　　晚风轻柔地抚摸着她的脸颊,她的心中漾起一首歌,她用少女纯净、细嫩、清脆的歌喉唱道:

清凉的晚风

你带来他的身影，

思念涌进我心中。

湛蓝夜空的星星

好像他明亮的眼睛。

明亮的月光

仿佛他纯朴的心灵。

辽阔的晴空

宛如他宽阔的心胸。

清凉的晚风

带着我的心声，

越过高山峻岭，

轻盈飘过草原，

寻找他的踪影，

在他耳边述说

我思念的深情。

阿曼尼站在毡房外边静静地聆听阿依古丽公主的歌声，心中涌出无限怜爱，她走进毡房轻声地安慰：

"晚风一定会把你的思念告诉他的。等待那五百名勇士举着战旗胜利归来吧。"

阿依古丽公主娇羞地垂下她樱桃红的脸颊，轻轻地偎依在阿曼尼的怀里。她心中的秘密掩在她亲昵的偎依中。

穆拉罕草原又来了一支骆驼队。一个蒙面女人是这个驼队的主子。她骑在披着蓝地红花绣金锦毯的骆驼上，随着骆驼的步子，伴着驼铃丁当声，她苗条的身体微微摇曳着。她的面容，谁也没有看到过。如果你能够轻轻掀开她的盖头，看到她的容貌，你一定会吃一惊。她的美艳会令你惊异，她的眉宇间透出冰冷的寒气，会令你心惊。她洁白如云的面庞、细如温玉的肌肤，是人间罕见的。但是，如果你能够细看她的眼睛，就感到那里溢出的寒气会浸透你的周身。因为这双秀美的眼睛墨黑的眼珠一半隐在上眼睑里。它们会让你想到这一定是一种凶残动物的眼睛，可是，你又感到难以说清楚究竟是什么动物的。然而，这双眼睛犹如一个可怕的阴影会一直留在你的心中，让你久久感到挥之不去，感到无比阴冷。

驼队带着来自远方的奇珍异宝。赶驼人遇到放牧的，就向他们抛洒几串珠宝。有多彩的珍珠项链，有华丽的玛瑙手镯，更多的是银亮的脚链。珍珠色泽丰富，桃红的、茄紫的和杏黄的，还有宝蓝的。玛瑙手镯雕琢文饰多样，飞鸟形的、游鱼状的，也有透雕盘花的，都是精工细作、世间罕见的珍宝。

他们抛撒珠宝以后，总是询问近旁的牧民：

"你们见到我们的阿依古丽公主吗？"

很多牧民只是看他们一眼，并不回答他们的问题。

他们的珍宝并不能吸引所有的牧人。很多牧人并不稀罕他们抛掷的东西，随手就扔到草丛里。这些牧人觉得这是不尊重他们人格，伤害他们的尊严。他们不去理睬陌生人。

有几个贪婪的人怀着感激的心情，随手佩戴在胸前，套在手腕上，扣在脚踝上。这些项链、手镯和脚链就是心灵的枷锁。他们的心就被铐在蒙面女人的指尖上了。这几个贪婪的人只是听说穆拉罕草原来了一位美如天仙的姑娘,并不知道她是谁,心想也许就是他们要找的那位什么公主吧。他们殷勤地给他们带路,帮助他们选择最近的山谷,直奔穆拉罕草原。珠宝蒙住了他们的眼睛,夺走他们的良心。

穆拉罕草原上,夕阳变成了暗红色,晚霞变成了深紫色。黄昏临近了,紫云缓缓低垂,暮霭渐渐转浓。远处传来若有若无的怪异的乐曲声。这怪异的乐曲声越来越临近,吸引着人们的好奇心。人们放下手中的活计,三三两两地从毡房出来,顺着乐曲声,看向西面的地平线,一串黑色的东西蜿蜒蠕动而来。

有人说:

"是一群卖艺人吧。"

人们渐渐看清楚了。打头的是一匹高大出奇的骆驼。它的双峰中间架着一个梨木雕花台。台上铺着蓝地红花金绣锦毯。梨木雕花台四角各坐着一个乐手。一个吹排箫,一个奏筚篥,一个击手鼓,一个弹都塔尔。他们每个人都穿着华丽的织锦绣花袍,腰间系着金色丝带。这四个乐手中间站着一个蒙面的女人。她身着桃红色连衣裙,披着宝蓝色丝坎肩,蒙着暗紫色头巾。她扭动着纤细的腰肢,跳着独舞。舞姿古怪阴森。她伸出双臂自上而下地扭动着,在昏暗的晚云衬托下,似乎是一条昂首扭动的眼镜蛇。特别是她不时伸出尖细的手指,远远看去,就是毒蛇吐出的黑信子。她的舞姿令人感到阴冷而恐怖。这时候,你如果看到她那双黑亮的眼睛,一定会觉得,这是一条凶残毒蛇的眼睛。它让你感到周身寒冷,在心里久久留下令你感到战栗的可怕阴影。

这时乐队奏出热烈沸腾的乐曲。穆拉罕草原一些好客的牧人一个个扬起双臂,踏着鼓点,缓缓起舞,将人群卷入一个欢乐的漩涡。一些骑骆驼的艺人纷纷从骆驼背上跳下来,跃入这沸腾的人群。他们忘记自己的使命,和穆拉罕草原的人们一起汇入欢腾的舞蹈行列。热烈的旋律燃烧着每一个人的心。

但是,有一个人永远忘记不了她的使命。忌妒使她具有特殊的记忆。她曾经生活在克里木可汗的宫中。那时候,她是一名宫女,每日为可汗洗脚和刷靴子的宫女。她每日从宫窗窥视公主无忧无虑的欢快生活。她无数次地对自己说:

"有一天,我一定要做一位比公主还要尊贵的人。"

在克里木可汗遇害的当天,她偷偷溜出王宫,奔向魔王萨泽江的领地。她知道克里木可汗的秘密。她要用这些秘密换取在魔王萨泽江宫中的地位。她见到了艾罕丁王子。她说出了克里木可汗命令博斯腾每日藏宝的秘密;她还说出宝库的钥匙是一块红钻石和一块蓝钻石,这些钻石现在是在公主阿依古丽的手中。这些秘密使她立即成为王子身边最亲密的人。她躲在暗处,看着王子鞭笞古兰丹的情景。她听到古兰丹遇害时凄厉惨痛的声音。但是,她知道这是一个背叛自己祖国的奴才应得的下场。她却不知道自己正在背叛自己的祖国,正在踏上同一条道路。

她深信自己的美丽和迷人的舞姿能够迷醉艾罕丁王子。她用自己觉得足以迷住任何人的眼神,投向艾罕丁王子。她看到了艾罕丁王子回应的热烈目光。很快她就得到了艾罕丁王子的宠幸。在一个黑暗的夜晚,艾罕丁王子拉着她冰凉的手,一同步入他的寝宫。

她深深感激王子的宠幸。她展开双臂,渴望拥抱王子。但是,王子却猛力地推开她,用命令的口气对她说:

"明天我们举行隆重的正式订婚典礼,然后,你立即回到你的祖国去！从阿依古丽那里偷出红蓝钻石。我得到这两颗钻石的时候,就是我娶你为妻子的时刻。"

"我了解阿依古丽公主。她肯定会相信我。我一定能将红蓝钻石带回来,奉献给我的王子,作为我们结婚的时候我的嫁妆！"

她第二天就带着一个骆驼队离开了魔王萨泽江的领地。经过了长途跋涉,她终于来到穆拉罕草原,实现她蓄谋已久的诡计和野心。她那双黑亮的眼睛,时时刻刻四处寻觅着她渴望已久的猎物。出乎她意外的是她急切寻找的目标,很快就出现在她的眼前了。

沸腾欢乐的舞蹈吸引了穆拉罕草原所有毡房里的每一个人。阿依古丽公主带着初升的满月般的光辉,站在毡房的前面。她的身上散发出月光般柔和的清辉,吸引了每一个人的目光。

蒙面女人立即瞥见阿依古丽公主。她的内心涌出强烈的忌妒。看到阿依古丽公主身边散发出满月般的光华,她想,只要阿依古丽公主出现在艾罕丁面前,艾罕丁一定会变心。阿依古丽公主一定会成为他的新宠,而自己成为皇后的希望将化为泡影。

蒙面女人耳边响起红衣富商亲切的声音,记起她离开红衣富商之前的情景:

"聪明的孩子,到我的身边来吧。"随后,他异常亲昵地将自己的脸轻轻地贴近这个女人发热的耳边, 低声说起令蒙面女人心惊的耳语:"你去将美丽的阿依古丽公主带回来。我将重赏你！"

红衣富商压低声音对蒙面女人说出的这句话, 也是他对自己的儿子艾罕丁和奴才卡拉尼耶提低声说的。他知道这是他整个谋略中最重要的一个环节。他担心被别人悟出他内心的阴谋,以致他稍有表露,自己就要压低声音。为什么这么重要,只有他自己心中清楚。他只能透露这一点,他的至亲至信也不能完全知晓他内心深处最终的打算。

这个蒙面女人当然无法悟出他的诡计,在她的心中反而一再重复一个恶毒的誓言:

"我绝对不能让她露面!更不用说将她带到你们的身边来!"

她看到阿依古丽公主,立即掀开头巾,停下跳舞,从骆驼背上的高台跳下,扑向公主。

她哭着,用娇美的声音呼唤着:

"我们的公主!我们的公主!"

"我不是公主!我是草原伊犁姑娘!"

"我永远认识您!我是克里木可汗的贴身宫女阿西娅呀!克里木可汗多次嘱咐我,一定要用自己的生命保护阿依古丽公主!"

听到阿西娅这个名字,阿依古丽公主记得小金雕和阿米尔的嘱咐,但是,这陌生的女人提到父亲克里木可汗,令公主心动,多少悲痛一齐涌上心头,竟一时忘记了他们的嘱咐,禁不住拉起了这陌生女人冰冷的枯手。

她们各自述说离别的艰辛和痛苦。

阿西娅噙着眼泪说:

"克里木可汗遇害以后,我看到卡拉尼耶提篡夺王位,就逃出王宫,流落四方。我卖艺为生,到处寻找我们苦命的公主。"

这个蒙面女人一边说,一边悄悄从自己怀中取出一只极小的镶嵌着樱桃红宝石的金簪。她拿着这只金簪,说:

"这是天方王国的珍宝。我一见到金簪上的这颗红樱桃,就用我身上所有的钱,买下来。我想只有我们的公主才能够佩戴这样美丽的金簪。如果有一天,我能够见到我日夜思念的公主,一定要给她佩戴上。想不到今天我们真的相聚了。我的梦想终于实现了。让我给您戴在头上吧。它会给您带来美丽和幸福的。"

她把金簪细心地给阿依古丽公主插在发际。公主是一向不重视修饰的。她觉得自然就是美,因为那是真实的,不是矫饰的、做作的和虚假的。可是,阿西娅的热情,使她无法拒绝。再说,这是一个极小的金饰物,戴在头上也是若有若无的。她因此也就没有在意。她的心里十分感谢阿西娅的真情。

蒙面女人阿西娅给公主配戴好了,侧头端详公主,又伸手轻轻按了一下金簪,将它荫蔽在公主的秀发中,觉得别人看不见了,她才侧头赞美:

"真美!"

她嘴上说真美,心里却在说:

"好,别人再也看不出这个头饰。"她为自己的成功,暗自得意。她满意地笑了。

这时候,一些看卖艺人表演的牧民一个个来到她们身边。可惜,这些善良的人们没有注意到阿西娅在干什么,没人留意她把一只樱桃红宝石的金簪插在伊犁姑娘的发髻里。大家都为俩姐妹相聚而高兴。热心的小伙子又开始击手鼓,吹唢呐,奏都塔尔。草原又沸腾起来了。大家纷纷扬臂,摇肩,旋动身姿,跳起舞来。

听说来了客人,正在帮助阿娜尔罕大婶煮奶茶的阿曼尼很快端上热气腾腾的香奶茶过来。她一眼看到阿西娅,心中一惊,是她!但是,看到阿西娅对公主的亲切态度,又不便立刻提醒公主。可是,她是了解阿西娅的。她知道，在宫中的时候，阿西娅为了博得克里木可汗宠幸曾经陷害淳朴忠厚的姐妹。

阿西娅一见阿曼尼也是心中一惊，双手赶紧放开公主。她生怕阿曼尼看出她给公主戴头饰。她笑脸迎上，说：

"阿曼尼姐姐也来了。姐姐一向可好？"说着，她伸出双手去接阿曼尼手中的托盘。

阿曼尼避开她的双手，问：

"你怎么找到这里来了？"

"不是找到的。克里木可汗遇难以后，我就逃出王宫，四处流浪，以卖艺为生，漂泊到这里，一路苦不堪言。幸好遇见公主和你。"

这个妖冶的女人忘记了，自己佩戴着珍稀华贵的饰物，穿着富丽豪华的锦缎。阿曼尼知道她是在说谎话，但是一时也猜不透她要干什么，她在干什么。

阿西娅低头瞥了一眼公主，看到公主头上的樱桃红宝石的金簪隐在发髻里面，一点痕迹也没有露出来。她心中踏实多了。她定了定神，显得沉静多了。

阿曼尼将托盘端到公主面前，好像不小心将盛奶茶的瓷杯打翻，奶茶泼在公主的裙子上。她赶紧给公主擦抹。

"你看我是多么笨拙。咱们赶紧回毡房换一件裙子吧。"阿曼尼想带着公主离开阿西娅。她伸手去扶公主的时候，感到公主似乎有些软弱无力。公主一反往日的活泼，此刻却默默无语。阿曼尼惊异地感到公主神情有些恍惚。

"您感觉不舒服吗？"阿曼尼关切地问。

"是的，我感到晕眩。"公主无力地回答。

这一切令阿西娅眼也有些意外：樱桃红宝石的金簪怎么这么快就起作用了。她想，它的作用还是慢一些发挥出来好。她目送她们离去，看着她们进入毡房，嘴角微微一歪，流露出她内心的狠毒和快意。她多年的愿望似乎就要实现了。

夜幕渐渐低垂。阿曼尼看到阿西娅没有跟过来，心里稍为轻松一些。

她们一进毡房，阿曼尼立刻说：

"小金雕告诉我们一定要小心一个名叫阿西娅的人呀！"

可是……这时候，公主仿佛已经听不见她在说些什么了。她的身体显得更加软弱无力，神情更加恍惚。她似乎立刻就要沉沉地入睡。阿曼尼扶她躺在床上，公主双眼紧闭，仿佛已经入睡。

这是一个无月的黑夜。天空像墨一样黑。风时有时无，仿佛躲在什么地方颤抖着。它们也在为公主面临的可怕厄运而战栗。

一天的劳作使草原上的牧人们早就疲倦了。他们帮助卖艺的人们搭起帐篷，然后骑马回自己的毡房。夜寒袭来，人们纷纷进入梦乡。但是，有一个人，她焦急地等待墨黑夜晚的来临。她就是阿西娅。她像黑蝙蝠一样都是在夜间行动的。

就在万籁俱寂的时候，阿西娅悄悄地遛进公主的毡房。她的眼睛里闪出绿色的荧光。她能够看见黑暗中的一切。她在搜索。她检查每一个角落。她失望地站在那里思索，那东西应该被隐藏在哪儿？她正在呆呆地凝神思索。这时一个声音使她的身心都一哆嗦。

"你在找红蓝钻石！"这是整夜守护在公主身边的阿曼尼的声音。此刻阿曼尼已经站立在阿西娅的面前。

阿西娅很快恢复了她冷峻的神态，尽力做出镇静的样子，说：

"不错！我是来取红蓝钻石的。我要得到无尽的财宝和至高无上的权势。取得它们以后，我将成为萨泽江王的王子艾罕丁的妻子。我将成为王后。我将成为女皇。"

"你不可能得到！"

"为什么？"

"草原勇士已经带着红蓝钻石奔赴冰川悬崖。"

听了这句话，阿西娅瞪起愤怒的眼睛，喷出火炎一般的光。

"阿依古丽不交出红蓝钻石，就是死亡！"

"你到冰川悬崖去找红蓝钻石吧！"

失望和愤怒使阿西娅的脸孔都变形了。她的脸孔顿时化为毒蛇的脸孔，一双暴睁的眼睛，一张巨口，吐出黑色的毒信子，向昏睡中的公主喷射一股腥臭的毒涎。阿曼尼纵身遮挡，却迟了一步。毒涎洒落在阿依古丽公主的身上。阿曼尼回身怒斥阿西娅。她却消失了。阿曼尼只看到一条黑色的巨蟒蜿蜒钻出毡房。

她知道，公主的生命危在旦夕。她俯身看去，公主那玫瑰般鲜丽的脸色渐渐褪去，慢慢变成青白色。

她大声呼唤：

"阿依古丽公主！阿依古丽公主！"

阿依古丽公主用微弱的声音说：

"请把我抬到幸福泉边去。"

三十八、蓝色钻石

  五百零一名草原勇士穿过穆拉罕草原,翻过沙丘,越过戈壁,穿过黑山谷,攀登雪山。

  紫色的夜空覆盖着暗蓝色的天山。汗腾格里雪峰在夜空衬托下放出钻石般的光辉。

  金色的明月在天际露出她纯洁的脸庞,散发出淡淡的、柔和的金光。自从巴拉提和阿依古丽公主相识、在那个美丽的月夜促膝交谈以来,每当月亮出现的时候,他的心中就会显现出公主明亮的目光和婀娜多姿的倩影。他仰望着明月,心里觉得这美丽的月亮就是纯洁的公主,纯洁的公主就是美丽的月亮。在巴拉提的心中,明月和公主就是一个人。夜风拂面,又唤醒他心中金色月夜甜美的记忆。甜蜜的情思充满他的内心。但是,随之涌上心头的是一片黑暗的阴霾。浓重的阴霾重重地压在巴拉提的心上。他记起了小金雕的嘱咐:

  "当心一个名叫阿西娅的人。"

  阿西娅是谁?为什么要当心这个人?

  阿依古丽公主此刻安全吗?她在做什么?

疑问和担忧一起涌上巴拉提的心头。巴拉提看看这月色中的冰川,深深地意识到自己使命的重要。他驱散心中的思绪,加快了攀登冰峰的脚步。

在柔和的月色里,勇士们看到宁静的冰川闪着银光,宛如飞舞的玉龙,盘旋腾越在雪峰之间。勇士们跨越冰川,步入晶莹悦目、玲珑剔透、变化万千的冰谷。在明丽的月光中,冰谷更加神秘奇幻。勇士们欣赏着千姿百态、婀娜多姿的冰柱塔林,钻进冰晶玉洁的水晶宫,观赏五彩缤纷的翡翠宫,赞叹绚烂富丽的宝石殿。

"真美!"巴拉提说。但是,他清楚地知道他们没有片刻时间陶醉在冰宫的美景中。他们迅速从冰宫出来,立刻仰看冰川两侧陡峭的悬崖:左侧的岩石是深红色的,右侧的岩石是深蓝色的。巴拉提回首远望无边的戈壁,抬头近看面前的悬崖和冰川,他心中涌出对金鹰博斯腾的赞美:只有目光深刻、想象深远的人才能够选出这样险峻的地势藏宝。这时,他记起了金鹰博斯腾的话:

"红岩悬崖存放奇珍异宝,蓝岩悬崖收藏宝剑盔甲。"

巴拉提置红岩悬崖于不顾。在他的心目中,只有草原、牛羊和勤劳的人们是永恒的财富。奇珍异宝只是有限的、暂时的、虚荣的幻影。他走到蓝色悬崖下。五百勇士相继列队跟上来。

悬崖清晰地就在眼前,但是,它高高地耸立在冰谷之上。只有金鹰博斯腾能够伸展双臂腾飞而上。现在五百零一名草原勇士只能站在冰谷仰望那险峻的蓝色悬崖。

"怎么办?"巴拉提问身边的草原勇士。

"搭人梯。"聪明灵巧的阿合义买买提说。

巴拉提看了一下冰谷与悬崖武器库石门,目测高度,说:

"好，十个人贴住悬崖站成一排，九个人双脚登上他们的双肩，八个人双脚登上九人的双肩，七人登上八人的，六人登上七人的，五人登上六人的，四人登上五人的，三人登上四人的，两人登上三人的，第五十五人，就可以站在武器库的洞口了。"

他的话音未落，勇士们争先恐后地你登在我肩上，我登在你肩上，搭起人梯。有的太匆忙，没有踩稳当，掉了下来，引起大家一阵欢笑。有的笑他真笨，脚放到哪儿都不知道。有的说他会飞，为什么不向上飞，而朝下飞。人们在欢笑中，很快组成了一个紧贴悬崖的金字塔形的人梯。他们是活泼欢乐的一群勇士。欢乐和友谊使他们形成一个整体。整体就是力量！

轮到第五十五位勇士攀登的时候，巴拉提将自己贴身收藏的蓝色钻石取出来，伸手递给阿合义买买提。

他郑重地对阿合义买买提说：

"上！"

阿合义买买提接过蓝色钻石，将它放在自己的嘴里噙着，转身踏着自己兄弟们的肩膀，猿猴般敏捷地登上悬崖。瞬间，他已经站在武器库的洞口了。他吐出噙在嘴中的蓝色钻石。钻石发放出夺目的蓝色光辉。这光辉映亮紧闭的石门。石门立即格格作响，缓缓打开了。洞内充满蓝色的光华。

阿合义买买提看见一排排摆放整齐的木箱。他立刻搬动眼前的一只。这只沉重的木箱，他一个人几乎无力移动它。他惊呆了。他想象不出是谁有这么大的力量将它们搬上崖洞，整齐摆好。他用尽全身的力量搬起一个木箱，搬到洞口，递给自己的兄弟。木箱沿着人梯传到冰谷。

玫瑰色的曙光初现的时候,最后一箱传到冰面,大家都是大汗淋漓了。阿合义买买提先跳到冰面。他从嘴中取出蓝色钻石,双手递给巴拉提。巴拉提将两块钻石合在一起,仔细包好,揣入自己的怀里。

五百名草原勇士分别走到木箱前面,同时打开各自面前的木箱。夺目的银光从木箱中发放出来。那是箱中的宝剑、盔甲、银盾和弓箭发放出来的光辉。人们禁不住惊呼起来。他们立刻戴好头盔,穿上盔甲,配上利剑,挎上银弓,背上箭囊。英俊的勇士组成了无敌的队伍。

他们向黑山谷进发。巴拉提骑在年迈的沙拉米的背上,走在勇士队伍的最前面。

在雪岭杉的密林中,巴拉提安顿好自己的队伍。迎面吹来清凉的晨风,又唤醒了他心中莫名的忧伤。从他的心中,涌出一首哀婉的歌:

　　清凉的晨风,

　　　你是她的秀发,

　　　轻柔地抚摩我的脸颊。

　　清凉的晨风,

　　　你是她的身影,

　　　朦胧地显现在我心中。

　　清凉的晨风,

　　　你是她的眼睛,

　　　悄悄地倾吐她的心声。

　　清凉的晨风,

　　　你是她的心灵,

　　　静静地表述她的深情。

　　清凉的晨风,

你无声的飘过草原，

你无处不在，

我却看不见你的影踪，

我的心中涌出无边的思念，

和无尽的伤痛。

这歌声令他的心飞向穆拉罕草原，那里有他心中的阿依古丽。他不由得又记起小金雕的嘱咐：

"当心一个名叫阿西娅的人。"

他心想，阿西娅是谁？为什么要当心这个人？阿依古丽公主此刻安全吗？她在做什么？

山风从清凉转为凛冽。巴拉提像紫铜铸成的武士，迎着凛冽的山风屹立在山巅，夜飞的鸟们，从他脚下的山腰间飞过。巴拉提望着黑色戈壁的尽头，急切地等待魔王萨泽江的到来。

刚毅是巴拉提的本色。刚毅是所有牧民勇士的性格。他们渴望着浴血战斗。

三十九、纳合拉鼓声

青白色的月亮从黑色的山峰剪影旁边露出纯洁的脸庞，青朦朦的光华无声地弥漫天宇，静静地倾泻在姿态万千的山岭间。

巴拉提请年龄最大的卡拉和他的朋友点起篝火。篝火很快旺旺地燃烧起来。火苗随风晃动着。巴拉提让年龄最小的哈拉和他的朋友们解下系在马鞍上的纳合拉鼓。这是先辈使用过的战鼓。鼓形宛如一个花盆，鼓面蒙着骆驼皮，大大小小的一套六个，分成高低音两组。鼓声洪亮，震人心魄。穆拉罕草原勇士围着篝火跳起舞来。这是热烈如火的萨玛舞。一位勇士展平自己的双臂，迅速向左转身，向右转身，弯腿蹲身，突然扬起双臂，双脚跳起，旋转飞舞，像一团在风中燃烧着的烈火。他奔放炽热的舞姿赢得了兄弟们热烈的呼应，引起一阵欢乐热烈的口哨呼啸声。

看着这群欢快的青年，巴拉提说：

"点燃更多的篝火吧！让欢乐像火焰般燃烧！"

山谷的篝火一丛丛地燃烧起来，映红围着篝火的勇士们刚毅的脸庞。一丛丛的篝火像天上的星星，布满山脚下的草原。远近的牧民骑着骏马来了。越来越多的篝火点燃了。人们心中的欢乐像火焰一般热烈地燃烧起来。

巴拉提知道篝火的火光很远很远就能够看到，战鼓的洪亮声音很远很远就能够听到。他和卡拉从草地上站了起来，缓步离开欢腾的战友们，登上附近的一个山峰。他们边走边闲谈着。目光却在搜索目力所及的树林草丛，耳朵却在辨别人声、鼓声和远处发生的任何异常的细小声音。

卡拉突然拉了一下巴拉提的袖子，说：

"听，山脚草丛中！"

从洪亮的鼓声中辨别出远处草丛中微细的悉索声，是不容易的。但是，这声音逃不过卡拉和巴拉提的耳朵。

巴拉提笑了：

"他们果然来了！没有让我们久等。快，告诉大家再燃起更多的篝火，所有勇士和牧民兄弟们都跳起舞来！"

巴拉提的目光指向远处的草丛。他看到有三个穿着黑衣的人影在缓缓地移动。巴拉提心想，他们不敢停留太久，很快就会离去。果然，这三个黑影匍匐在地，悄悄地，匆匆地离去。

纳合拉鼓声更加急促热烈了。刚毅的勇士们尽情快速地旋转飞舞着。突然，鼓声戛然而止。一阵阵欢笑和热烈的鼓掌声此起彼伏。欢乐的声音渐渐平静下来。

篝火渐熄，人声渐静。月色恢复了她的宁静，无私地散发着她无尽的清辉。月光中的草原如歌声般柔和地起伏。在月光里，山谷的墨绿和山峰的深蓝梦幻般轻柔地变化，奇异而瑰丽。

巴拉提的心中涌出对大自然的无限爱意。他的脸颊仿佛贴着这蓝光绿影,心在轻轻地亲吻着草原大地。

这时,他听到勇士们的交谈。

"克里木可汗就是在这里被害的。"

"这是卡拉尼耶提的阴谋。"

"这也是克里木可汗的致命缺点酿成的。"

"他中了卡拉尼耶提的毒酒,让古兰丹迷了心窍。"

"他们和我们牧民不同。我们心中最美的是纯净的蓝天和白云!最可爱的是翠绿的草原和牛羊!最温馨的是母亲粗糙的手和她的白发!最欢快的是和伙伴们跳起萨玛舞,最开心的是我们大家一起欢唱刀朗木卡姆!金银珠宝怎么能够和我们草原春风送来的清香相比!无尽的珍宝是在我们带着汗水的手心里!"

篝火余烬闭上了它们的眼睛。勇士们的交谈声也渐渐平静。年迈的沙拉米一直卧在巴拉提的身边,此刻它早就进入梦乡了。就是在鼓点急促、舞蹈沸腾的时候,它的眼睛也不曾睁开。它太累了。

山谷的沉静引领巴拉提进入深思。他的脑海里闪电般地显现出穆拉罕草原最近发生的所有事情。他思考着这些事情为什么会这样突然发生,现在正在酝酿着什么,将有可能怎样发展变化?他苦苦地思索还会发生什么事情?将会出现多少种可能?最理想的和最令人担心的是什么? 面对各种可能,需要分别作出哪些准备?

最理想的是魔王萨泽江看到草原刚强的勇士后, 畏惧地暗暗溜出草原,悄悄溜回他的魔窟。然而,这是不太可能的。他的目的没有达到,没有真正的殊死较量,他是不会承认失败。表面上看,萨泽江是为了夺取冰峰宝藏,但是,令巴拉提不解的是,在自己和兄弟们登上冰峰取走全部武器的时候,魔王萨泽江没有派人过来,甚至探路的人也没有露头,他却派人到黑山谷了。那么,他的真实目的是什么呢?在他没有实现目的的时候,是绝对不会撤退的。

中间的是他要和我们决战。许多兄弟都讲,不断有骆驼商队进入穆拉罕草原。他在结集他的军队。难道他企图占领我们的穆拉罕草原。这一点可能性很大,而这是我们最不怕的。我们驻守黑山谷是在切断他的归途,将给他极大的震慑。黑山谷左面是高耸的汗腾格里雪峰,他们过不去;黑山谷右面是干沟,那里滴水全无。烈日下,燃烧一盏蜡烛的时间,他们就会被热风吹干。我们驻守黑山谷就是为了堵住他的退路,他必然到这里与我们决战。这是必然的。

最让人担心的是他为了实现阴谋,暗中伤害我们的亲人。这个念头一闪出, 就令巴拉提心中一惊。他最大的担心就是阿依古丽的安全。想到这儿,他眼前又出现了阿依古丽秀美的面庞。那双会说话的眼睛,能向你无声地倾诉她整个心声的眼睛,纯净、明亮的眼睛,在等待着自己。巴拉提心中涌出无限担忧和焦虑。

他想:

"刚才隐藏在草丛中的家伙此刻肯定已经回到他们的主子面前。我们的篝火和朦胧的月色将迷惑他们的眼睛。他们一定看不清我们在这里只有五百名勇士, 而是以为这里埋伏着数万名骑士,铺天盖地地锁住黑山谷。归途就是他的生命。决战即在,我希望能够更快到来。"

他想:

"怎么准备?在山口,只留五十名勇士迎敌就可以了。其他勇士带箭隐在四处山谷中,令魔王萨泽江无法断定我们究竟有多少战士。"

他没有忘记金鹰博斯腾对自己的期望, 没有忘记阿依古丽期待的目光,没有忘记穆拉罕草原牧民对自己的信赖,自己必须努力,在这次战斗中,成长为一名智勇双全的战士。这是他对自己的希望,也应该是阿依古丽即将看到的巴拉提。

他的耳边响起金鹰博斯腾的声音:

"战胜一切,勇敢是基础,而智慧是前提。"

巴拉提继续预测未来的战斗。不过,巴拉提对自己预测的准确性并没有多少把握,已经想到的发生的可能性究竟有多大,他没有多少把握。是不是所有可能发生的事情都想到了,他更没有多少把握。这令他感到十分不安。

他想,兄弟金鹰博斯腾在身边就好啦。他心中会有无数计策。他会左右敌人,诱使他们进入陷阱。

巴拉提在思虑中度过漫漫长夜。在茫茫的夜色中,他看到一只黑色的东西几乎是贴着地面擦过。它的黑色身影闪来闪去,急速掠过黑石戈壁滩,飞向王城,转眼消失在黑暗中。在茫茫的夜色中,巴拉提听到草丛中悉悉索索游走的声音。那是一条蟒蛇,它昂首左右蜿蜒,奔向王城,瞬间消失在草丛中。他感到这些一定意味着什么,但是,他又无法确知。的确,一些事情正在黑暗中酝酿,正在黑暗中发生,他为自己不能看穿黑暗,看清黑暗中的一切而苦恼,而担忧。

不断涌上心头的重重思绪,令他忘记夜凉和寒风。可是,此刻他骤然感到一阵凉气袭来,抬头四望,才知道黑夜正在退去。天边青白色的光辉出现了。黎明踏着坚定的步伐来临了。鲜红的朝阳在地平线上出现了。她用血色染红燃烧着的朝霞。朝霞像熔炉的铜汁,在天边流动着。战斗的渴望,在巴拉提的胸中燃烧,也在所有勇士的心中燃烧。

他远望地平线，大群的乌鸦像黑云一样从黑石戈壁滩的尽头升起。他知道，决战在即。他的内心感到急切和兴奋。这时，他感到一个温暖的身体贴向自己。他知道这是自己的恩人沙拉米。他转过身，将自己的脸轻轻靠在沙拉米的脖颈旁。他感到沙拉米像自己一样，急切而兴奋，期待着战斗。他们一起远望地平线，看着从黑石戈壁滩边缘涌来的黑云。

四十、红色钻石

　　受伤的艾罕丁一直卧床不起，稍一动弹周身就像要断裂一样剧痛。躺在床上的他甚至不能自己翻身，只得依靠宫女扶他。仇恨和贪婪使他日夜无法入睡。他周身的剧痛似乎一天比一天加重。但是，奇怪的是，在他受伤正好过了十天的时候，早晨艾罕丁大声叫嚷，让宫女来扶他翻身，他挣扎用力，一转身居然坐了起来。这时他的耳边陡然响起金鹰博斯腾的声音：

　　"你，坐在地上吧。十天之内，你是站不起来的。十天以后，你带你的五十四名卫士同来。"

　　一股仇恨的狂涛涌上艾罕丁的心头。他恨不得立刻用皮鞭将金鹰博斯腾抽成碎片。他内心惊异金鹰博斯腾预言的准确，痛苦地感到自己无力复仇。这无力复仇的感觉，令他心中的愤恨几乎要爆裂出来。

　　一个宫女进了毡房。她听到艾罕丁向她吼叫：

　　"滚出去！"

刚刚从床上爬起来的艾罕丁钻出帐篷,跑向红衣富商的毡房。红衣富商端坐在克里木可汗的宝座上。艾罕丁右手抚胸,恭敬地向他施礼,说:

"尊敬的父王,我应该去拿回红蓝钻石了。"

听到他的这个要求,红衣富商意识到自己的儿子仍然没有悟出他内心隐藏的整个谋划。这令他感到十分失望,缓缓地回答:

"那里只有有限的财宝。"

"五百箱呢!"

"我们的目的不是五百箱!我在等待着重要的消息!你也应该等待!"

艾丁罕仍然没有理解这句话的含意。他反而觉得这是他要求出发的托词。

"我应该提前去了解消息。"

红衣富商沉吟片刻,想起他的敲山震虎之计。

"我们的军队已经陆续进入,隐藏在穆拉罕沙漠等待行动的时机。你提前出发也好。你要四处散布卡拉尼耶提正在追捕逃婚的阿依古丽公主的消息。我派巴赫迪江去监视阿依古丽。你也去看看她听到传言以后会有什么新的举动,看看穆拉罕那些愚蠢的牧民们会有什么新的举动。必须及时发现他们的新举动!"

"是,是,是!谨尊父命!"但是,他心里却想:"五百箱不应该错过!我一定要拿到手!"

他呆立片刻,态度恭谨地请教红衣富商:

"凶狠的金鹰博斯腾要求我们用金杯和银杯换取宝库的红蓝钻石钥匙。您看这件事情应该怎么办?"

"给他！"红衣富商突然十分兴奋地说，"但是，条件是用他所戴的整个金冠换取！"他希望那个金冠也许能够为他提供一些重要的信息。

他肥硕的大手拍了两声。黑衣侍者立刻钻进毡房。红衣富商只是用目光示意。黑衣侍者立即从怀中取出一个紫檀木盒，双手捧着，递给艾罕丁王子。他接过紫檀木盒，小心地将它放进自己的怀中。他再次向红衣富商施礼，退后几步，转身就要离去。这时候，红衣富商说：

"如果你真的拿到金冠，必须小心收藏！如果你真的拿到红蓝钻石，你必须立刻去汗腾格里雪峰，用蓝钻石打开武器库，将那里的所有头盔、战甲、利剑和弓弩取回。藏宝的石窟绝对不要动它！有了武器，宝藏就是囊中物了！切记，切记！"

"是！是！是！"艾罕丁边应声边急走。

艾罕丁匆匆走出毡房，立即招集五十四名卫士，在月黑风高的夜晚慌忙出宫。

穆拉罕草原阴云密布。滚动的怒云像波涛翻腾的大海在天边涌动。

穆拉罕草原的尽头扬起一股黑色的沙尘。那是五十五个骑手奔驰而来掀起的沙尘。跑在最前面的是艾罕丁。他重新穿戴上他身为王子的华贵服饰，裹着缀有褐色宝石的缠头，右臂袖筒里藏着他从不离手的黑色皮鞭，纵马急驰。他恢复了平日的自信和骄狂，不时吼叫着，催促同行的骑手。他们是佩剑带弓的卫士。

清晨，金鹰博斯腾头上戴着自己的金冠。金冠上的红蓝钻石熠熠生辉。他只身跃马，潇洒自如，悠闲轻松地站在微风习习的草原上。他在感受草原柔和微风带来的馨香。

艾罕丁远远望见英武潇洒的金鹰博斯腾。他心中一惊，想起金鹰博斯腾的一句话："不允许你再拣起杀人的毒鞭。如果再让我看见你拿着它，我将摔碎你的头颅！"艾罕丁禁不住周身颤抖。他赶紧将手持的黑色毒鞭塞进衣襟。

他的这一举动当然逃不过金鹰博斯腾锐利的眼睛。金鹰博斯腾轻蔑地笑了。他知道，艾罕丁是离不开恐吓下属的毒鞭的。

转眼间，五十五名骑手急速冲到博斯腾的面前，顺势形成一个包围圈，将金鹰博斯腾团团围住。

金鹰博斯腾没有看他们，只是对艾罕丁说：

"金杯和银杯，带来了吗？"

"在这里。"艾罕丁从怀里取出雕花紫檀木盒，掀开盒盖。他用一只手高高举起，来回晃动。一双毒杯在阳光下闪出刺目的光芒。随即他赶紧盖上盒盖，把它们塞进自己的怀中。

艾罕丁的目光盯在博斯腾的金冠上。

金鹰博斯腾看到艾罕丁的举动和贪婪的目光，又轻蔑地笑了。

狂傲的艾罕丁再次敏感地觉察到博斯腾笑中的轻蔑，一阵怒火又涌上心头，脸孔胀成黑酱色。他虽然看到博斯腾只是一个人，但是，他知道博斯腾的力量。胆怯，使他压下自己的怒火。他的目光禁不住又集中在博斯腾的金冠上，他说：

"你要履行自己的诺言。你要用你的整个金冠换取！"

金鹰博斯腾笑道：

"不单可以用它交换，而且我还要送你们去冰谷悬崖的宝库。"

艾罕丁惊愕了。他万万想不到金鹰博斯腾会这样说。他想：

"他会放弃财宝吗？难道他另有图谋？不怕，我的人多。我将见机行事。何况父王的军队就在后面，不怕，不怕。"

于是，他问金鹰博斯腾：

"真的？"

"草原勇士的话就像大地一样坚实！走！"金鹰博斯腾轻提缰绳，调转马头，向雪山冰峰急驰。他想尽快结束与这个贪婪愚蠢家伙的纠缠。他知道还有许多事情在等待着他。想到这些事情，他心急如火。他的马飞驰如箭。

艾罕丁和他的卫士尽全力驱马紧追。

闪着银光、蜿蜒飞舞的玉龙冰川就在眼前了。金鹰博斯腾勒住缰绳，骏马立刻扬蹄停步站稳。他回头看到后面的黑色人群，远远地奔跑在戈壁黑色的砾石间，吃力地追来。

他心想：

"他的野心和他的力量相差太远了。他太自不量力了。"

他下马，独自踏上冰川，缓步进入晶莹悦目、变化万千的冰谷。这使他记起初次踏入冰谷的情景。再次来到冰谷，他感到十分愉快，这里的美景依旧，依然这样楚楚动人。他再次陶醉在这冰晶玉洁的世界里。他欣赏着千姿百态、婀娜多姿的冰塔林。他再次钻进旖旎奇幻的水晶宫，观赏玲珑剔透的翡翠宫，赞叹绚丽多彩的宝石殿。一个智慧在胸的人，即使是在搏斗激战中，心灵也总是十分从容闲适的。他想初临这美景的时候，自己无暇欣赏，今天倒是有暇有心领略这里的风光了。这时他感受到一种心灵的宁静和安适，片刻，他驱散了这种安逸感，他感到这里含着他内心的懦弱。他的心瞬时飞向草原，飞向大地，飞向蓝天，飞向天宇。强烈的急切感，使他知道自己的毕生也许只能不断地投入战斗拼搏，永远无缘于片刻的安逸享受。这时，他昂首仰望清澈的蓝天，扫视轻盈的白云，他笑了。他觉得，大自然在永远伴随着自己，时时在慰藉自己。

他回头远望那艰难奔跑着的人群，他想：

"有多少美景令人陶醉！大自然的美是没有任何东西可以替代的！大自然把自己的一切无私地奉献给人们，人们在大自然无尽的美中，能够得到无边的喜悦。但是，为什么这些人却追求虚幻的财富，要为攫取财富而去死呢？他们即使望见了黑暗的死亡，却还是要急切地奔赴险境。贪婪和狂妄驱使他只能看见财宝，指望侥幸，冒死奔赴永劫不复的深渊。"

只有一个胸怀广阔、大智大勇的人在面临战斗的时候，才能够这样沉静安闲，清醒地思考人生。他缓缓地从冰谷步出。那群人刚刚赶到冰川。他们个个呼吸急促，大汗淋淋。

金鹰博斯腾带着这群人迅速穿过冰宫。眼前就是冰川两侧陡峭的悬崖：左侧的岩石是红色的，右侧的岩石是蓝色的。

艾罕丁睁大眼睛看着峭壁悬崖。他的心在剧烈地跳动，日夜向往的宝库终于就在眼前了。他的思维被贪婪紧紧地禁锢。他忘记思考金鹰博斯腾为什么只身带他来寻宝，金鹰博斯腾的目的是什么，金鹰博斯腾将要做什么。

金鹰博斯腾平静地询问他：

"红岩悬崖存珍宝，蓝岩悬崖置战甲。你要进入哪个宝库？"

感到宝库就在眼前的艾罕丁他忘记了出发时魔王萨泽江的告诫。艾罕丁置蓝岩悬崖于不顾。他的目光盯在红岩悬崖上。红色悬崖清晰地就在眼前，但是，它高高地耸立在冰谷之上。那里只有金鹰博斯腾能够伸展双臂腾飞而上的。艾罕丁仰望悬崖顶部高高在上的宝库石门，不知道如何攀登。他只能用自己的丝巾来回擦额头上的汗水，一筹莫展。他的五十四名卫士像他一样只能站在冰谷边缘，仰望那险峻高耸的红色悬崖。

金鹰博斯腾轻蔑地笑了，说：

"你没有本领，也没有智慧攀登悬崖。你有的只是贪婪的野心。"

艾罕丁听到金鹰博斯腾揭露自己的伤疤，一时怒火上涌。他是从来也没有听到过别人的教训的，但是，此刻也只能忍受了。脸上的红潮涌上来，瞬间又褪下去。仇恨的痛苦却在他的内心翻腾着。但是，他知道红蓝钻石还没有到手，自己无论如何不能轻举妄动，首要的是先拿到红蓝钻石，拿到他头上的金冠。于是，他依然用一贯骄横的语调说：

"你不用多说，摘下你嵌着红蓝钻石的金冠吧！"

"交出金杯和银杯！"金鹰博斯腾说。

金鹰博斯腾看着艾罕丁急不可待的样子，心想，这个贪婪的人是不可能清醒了，他急于得到财宝，那只有尽快地送他进地狱了。金鹰博斯腾摘下金冠。红蓝钻石闪烁着夺目的光芒，金冠闪着悦目的光辉。

艾罕丁的眼睛瞬间闪出贪婪如火、急切攫取的绿光，但很快又收敛隐藏起来。

他迅速从怀里取出盛着金杯和银杯的紫檀木盒，跨步双手递过去。

金鹰博斯腾没有伸手去接，而是抽出宝剑，递过剑尖。艾罕丁吓得周身颤抖，双手不由得向后一缩。他只见一道银光在他的眼前一闪，还没有看清楚是怎么一回事，金鹰博斯腾已经用剑尖托住盛着两只杯子的紫檀木盒,同时他将镶着红蓝钻石的金冠掷向艾罕丁。金鹰博斯腾不愿弄脏自己的手,用宝剑将紫檀木盒掷于自己的骏马脚下。紫檀木盒落地扬起一团沙尘。金冠一闪,落入艾罕丁的手中。

金鹰博斯腾的举动令艾罕丁无法理解。他久久地呆立在那里,一动不动。

金鹰博斯腾看着他呆痴的神情,想最后再挽救他一次,就问:

"你一定要进宝库攫取珍宝吗?"

"我想得到的就一定要得到!"

"那珍宝不是你的!"

"我想得到的就是我的。无论是谁的。"

"你必须踩着你的所有卫士,才能够登上悬崖。"

"实现我的目的,不需要考虑别人。"在他的心目中,金银珠宝就是一切,别人只是他踩在脚下的沙粒石子。

金鹰博斯腾迅速目测红色悬崖,说:

"好吧, 你让他们搭成人梯。让你的卫士十个人贴住悬崖站成一排,九个人双脚登上他们的双肩,八个人双脚登上九人的双肩,七人登上八人的,六人登上七人的,五人登上六人的,四人登上五人的,三人登上四人的,两人登上三人的。你是第五十五个人。你踩在所有人的身上,就可以站在宝库的洞口了。记住红钻石只能够在宝库的外面打开石门。在宝库里面,石门一旦关闭,红钻石就会失去打开宝库石门的法力。石门打开的时间只有燃烧一只蜡烛的时间。给你这只蜡烛,用来计时! 你踏进宝库的时候,蜡烛就会自己点燃。在蜡烛燃烧殆尽之前,你必须离开宝库! 记住!"说着,金鹰博斯腾将蜡烛掷向艾罕丁。

艾罕丁左手接住蜡烛,呆立片刻。艾罕丁是无法理解金鹰博斯腾的苦心。他不能领悟金鹰博斯腾警告的意义。艾罕丁定了一下神,昂起头,狂妄涌出他的心头,猛地挥动手中的缰绳,在空中发出一声爆响。这声响一如毒鞭的爆响。随行的卫士们禁不住周身颤抖。艾罕丁看着他们畏怯的样子,立即用冷酷的声音下令:

"搭人梯!"

如果我们不带偏见地说,那么艾罕丁面庞也是十分英俊而秀美。但是,当他发出冷酷声音的时候,他的面孔突然扭曲起来,显得格外丑陋而狰狞。丑陋的心灵污染着他英俊的相貌。他冷酷的话音未落,卫士们慌慌张张地你踩在我肩上,我踩在你肩上,搭起人梯。有的太紧张,一脚没有踩稳当,摔了下来。

急于夺宝的艾罕丁冒险违背金鹰博斯腾的警告,悄悄抽出怀中的毒鞭,恶狠狠地抽向摔倒在冰面上的卫士。鞭梢撕下这个卫士大腿上的一块肉。鲜血顺着他的大腿流下来。卫士们没有一个敢出声音的。他们甚至连呼吸都不敢了。他们在恐怖中,匆匆搭成了一个紧贴悬崖的金字塔形的人梯。人梯在颤抖中摇摇欲坠。

艾罕丁看着贴在悬崖边颤动的人梯,眼睛突然像他的黑狗一样放出绿色的荧光。他知道踩着他们,自己就能够立刻看到宝藏了。他像一只猿猴一样,踏着卫士的手臂、肩膀和头顶,迅速登上悬崖,很快站到宝库洞门口。

他举起金冠。金冠上的红钻石发出夺目的红色光辉。这光辉映亮了紧闭的巨石大门。石门立即格格作响。宝库被打开了。洞内只有黑暗。

艾罕丁刚刚踏进宝库,他手中警示报时的蜡烛突然燃烧起来。烛光异常明亮,映红整个宝库。

艾罕丁看见一排排摆放整齐的木箱。他立刻搬动眼前的木箱。沉重的木箱，他一个人几乎无力移动。他惊喜万分。他想象这些财宝将使他建起多少宫殿，购买多少女奴，供养多少妃子。他仿佛看见了他最钟爱的王后。他用尽全身的力量搬起一个木箱，估量着里面有多少珍宝，计算着整个宝库里面有多少财富。惊喜使他感到头脑一阵眩晕。他抽出隐藏在皮靴筒里的匕首，撬开一个藏宝的箱子。他惊呆了：箱里盛满镶嵌着红玛瑙的银项链、银手镯和银耳环。他匆忙撬开另一个藏宝的箱子，更加吃惊：箱里盛满镶着蓝宝石的金项链、金手镯和金耳环。他匆忙再撬开一个藏宝的箱子，他愈发吃惊：箱里盛满镶着光辉夺目的钻石皇冠。他迫不及待地拿出一个皇冠试戴。他觉得小了一点。他换了一个，他觉得还小一点。他再换了一个，他觉得还是小一点。他一个一个地换下去。

　　他忘记了时间！他将金鹰博斯腾刚才的警告忘得一干二净了。

　　在他试戴皇冠的时候，烛光开始颤抖。他没有觉察到。他继续试戴。烛光渐渐减弱，他也没有觉察到。突然，烛光一闪即灭，蜡烛燃尽了。洞内恢复了黑暗。这时他听到巨大的石门咯吱作响。石门迅速将光明关在洞外，将他的生命关在洞内。他伸手四处摸索宝箱还在，但是出路却不知道在哪里。他就在那里四处摸索，永远找不到出路了。只有他手中金冠上的红宝石仍然放出红色的光辉。艾罕丁高高举起这只金冠，让红宝石的光辉映亮石门，但是，石门毫无动静。他这时候猛地想起金鹰博斯腾的话：

　　"在宝库里面，红钻石就会失去打开宝库石门的法力。"

　　他的双腿突然发软。他瘫倒在盛着金色皇冠的木箱旁边。在他的怀中依然紧紧地搂着他最喜欢的那只皇冠。

四十一、铸成大错

石门关闭的时候，金鹰博斯腾对艾罕丁的卫士们说：

"他将永远和他的财宝在一起。你们到魔王萨泽江那里去复命吧，告诉他，在宝库中，他的儿子永远拥有财宝，那些财宝也将永远拥有他的儿子。宝库的钥匙红蓝钻石被他的儿子带进宝库。这宝库再也不能被打开了。"

卫士们匆忙逃离。

金鹰博斯腾看着他们远去的身影，叹息道：

"为什么你们甘心永远做奴才呢？你们怕皮鞭吗？皮鞭已经被关在宝库里了。你们的勇气在哪儿呢？"

继而，金鹰博斯腾陷入沉思，他想：

"怎样才能够打碎他们心灵中胆怯的枷锁呢？怎样才能够打碎心灵中的一切桎梏呢？怎样才能消除人们内心习惯的奴性呢？我能够做的是什么呢？"

他突然心有所悟：

"必须勇敢地挑战任何桎梏枷锁！无论是自身的精神桎梏，还是恶魔强加给我们的魔法枷锁。"

于是,他仰天呼叫:

"到了我履行我诺言的时候了。我要让所有被金杯和银杯魔法毒害、禁锢的人们解脱出来! 恢复他们的自由! 我要击碎毒害和禁锢人们的金杯和银杯,让它们永不存在! "

说罢,金鹰博斯腾举起自己的宝剑,一剑将紫檀木盒击碎,用剑尖挑起金杯和银杯掷向空中。在它们降落的时候,金鹰博斯腾挥剑就要猛击。

就在这时候,一只翡翠色的鹦鹉急速飞来。她高呼:

"不要击碎它们! "

聪明的读者一定记得, 在克里木可汗的宫中那只勇敢而富有智慧的鹦鹉。她是被金杯毒酒的魔法冻结的那只鹦鹉。博斯腾曾经望着牢狱的铁窗,遥对她许诺:"我将得救,那时,我将为你解除魔法的禁锢,恢复你的自由。"我们当时不知道,博斯腾怎样才能够实现自己的诺言,现在我们可以看到了,他用自己的利剑将要击碎毒杯。但是,我们谁也想象不到金鹰博斯腾再一次铸成了大错。

急速飞来的鹦鹉再次高呼:

"不要击碎它们! 我宁愿永远被魔法禁锢! "

金鹰博斯腾看着急速飞来的鹦鹉,说:

"它们的毒酒曾经使你失去活力。绝对不能让它们再去害别人了! "说罢,他闪电般地快速挥剑猛击金杯和银杯。剑锋所到之处金杯和银杯像爆竹般地爆裂,化为金色的齑粉、银色的齑粉,随风扬去。

鹦鹉遗憾地说:

"应该用烈火熔化它们, 才能彻底消灭它们。不用烈火熔化它们，我宁愿永远成为不能动弹的鹦鹉雕像。击碎它们，它们的碎末将随风飘向四方，流传后世，渗入人心，将有可能世世代代毒害意志薄弱的人！"

金鹰博斯腾突然领悟出鹦鹉预言的严重性，他痛苦地说：

"啊，我再次铸成大错了！"

鹦鹉问：

"你错在什么地方了？"

金鹰博斯腾回答：

"憎恶不是智慧！鲁莽不是勇敢！情感不能代替理智！我应该预想到粉碎毒杯不是消灭毒杯！我应该猜测出粉碎的毒杯，将传播贪婪和野心！我应该推断出只有熊熊烈火才能够消灭毒害人灵魂的贪婪和野心！我做错了。我必须用我的生命弥补我的过错。"

金鹰博斯腾垂首顿足，懊悔万分，然而这懊悔来得太迟了。金鹰博斯腾远看着随风四散的金银蔀粉，无法收回。它们向四面八方飞去，在沾染到蔀粉的人的心中播撒贪婪和野心。

金鹰博斯腾击杯的这个传说，至今还在穆拉罕草原的游吟诗人口中世世代代地传诵。他们都说这个传说是真实的。贪婪和野心至今依然盘踞在世间许多人的心中，延续不绝，就是因为金杯银杯的蔀粉向四面八方飞去，在沾染到蔀粉的人的心中播撒贪婪和野心。至今，许多人心存不断膨胀的贪婪和野心，就是这个传说真实性的铁的证明。

毒杯被击碎的瞬间，鹦鹉飞落地面，顿时化为一个美丽的姑娘。风卷动着她的柔发。她白皙如玉的娟秀的脸庞上闪动着一双湖水般明亮深邃的大眼睛。金鹰博斯腾抬起头，惊愕地看到自己面前突然出现的这位容光照人的姑娘。

"你是谁呀？"金鹰博斯腾惊奇地问道。

"我是你曾经许诺为我解除魔法禁锢的鹦鹉。现在是愿意永远陪伴在你身边的人。我愿意陪伴你走遍世界,共同完成你的使命。"鹦鹉姑娘羞涩地低着头说。

金鹰博斯腾恳挚地回答：

"你的善良和智慧已经使我们的心早就融和在一起了。我被关押在黑暗的铁窗里,第一次听到你声音的时候,我就已经感到我在世界上有了一位知心的朋友。所以,我许下将从魔法中解救你的诺言。诺言是力量。我终于创造了我们重新见面的今天。"

她抬起月亮般的面庞,说：

"这一天,也是我久久期待的。愿我们能够永远在一起。因为我们负有艰巨的使命。我们将走遍世界去寻找金杯和银杯的齑粉,把它们汇集起来,用烈火将它们熔化,使它们难以继续传播贪婪和野心,难以继续玷污毒害人们的心灵。贪婪和野心是一对毒菌。阴雨过后它们又会勾结起来再生。人们只能时时警觉它们的再生！肃清贪婪和野心是你和我毕生的使命！使命在前,战士应该昂首站立起来！"

一个生而为战斗的人,看到自己的使命,心中顿时充满力量。

四十二、鹦鹉姑娘

来自水晶冰宫的清凉微风轻轻吹来。这柔和的清风深情地抚弄着鹦鹉姑娘金色的秀发。秀发闪着金光,时而飘散,时而卷曲。她抬起一双湖水般明澈深邃的大眼睛,迎向金鹰博斯腾热情的目光。她白皙如玉的脸庞上泛出两朵玫瑰花般的红晕。

金鹰博斯腾凝视着她明澈的双眼,禁不住问道:

"你是从哪里来的呀?是从上天飞到人间的吗?"

鹦鹉姑娘笑了。她向博斯腾回忆起自己的身世:

鹦鹉姑娘说她的名字叫做潘吉孕。她的父亲是穆拉罕草原著名的古老哲理长诗《万物之源》的传人艾甫纳斯尔·法拉比。

法拉比在她五岁的时候就开始教她吟唱古老哲理长诗《万物之源》。《万物之源》给了她聪明和智慧。

她时常吟唱的诗歌是《智慧是花朵》:

智慧是绚丽的花朵,

善良的人有了智慧,

才能唱出美丽的歌。

智慧是绚丽的花朵，

善良的人有了智慧，

心泉才会永远清澈。

她最熟悉的诗歌是《谁是多变的精灵？》：

蓝色的大海来自奔腾的江河，

奔腾的江河来自翠绿的溪水，

翠绿的溪水来自明亮的山泉，

明亮的山泉来自洁白的雪花，

洁白的雪花来自轻盈的白云，

轻盈的白云来自蓝色的大海。

蓝色的大海升腾为轻盈的白云。

轻盈的白云凝聚成洁白的雪花，

洁白的雪花消融成明亮的山泉，

明亮的山泉汇聚成翠绿的溪水，

翠绿的溪水聚积成奔腾的江河，

奔腾的江河汇聚成蓝色的大海。

看到蓝色大海，

就会想到那轻轻飘动的白云。

看到轻轻飘动的白云，

就会看到奔腾汹涌的大海。

谁是多变的精灵？

世界万物是无限变化的精灵。

这些世世代代传唱的智慧之歌永远留在鹦鹉姑娘潘吉尕的心中。

她的父亲法拉比是王后古兰慕罕的朋友。在即将离开家乡去东方寻找万物之源的时候，法拉比拉着十三岁的女儿潘吉尕的小手，来到王宫，拜见皇后古兰慕罕。法拉比要把自己心中的珍珠托付给皇后古兰慕罕。

法拉比说：

"我尊敬的、高贵的朋友！我把我心中美丽的珍珠留在您的身边。她是一个善良的孩子。她将给您带来愉快和欢乐。她将得到您的钟爱。"

皇后古兰慕罕亲切地回答：

"她也是我心中的珍珠。我的朋友，你放心踏上征途吧。"

法拉比右手抚胸，深施一礼，转身离去。潘吉尕含泪的眼睛望着慈父的背影，消失在宫门外。

从此，克里木可汗的王宫里，皇后古兰慕罕身边多了一位娇美的小姑娘。她刚刚进宫的时候，第一眼看到她的人，立刻就会感到她的周身笼罩着一环夺目的银色光辉。再定睛细看的时候，这光辉就会奇怪地消失了。不过，她在宫中时间长了，人们这种奇异的感觉也就渐渐淡化。大家也就不太注意这个小姑娘容光照人的神奇。可是，她的美丽在每一个人的心中却是无法淡化的。每天看到她，大家都会惊奇地感到她美得惊人！像一幅杰出的完美艺术作品一样，她是无尽的美的源泉。在杰出的艺术作品面前，人们能够永远感受到她带来的美的艺术享受。潘吉尕就是这样杰出的完美"艺术作品"。每次看到她的人就会感受到一次新的艺术享受。潘吉尕是知道自己的美的。所以，每当遇到人们惊喜地端详自己的时候，她总是娇羞地低下头，让闪光的秀美柔发掩盖自己的小脸，避开他们赞美的目光。然而，她秀美的身材是遮盖不住的,为了躲过人们追随的目光,她只好匆匆跑过去。她平时总是穿一身鹦哥绿的长裙,罩着一件玫瑰红丝绒的小坎肩。所以,喜爱她的人就叫她鹦鹉姑娘。

最美的是她圆月般的脸庞上那双明亮的大眼睛。这双眼睛是清澈明亮的湖水。睫毛是湖边垂柳的柳丝。记得她的妈妈说,她小时候是不能哭的。因为,她一哭长长的上睫毛就会把眼睑粘住,睁不开眼睛,需要妈妈用手帮助她打开双眼。这睁开的双眼立刻放出美丽明亮的光华来。泪珠是遮不住她双眼的光华的。这时候,从她的眼睛里就流露出甜美可爱的笑!让母亲无比怜爱的笑!母亲立刻把她抱在胸前,轻轻地亲吻她。她知道自己双眼迷人的美丽,所以,在人们的面前,她总是低着头,半眯着双眼,尽力收敛自己眼睛动人的光彩。

她来到宫中,陪伴皇后古兰慕罕。皇后非常宠爱她,像对待自己的小女儿一样娇惯她。皇后只交给她一件事,就是每天到玫瑰园给自己采花。

在宫中,她每天总是四处跑来跑去,拖着她翠绿的长裙子,像翻飞着的一只活泼可爱的小鹦鹉。她最喜欢的是玫瑰园。在玫瑰园里,她常常和花朵说话,围绕花朵跳舞。她总是在自言自语。谁也听不清楚她说的是什么。只有孤独的心灵才会自言自语,只有孤独的心灵才能听出她的心声,只有美丽的玫瑰花才能听懂她的心曲。有一次,她给绽开的玫瑰花唱歌,歌声委婉而忧郁。玫瑰园中所有的玫瑰花都静静地聆听:

心爱的玫瑰花,

你们从哪儿来到这寂静的花园?

心爱的玫瑰花,

你们每天思念的是谁呀？

潘吉尕要告诉你们：

她从爸爸的身边来到

这寂静的花园。

她每天都思念的是

远走他乡寻找真理的爸爸。

她渴望着能够得到玫瑰花启唇回答，但她看到的却是美丽的玫瑰花垂下她们的大眼睛，默默无语。因为玫瑰花的爸爸就在她们的身边。她们无法告诉孤独的潘吉尕。潘吉尕抬起她明亮的大眼睛，遥望着天边的云霞，她的心在期待着能够听到爸爸那苍老的声音。她的心飞向远方，寻觅着爸爸那年迈的身影。她仿佛看见爸爸独自吃力地走在无边的戈壁滩上。她的眼泪涌了出来，像一串串晶莹的珍珠，滴落在玫瑰花瓣上。她是多么孤独呀！

皇后古兰慕罕每天让潘吉尕到玫瑰园采花，因为只有潘吉尕采的花朵是香的。好心人说她灵秀，坏心人说她有魔法。实际上，是因为她天天去花园，时时和花儿做伴，知道晚上花朵是要睡觉的。黎明的时候，花朵还没有睡醒，她们是不香的；朝霞出现的时候，花朵只是刚刚睁开眼睛，她们没有笑，她们也不香。只有太阳出来了，给她们温暖，逗她们欢笑，她们在阳光下歌唱舞蹈，这时候，从她们的彩裙中，在她们的花蕊里才散发出沁人心脾的芬芳来。她只是在阳光明媚的时候，给皇后采花。

潘吉尕时常久久地目不转睛地仰望天空。看着看着，有云朵飘来，她就跑回她的小卧室，找出她的桃红绣花披肩，披在身上。她再跑到花园去玩的时候，天空就会飘下雪花来。雪花随风旋转，她和雪花

293

一起舞蹈。时而，她追逐雪花，时而，雪花追逐她。你能够听见雪花在笑她，她在笑雪花。当她取下桃红绣花披肩，把它当做飘带，跳起旋飞舞蹈的时候，云朵就散开来，雪花也就依依惜别地消失了。她每天仰望天上的云朵。云朵是不断变化的。她知道，那些低低地垂下自己的裙边、轻轻飞来的云，是带来雪花的云。那些拖着自己的裙边缓缓飘过的云，是带走雪花的云。她记得爸爸说的，征兆来，万物有；征兆去，万物走。她对自己说，云飞来飞去是雪花来临离去的征兆。好心人看见她预知雪花来雪花去，都称赞她聪明灵慧。坏心人却散布流言蜚语，说她会巫术。好心人采到最甜的无花果，自己舍不得吃，总是留给可爱的潘吉尕；坏心人妒忌生仇恨，每天夜里都在想怎样陷害聪明的潘吉尕。她们的阴谋也就一天天在发霉发酵。一次，有一个坏心人终于等到实现她恶毒阴谋的机会了。她就是宫女阿西娅！

那天，月色昏暗。不是乌云掩盖月光，而是无数旋飞的黑蝙蝠遮挡明月。

渴望和皎洁明月做伴的潘吉尕刚刚吃过晚餐，就披上她的柳芽绿的丝绒披肩，到玫瑰园等待明月。她看到无数旋飞的黑蝙蝠。

她吃惊地说：

"啊！恶魔来了！"

坏心的宫女阿西娅正好躲在草丛中，听到了潘吉尕的惊呼。她想，这小妖女又发现了什么，应该赶紧告诉卡拉尼耶提，卡拉尼耶提也许能够整治整治她。于是，趁着黑蝙蝠翅膀遮住月光的时候，她从宫墙下排放污水的黑洞悄悄钻出去。她穿着软底的绣花鞋，走在夜深人静的鹅卵石铺成的街道上，一点声息也没有。她不时四处张望，寻找卡拉尼耶提的府邸。她可以听到在她的头顶上，时而掠过的黑蝙蝠蹼翅扇动空气的声音,心中十分恐惧。她想,小妖女说的肯定是对的。不过,她越是觉得小妖女了不起,内心的妒火就越旺盛。她于是加快了脚步。鹅卵石硌疼她的脚,她咬牙忍疼,跑了起来。黑蝙蝠的翅膀不时擦过她的头顶,撕扯她的头发,她双手抱住头,壮着胆子加快脚步。她终于找到了卡拉尼耶提府邸的大门。她一边踏上大门前的石阶,一边用黑色的纱巾蒙在头上,遮严她的脸孔,免得别人看出她是谁。她匆匆走到守门的卫士身边,屈膝行礼,轻轻地说:

"我要求见宰相。"

她等待了片刻。守门卫士放她进去。

在灯光昏暗的书房,卡拉尼耶提接见了她。踏进书房,阿西娅掀开纱巾,屈膝行礼。

她说:

"小妖女说,恶魔来了。"

卡拉尼耶提听了,周身一震。他立刻走到自己的书柜旁边,打开书柜,取出一只银杯,将银杯中绿色的液体倒进一只樱桃红的小瓶中,说:

"这是最好的'香水'。你将这'香水'洒在小妖女的身上,她就不会再说什么了。但是,你要小心,千万不能把这'香水'沾到自己身上!"

阿西娅小心翼翼地接过看上去很像一颗樱桃的小瓶子,用随身带的手帕包起它,放在外裙的小袋里。然后她像来的时候一样,无声地消失在没有月光的黑暗中。但是,她的心里感到一种快意。她知道外裙小袋里的东西一定能够帮助她整治整治小妖女。

第二天清晨，太阳初升。阿西娅知道快到潘吉尕到玫瑰园给王后选花的时候了。她早早等在花径边上，装做赏花的样子。太阳升起来了，金色的光辉照进玫瑰园。这时候，阿西娅看到潘吉尕蹦蹦跳跳地来了。她立刻迎了过去，手心上托着那个样子好像一颗樱桃的"香水"瓶，说：

"聪明的潘吉尕，你看，这个小瓶子多么漂亮！"

潘吉尕跑过来，接过小瓶子，放在自己的手心上，她说：

"真是一颗透明的红'樱桃'！啊，还有像一粒宝珠似的小小的瓶盖呢！"

潘吉尕桃红色的小手指轻轻一摸瓶盖。瓶盖自动打开，立刻溢出一股淡绿的轻烟，异香扑鼻。阿西娅看见轻烟立刻躲开，而潘吉尕不知道这是害人的毒雾。在她感到异香的时候，突然觉得周身无力，难以站立。她吃惊地看到自己的身体在缩小，自己的鹦哥绿的长裙化为翠绿的羽毛，桃红的披肩变成头顶上的一只长翎。她变成了一只小鹦鹉。小瓶子变成一副金链，拴在她的左脚上。

阿西娅装出慌张的样子，说：

"可爱的潘吉尕，你怎么了？"

潘吉尕这时候已经不能说话了。她心里明白是这个阿西娅毒害了自己。她流着眼泪，展开翅膀，飞向王后的寝宫。王后古兰慕罕正在梳理她的秀发。潘吉尕飞到王后的怀中，偎依在她的胸前。泪水从她的双眼流了下来。她心中最大的痛苦是无法把自己的遭遇告诉王后。王后放下手中的金梳子，双手捧起怀中的小鹦鹉，看见小鹦鹉脚上的金链，说：

"可怜的孩子，你从哪儿飞来呀？是谁残忍地夺走你的自由？"

说着，王后想把金链给小鹦鹉摘下来，可是金链紧紧地扣在她的左脚上，怎么也解不下来。王后只好命人给小鹦鹉做了一个金架子，将小鹦鹉留在自己身边。从此小鹦鹉和王后形影不离。

从那天开始，潘吉尕就失踪了。焦急万分的王后古兰慕罕派人在王城四处寻找。日子一天天过去了，仍然找不到潘吉尕的踪影。有人说，她去找她的父亲法拉比了。王后才勉强把这件心事放下。但是，阿西娅知道潘吉尕的踪影，卡拉尼耶提知道潘吉尕在哪里。他们是不会透露半个字的。

我们记得，那天克里木可汗举办酒宴。王后也出席了。当然，她随身带着小鹦鹉赴宴。在宴会上，小鹦鹉看透卡拉尼耶提的阴谋。在卡拉尼耶提要用毒酒害克里木可汗的时候，小鹦鹉惊飞起来，扑向卡拉尼耶提，但是她被金锁链栓住，无法飞过去。她高声警告克里木可汗，但是没有人能够听懂她的预言。没有人相信她的敏锐和深刻。只有卡拉尼耶提猜出小鹦鹉说的是什么。他顿时胆战心惊。狠毒的诡计涌上他的心头。他从银杯中倒了一点绿色的酒浆在他炭色的手心上，迅速用食指蘸了一点绿酒，向空中弹去。这时翠色鹦鹉再次惊飞，却没能躲过，仅仅有一滴击中鹦鹉的左翅。鹦鹉"呀"了一声，再也不能出声了。她已经变成一座栩栩如生、极其精美的鹦鹉雕像，端立在金架上了。

虽然金鹦鹉每天一动不能动地站在金架子上，可是，金鹰博斯腾在宫中的一切行动她都看在眼里。她钦佩他的智慧和力量，喜欢他的英俊和潇洒。她每天最大的希望就是看到他，听到他的声音。可是，中了魔法的她不能动弹，不能说出自己的心声。她对金鹰博斯腾的深情只能留在心中。

在宫中的金鹰博斯腾听说王后身边有一位活泼聪明的小仙女——好心人暗中这样称呼潘吉尕。他一直怀着一个心愿：见一见这位聪明的小姑娘。他不知道为什么，自己每次走到金鹦鹉的面前，总是心有所动，感到她的双眼里含着无限期待和深情。他常常禁不住用自己的双手抚摸这可爱的金鹦鹉。

今天，两个久久互相思念的人终于如愿相见了。

"啊，你就是我们想念的小仙女呀！"听了鹦鹉姑娘的回忆以后，金鹰博斯腾高兴地说。

鹦鹉姑娘潘吉尕感到自己的脸开始发热，一抹玫瑰红晕涌在她的脸上。她娇羞地低下头。她心里说：

"我终于见到我每天都在思念的博斯腾。"

片刻，鹦鹉姑娘潘吉尕抬起头来，睁大双眼。金鹰博斯腾立刻看到一双乌黑的眼睛，发放出照亮自己心灵的光辉的眼睛。

鹦鹉姑娘潘吉尕郑重地说：

"我愿意永远和你在一起，完成你未尽的使命。走遍世界，去收集毒杯的齑粉，用火山的烈火焚烧它们。不让它们再毒害心灵不坚定的人们。"

鹦鹉姑娘潘吉尕提到他们的使命，令金鹰博斯腾感到无比振奋。有小仙女潘吉尕和自己做伴，他感到充满信心。不过，他心中知道要想完成这样艰巨的使命，是需要所有有志气的青年英雄同行！

金鹰博斯腾激动地伸出自己的一双大手。鹦鹉姑娘把自己的一双小手轻轻地放在他的大手中。她感到这双大手的温暖和力量。她抬起明丽的双眼久久看着神采飞扬的金鹰博斯腾，继而把自己的小脸贴在他宽阔的胸腔上。她听到洪流般热血涌动奔腾的声响。

鹦鹉姑娘抬起头来，迎向金鹰博斯腾热烈亲切的目光，说：

"我们必须尽快赶到穆拉罕草原。我预感公主的生命危在旦夕。"

她的话令金鹰博斯腾的思绪飞回现实。他立刻意识到，片刻也不能迟延了。他拉起鹦鹉姑娘的小手，腾空而起，急速飞向穆拉罕草原。玫瑰色的云朵从他们的身边闪过。鹦鹉姑娘凝视着远方，向着穆拉罕草原，焦急地呼喊：

"快，摘下她发髻上樱桃红宝石的金簪！"

"快飞呀！我们也许来不及了！时间，时间就是阿依古丽公主的生命！"

善良的鹦鹉姑娘飞翔在天空，不停地高喊着：

"摘下她发髻上樱桃红宝石的金簪！"但是，穆拉罕草原的人们是听不到的。

他们飞得更快了。越来越多的玫瑰般的云朵闪向他们的身后。即使闪电也无法追上他们，然而，已经迟了，已经太迟了！

他们飞进了阿娜尔罕大婶的毡房。鹦鹉姑娘扑到阿依古丽公主的床边，俯身看去，立即看到隐在公主发际的樱桃红宝石金簪。她迅速捏住它，小心翼翼地将毒簪捻出。

然而，太迟了。阿西娅喷出的毒涎已经渗入公主的身体。公主那玫瑰般鲜丽的脸色已经消失，能够看到的只是公主青玉般的面容。善良、聪明、高尚的公主已经闭上了她美丽明亮的双眼。

鹦鹉姑娘大声呼唤：

"阿依古丽公主！阿依古丽公主！"

人们只能听到阿依古丽公主最后微弱的声音：

"请把我抬到幸福泉边去。"

阿西娅的毒涎不断地侵入阿依古丽公主的身体。但是，毒涎能够伤害公主的身体，却不能侵犯她高尚纯洁的心灵。阿依古丽公主清醒地知道自己处在生命的最后一刻。她深知自己生命的意义，生命的意义就是奉献，把自己的一切奉献给真爱自己的穆拉罕草原的人们，让生命的最后一刻焕发出异样的光华。

阿依古丽公主用她最后的力量，吃力地说：

"请把我抬到幸福泉边去。"

阿依古丽公主用她的心灵，高声呼唤：

"请把我抬到幸福泉边去。"

鹦鹉姑娘听到了阿依古丽公主心灵的声音。

鹦鹉姑娘看到了从阿依古丽公主的身边焕发出彩虹般的光环，向着草原，向着天宇弥散开，弥散开。

鹦鹉姑娘双膝跪在公主床边，双手掩面而泣。

站在鹦鹉姑娘身边的金鹰博斯腾昂首看着远方，他心中不断地重复说：

"不能再等待了！不能再等待了！必须主动回击！必须立即出击！"

四十三、双臂的颤抖

听到魔杯被金鹰博斯腾击碎，红衣富商魔王萨泽江一对恶狼般的眼睛闪烁出阴冷的寒光，透出了内心恶毒的快意，从他的鼻腔钻出几声狞笑。他瞪着布满血丝的眼睛，仿佛看见了人间世道的未来灾难。幸灾乐祸地疯狂嚎叫道：

"好！金杯银杯的粉末将随风传播，贪婪和野心将四处蔓延。你们将永世不得安宁！"

听到他的儿子被永远关在宝库，红衣富商魔王萨泽江左脚跺地，血红的眸子呆滞不动，乌黑的面孔透出惊惧，似乎看见了自己即将面临的惨败。他的双臂不由自主地颤抖起来。他狂怒地咆哮：

"愚蠢！目光短浅的愚蠢！命令你只打开武器库，你就是不听，却愚蠢地进入宝库！"

他在责骂谁"愚蠢"？责骂的是他的儿子。他知道儿子的噩耗非但没有显露出一丝悲伤，反而恶狠狠地责骂他。蛇蝎的心，也没有这样狠毒。

他责骂儿子的原因，在于他正处在急需依靠儿子的时候，儿子却不听命令,擅自行动,以致使自己失去最可依靠的助手。儿子的擅自行动,不单使他陷于石洞,而且有可能造成整个计划的惨败。想到惨败,有可能失去无尽的宝藏,他胸中爆发出暴风般的狂怒。

狂妄的魔王萨泽江是穆拉罕草原出现一切不幸事件的主谋。他按照内奸巴赫迪江提供的路线图,越过雪山冰峰,穿过黑山谷,经过黑石戈壁滩,抵达克里木可汗的都城,企图占领广袤、肥沃、富庶的穆拉罕草原,掠夺在这里地下长存的、无尽的钻石和金银财宝。他的真正目的不是区区宝库的珍宝,而是珍宝的来源。这就需要拿到标志宝藏矿藏的地图。攫取这张地图是红衣富商的真正目标,他将因此而获得无尽的财宝。

魔王萨泽江装成红衣富商,离开自己的王宫,经历风霜之苦,处心积虑企图获得宝图,现在他能够感到的是自己日夜渴望的宝图即将化为泡影。他从高峰陡然堕入深不可测的黑谷,他痛苦万分。他痛苦地吼叫。这吼叫道出多年以来一直隐在他内心的秘密:

"区区几百箱财宝算什么?我要的是矿藏宝图!我要的是无尽财宝的源泉,是无数财宝的来源!我要知道,克里木可汗和艾布·纳斯尔可汗当年的金银是从哪里开采出来的?他们的钻石,是从哪里挖掘出来的?他们绘制的宝藏地图究竟在哪儿?无尽财富的矿藏究竟在哪儿?来到克里木可汗的领地,我做的第一件事情就是在他的王宫中寻找宝藏地图。在宫室内找不到,在几天内我掘地三尺,夷平他的王宫就是为了寻找它。我派出爪牙去寻找红蓝钻石,是因为担心暴露我的真正意图后他们转移宝图,以此迷惑他们的视线。派人追捕阿依古丽公主,希望他们有所举动,暴露宝图的踪迹。命令你拿回金鹰博斯腾的金冠,也是为了寻找宝图踪迹,看看它是不是隐藏在金冠里。敲山震虎,意在促使他们转移、隐藏宝图,暴露宝图的踪迹。想不到你这愚蠢的儿子领悟不出我的深谋远虑。让你打开武器库,是为了武装自己,削弱敌人。在一切还没有取得进展、在我最需要你的时候,鼠目寸光的你,为了区区小利而失去你的生命!愚蠢!目光短浅的愚蠢!"

想到失去了自己唯一可以依靠的助手,他的双臂又开始无法控制地颤抖了。

魔王萨泽江起初的步骤是明晰的。但是夷平王宫没有能够实现自己的目的,没有发现宝图。他的阴谋完全落空了。这已经令他万分懊恼。儿子身陷石窟更令他感到未来的渺茫。此刻,他不得不改变战术,直接暴露自己真正的目的,命令他的爪牙去打探珍宝矿藏地图的消息。

他向身边侍立已久的黑衣人说:

"召集那些奴才!"

黑衣侍者立刻从怀中取出他豢养的那只黑蝙蝠,将它掷到地面。它坠地以后,身体慢慢变大,黑翅迅速变成黑衣,显出巴赫迪江的原形。他佝偻着永远直不起来的腰,慢慢地爬起来。魔王萨泽江向他低声地说了几句话。趁着夜色降临,他立刻缩小身体,化为黑蝙蝠,展开漆黑翅膀向天边的墨云飞去,隐身黑暗中。黑夜如漆的时候,他展开蹼翅,他迅速翻过雪山冰峰,掠过黑石戈壁,翻飞在穆拉罕草原。他依靠这种隐身术,在草原四处穿行,打探消息,不被人们识破。黑夜是他掩盖罪恶行踪的外衣。

但是,不管魔王萨泽江怎样狡猾,怎样要尽他的伎俩,他也无法与克里木可汗的智慧相比。克里木可汗从来没有把宝图放在什么地方。他只是将最重要的秘密交给自己的亲人。在身陷危境的时候,克里木可汗有自己亲爱的女儿可以依赖。这是冷酷的魔王萨泽江不能理解的，也是他无法想象的。

这是恶人必定失败的原因。

四十四、魔王挣扎

　　克里木可汗古典风格的、雄伟壮丽的宫殿,现在只剩下环绕王宫的卫墙和以前卫士休息的房屋。魔王萨泽江搬出临时搭成的毡房,住进卫士们的房屋,作为自己的行宫。这行宫简陋而粗俗,无法与魔王萨泽江自己富丽豪华的王宫相比。但是,他忍耐着,暂住这里。不过,富商装束降低了他的威严,无法显示他的高贵,却令他难以忍受。他终于不能再忍受了,他命令黑衣侍者取出自己华丽的可汗王服,立即穿在身上。他感到自己精神倍增。他知道这是非常重要的。王服是他权力的一种象征。他现在需要这种象征。这种象征是威慑愚昧奴才的心理武器。他们将跪在威严的象征物之前。因为他们是不会认清象征物愚弄民众的实质的,所以,他们才永远是卑贱的奴才。卑贱的奴才首先是精神上的卑贱。魔王萨泽江深知,傲慢威严的神态,冷酷权威的语调,是征服愚蠢卑贱奴才的武器。

　　他狂傲地昂着消瘦的面孔,灰色的双眸不时闪出他特有的阴冷目光,透出恶狼般狡诈的神情。如果此时你站在他的面前,看到这个目光,那么,你一定会感到这是一只躲在暗处、时时伺机扑过来吞食一切的贪婪恶狼。此刻，在灰蒙蒙的晨光中，他的目光尤其显得阴冷可畏。他在残存的黑色铁门前，站了一夜，思考他面对的整个局面。他时而畏怯，时而坚强，时而失去信心，时而感到尚有希望。失去艾罕丁是对他的信心最大的打击，但是，渴望得到宝藏地图的野心给他最后挣扎的力量。

黎明无声地出现了。血红的太阳点燃天边的怒云。怒云像熔炉中暗红色的铁流，在天边滚动。魔王萨泽江内心感到一种快意。他渴望用血洗劫穆拉罕草原。看着天边滚动的暗红色铁流，他内心激起噬血的强烈欲望。他贪婪的神色就像恶狼嗅到血腥一样，迫不及待地要扑过去，咀嚼吞噬带血的骨肉。

他缓步跨出黑铁大门，站在王宫的废墟上，双手背在身后，思索着。我们称之为智慧的，对于恶人应该称之为奸诈。他算计着事件发展将会出现多少种可能，他需要面对各种可能，分别作出哪些准备。

魔王萨泽江处心积虑、酝酿多年的如意算盘是，既要找到克里木可汗的宝藏矿藏地图，还要夺取冰峰武器库和宝库，更要占领穆拉罕草原。他知道克里木可汗和艾布·纳斯尔可汗曾经用了二十年的时间，踏遍穆拉罕雪山寻找宝矿，绘制了一张宝矿地图。魔王萨泽江曾经多次派遣走狗打探宝图在哪儿，一直没有得到任何消息。他只得暗中组织考察队，潜入穆拉罕雪山探查珍宝矿藏，但是，只得到了一点零星的矿脉消息。他只好不断派遣爪牙，深入潜伏，收买内线，打探信息，但是，也毫无结果。他设计陷害克里木可汗。他知道克里木可汗意志薄弱，金杯和银杯足以诱使他堕落。他以为谋杀克里木可汗以后，有可能得到宝图，但是，他万万想不到，即使自己亲自冒险来到克里木可汗的领地，将他的王宫夷为平地，也没有任何发现。更令他痛心的是愚蠢的儿子竟然不能理解自己的内心，只身赴险，永远被禁锢在汗腾格里冰峰。自己失去了唯一可信赖的助手。但是，挫折并没有使他退缩，反而更加激起他攫取宝图的强烈欲望。他匆匆派出巴赫迪江、古兰丹，现在又派出阿西娅。他企望那些奴才能够打探到宝图的踪迹。

魔王萨泽江也渴望与穆拉罕草原牧民决战。他有噬血的本性，妄图屠戮这里的所有牧民。但是，他深知穆拉罕草原牧民的骁勇善战，谋略深远。他这次深入险境，本想带领大兵入境，但是，担心惊动对方，促使他们隐藏宝图。为了避免出现意外，他不得不命令他的军队装扮成骆驼商队，潜入穆拉罕草原。他这样派遣军队深入险境，是想如果真的一时无法找到宝图，他就占领这个富庶的穆拉罕草原，重新为自己在这里建筑一座新的宫殿。长期驻守在这里，他可以深入勘探穆拉罕雪山，自己重新绘制宝图。

最让他担心的是穆拉罕草原牧民的武装。他清醒地知道，一名骁勇的武装牧民，将胜过千个他雇佣的亡命徒。他感到更可怕的是他们占据黑山谷，那样就有可能截断自己的退路。黑山谷左面是高耸的穆拉罕雪峰，他过不去；黑山谷右面是干沟，那里滴水全无。烈日下，一支蜡烛燃烧的时间，他的士兵就有可能被热风吹干。想到这一点，他寝食不安。

魔王萨泽江派人到黑山谷去打探。他焦急地等待着派去的奴才早日带回消息。这时，一个卫士跑到他的面前，单膝跪在鹅卵石地上，说：

"三个黑衣人求见王爷！"

他们正是魔王萨泽江焦急等待的奴才。他紧拧的双眉片刻微微舒展,不过他脸上又立刻恢复阴冷恶狠的神情。

"让他们进来!"

三个黑衣人贼一样地弯着腰,溜了进来。他们一见魔王萨泽江,立刻匍匐在地,战战兢兢地低声嗫嚅着。魔王萨泽江立刻明白他们的意思。他的心中也一阵发冷。

这三个黑衣人就是那天夜晚隐藏在黑山谷草丛中的家伙。黑夜中,他们在黑山谷看到现在仍然令他们胆战心惊的情景。那里的数十堆篝火迷惑了他们的眼睛。他们算计围绕在一堆篝火旁,大约有五六百名牧民勇士在跳舞,那么数十堆篝火旁可能至少集结数万名战士。这些战士严密封锁黑山谷,截断了他们的归途。恐惧使他们夸大了看见的现象。

一个大胆的黑衣人肯定地说:

"我们的归途正在被数万敌人的士兵封堵。"

听到这个消息,魔王萨泽江感到一阵惊恐。他最担心的事情果然出现了。他想不到自己眼中那些愚蠢牧民的动作竟然这样迅速,这样快地集结如此庞大的队伍。他不得不考虑自己的退路。他在做最坏的打算。他心虚的原因之一是黑狗不在他的身边。他盼望黑狗尽快赶回来。他知道黑狗是只知道服从命令,没有头脑的,以鲜血为食的野兽。他骑在黑狗的背上,在黑暗中可以穿过任何险境。

这时一个黑影从室外蹿了进来。魔王萨泽江心中闪出一丝喜悦:黑狗回来了。在他深感孤立无助的时候,看到这条凶残的走狗回来了,心里自然会感到踏实一点。是的,他盼望的野兽真的回来了,当然,这个野兽也只能够给他带来坏消息。黑狗匍匐在主子的脚下,嚎叫着,述说自己看到的秘密。魔王萨泽江听到它的嚎叫,不禁震怒万分。

那天夜晚,黑狗奉命离开王宫,追踪阿西娅的行迹。它暗中跟随阿西娅进入穆拉罕草原。它看到的是意料之外的。阿西娅不但没有执行魔王萨泽江的命令,将阿依古丽绑架出来,反而用毒簪毒害她。魔王萨泽江知道再也无法从阿依古丽口中得到宝矿地图的信息,他怎么能不万分震怒呢?他紧捏的双手嘎嘎作响。他的双臂无法抑制地颤抖。如果此刻阿西娅站在他的面前,他将扑过去,用他的双手撕碎她。他禁不住发出一声恶狼般长长的嚎叫,无比愤懑地吐出一口气。

黄昏来临,夕阳用血色染红燃烧着的晚霞。晚霞像火山口滚动溢流而出的熔岩,在天边涌动。魔王萨泽江远望着暗红的晚云,心绪无法宁静。这次出征没有一件事情是顺利的。艾罕丁的遭遇让他不敢再想,等待他的未来又是这样模糊不清,难以预测。

夜幕降临,黑暗笼罩着四周。他没有命人点燃蜡烛。他觉得黑暗能够带给他一些安静,让他能够再思考一下整个局面。可惜一时他还整理不出头绪。这时,他听到蹼翅扇动的声音。他觉得是一只漆黑的蝙蝠飞落。果然,它坠地以后,黑翅迅速变成黑衣,然后佝偻着永远直不起来的腰,慢慢地爬起来。是他,真的是巴赫迪江。他会带来一些新的消息。的确,巴赫迪江带来了一些消息。这些消息令魔王萨泽江一时又忘记自己面临的危险,又重新燃起他内心隐藏着的贪婪的欲望。

四十五、老人的回忆

自从阿依古丽公主离去以后，金鹰博斯腾没有一夜能够入睡。这一夜，金鹰博斯腾披上紫色的斗篷，站在墨绿的草地上，陷入深思。往日他喜欢欣赏清澈湛蓝的夜空。那些来自无垠宇宙深处的星辰，默默无语，深深地隐藏着她们各自的秘密。无数闪烁的繁星激发金鹰博斯腾渴望了解她们神秘故事的强烈愿望。他渴望遨游天宇的深处，他向往驰骋在天宇之外。今天，他无心神往宇宙的神秘。他心中不断重复地说：

"不能再等待了！不能再等待了！必须主动回击！必须立即出击！"

这时，他看见一个黑点掠过草地，悄悄飞来。他细看，辨认出是一只漆黑的蝙蝠。它扇动蹼翅闪来闪去，似乎在寻找着什么。这只蝙蝠看到艾义德尔老人的毡房后，立即坠落，隐匿在毡房旁边。

金鹰博斯腾知道这东西就是隐身的巴赫迪江。他知道时机到了。他心想：

"不能继续被动地等待魔王萨泽江行动了，必须立刻主动采取措施,调动这个魔王。现在,好啦,他自己派遣黑蝙蝠巴赫迪江来打探消息,调动他们的机会来了,到了'提供'他们消息的时候了。"

想到这里,博斯腾内心异常激动,转身轻块地走向艾义德尔老人的毡房。他轻叩毡房,掀开垂帘,跨步进入。

油灯下,老人正在读书,不时拿起鹅毛笔在书上写批语。

"老人家,晚上好!"

老人放下鹅毛笔,抬起头来,细看金鹰博斯腾兴奋的面孔,说:

"你又有新的谋划了。"

"有一件事情,想请教您。"

"说吧。"

"克里木可汗珍藏的财宝究竟有多少?"

"有两批:一批早年由你的父亲艾布·纳斯尔可汗和克里木可汗共同将它们藏在玫瑰园宁静湖底下,一批后来由你藏在雪山冰峰。宁静湖底珍藏的是金砖,雪山冰峰珍藏的是珠宝玉石。宁静湖底下的金砖共一百八十一块。"

金鹰博斯腾一边听着老人的回忆,一边细辨毡房左右的声音。在老人讲到宁静湖金砖的时候,金鹰博斯腾听到毡房一角出现一丝颤抖的声音。

金鹰博斯腾微微点头,心里说:

"好,黑色的奴才,你听清楚了!"

金鹰博斯腾缓缓重复一遍艾义德尔老人的话:

"在玫瑰园的宁静湖底下存放着的是大量金砖,共有一百八十一块。"

他的话音刚落,又听到微微的悉索声。

博斯腾又微微点头,心里说:

"黑色的奴才,快回去向你的主子报信吧。"

果然,刚才的悉索声音,是那只黑蝙蝠在移动身子。它迅速钻出毡房,扇动蹼翅,飞过草原,掠过黑石戈壁,翻过雪山冰峰,一直向着王城飞去。

金鹰博斯腾听着这只黑蝙蝠钻出去之后,立刻跨出艾义德尔老人的毡房,看着那黑色的影子,左右闪动着,消失在远方。他心想,魔王萨泽江为了尽快攫取金砖,必定要征召苦工。想到这里,金鹰博斯腾内心又一次涌出一阵喜悦。

他迈着轻块的步伐,走进赛里木大爷的毡房。

老人家正在轻拨热瓦甫的琴弦,动听的音符一个个从大爷的毡房里蹦出。音符渐渐连接起来,深沉悲壮的旋律震颤在毡房四周。这旋律述说着在往日征战的情景:黄沙蔽日,瀚海无边,驼铃渐远。大漠上勇士们踏上征程,奔腾凌云的浩气回荡在瀚海上空。

金鹰博斯腾轻叩毡房,掀开垂帘,跨步进入,说:

"您又在回忆往日了。"

"是的,年纪越大,昔日的一切在心里就越清晰可见啊!"大爷回答。

"魔王萨泽江派黑蝙蝠巴赫迪江来打探我们的信息了。我们已经将王宫金库的信息透露给它了。它正在急速飞回王宫向魔王萨泽江报告。我估计,现在黑蝙蝠已经跪在魔王的脚下了。金库的财富是穆拉罕草原牧民的,应该回到牧民手中。"金鹰博斯腾说。

赛里木大爷的眼睛闪动着智慧的光芒,笑道:

"你需要多少名草原勇士?"

"只要一百八十一名，就行了。"

"好，让穆吉孜带队！"说着，赛里木大爷又拨弹起他的热瓦甫，此刻旋律却变化了，从琴弦跳荡出的曲子宛如无数百灵在欢歌。

很快，一位英俊的青年牧民，掀开毡房的垂帘，跨步进入毡房，说：

"大爷，叫我有什么事情吗？"赛里木大爷弹奏的百灵欢歌，是召唤穆吉孜的"号角"。

金鹰博斯腾看着这位英俊的青年，格外高兴，招呼他坐在自己的身边，说：

"大爷，请取出您新酿的马奶子酒来！"

酒到了嘴边，话也就涌到金鹰博斯腾的嘴边了。金鹰博斯腾向他们讲述了克里木可汗宫内金库的事情，把自己的计划告诉给穆吉孜。

穆吉孜听了他的计划，眼睛里闪出异样的光彩，兴奋地站起身来，举杯一饮而尽说：

"五天以后见！"

他出了毡房，吹响了牛角号。号声响彻穆拉罕草原。远近传来急速的马蹄声，很快一百八十名牧民勇士聚集在穆吉孜的身旁。他们策马奔向王城。

四十六、堇色丝绢的秘密

那只黑蝙蝠钻出毡房,扑扇着它的蹼翅,飞过草原,掠过黑石戈壁,翻过雪山冰峰,一直向着王城飞去。他落在王宫的废墟上,收敛隐藏了他的黑翅膀,恢复了他永远佝偻着的腰身,低着头去拜见他的魔王萨泽江。他卑微地匍匐在地。

魔王萨泽江看见这个奴才,急切地问:

"宝藏地图究竟在哪儿?无尽财富的矿藏究竟在哪儿?"

黑蝙蝠说:

"尊贵至圣至善的萨泽江王,克里木可汗遭到毒杀和阿依古丽公主也命在旦夕,现在,只有金鹰博斯腾的父王艾布·纳斯尔知道了。"

魔王萨泽江沉吟不语。巴赫迪江偷眼看到他的眉宇间透出一股怒气。他猜想萨泽江知道自己对他已经没有用处了。他周身不禁颤抖起来,赶紧说:

"尊贵至圣至善的萨泽江王,奴才打探到另一个好消息。我听到克里木可汗还有一个宝库。"

"在哪儿?"萨泽江冷冷地说。

"远在天边近在眼前,就在玫瑰园宁静湖底下。"

接着巴赫迪江详细转述了他在艾义德尔老人毡房中窃听到的金库的消息

"真的?"魔王萨泽江颇为惊诧地问。

"卑贱的奴才不敢虚言。"

听到这个卑微奴才的话,魔王萨泽江沉吟片刻。他想这次冒险深入克里木可汗的领地,失去了儿子,不可能带走雪山冰峰的宝藏,宝图是否能够得到尚不敢确定,运来掘地工具的骆驼难道就弃置不用吗?好,实在不能发现宝图的踪影,就将湖底的金砖带走。于是,他说:

"你带领人,排干湖水。如果真的有金砖,我将重奖你;但是,如果你欺骗我,你将永远被留在湖底。"

匍匐在地的巴赫迪江,以头触地,回答道:

"您卑微的奴才一定忠实执行您的命令!"

"下去吧!你不能动用我的卫士。你从王城中招集苦工吧。我相信你的忠诚可靠!"

魔王萨泽江嘴上这样讲,心里却在想,黑狗不在身边,金杯银杯和毒鞭又被艾罕丁带走,掘金的事情暂时交给这个奴才去做,等待黑狗回来再说。但是,很快回来的不是黑狗,而是阿西娅。她带来的消息促使他考虑长远的阴谋诡计,做出尽快撤退的决定。

我们知道,阿西娅一直梦想成为艾罕丁的"皇后"。艾罕丁答应她,只要她拿到红蓝钻石,就和她成婚。可是,魔王萨泽江却命令她将阿依古丽公主劫回王城。她担心公主会得到艾罕丁的宠幸,就用毒簪杀害公主。她不敢立即返回王城。她打算获得一些对魔王萨泽江有用的新消息,将功补过。因此她就继续隐藏在穆拉罕草原。她初到穆拉罕草原,白天跳舞扭动腰身的样子,透出了一些她毒蛇的原形,晚上她干脆就化为一条黑色的毒蛇蛰伏在草丛中。深夜她就钻进远近牧民的毡房四处窃听。

那天晚上,墨蓝的天空缀着几颗稀疏的星星,有火红色的,有淡蓝色的,有金色的,都在无声地颤抖着。金鹰博斯腾依旧夜不能寐。内心越来越急切的金鹰博斯腾披上紫色斗篷,走出他的毡房。他渴望着战斗。

这时候,他听到草丛中悉索的声音。他用自己长期在金鹫山峰锻炼出的能够夜视的眼睛,向四方巡视,立刻看到一条漆黑的毒蛇隐在草丛中,缓缓蠕动。

金鹰博斯腾点着头,心说:

"又来了一个。"

金鹰博斯腾心想:

"魔王萨泽江迟迟不采取行动,肯定不单纯是为了那几百箱财宝。他无边的贪婪绝不仅仅如此。他一定知道克里木可汗和父亲共同绘制的宝藏地图。他是为了宝图而来。这是他亲自冒险的真正原因。那么,好吧,宝图在哪里,也让他知道一点吧。"

金鹰博斯腾想到这里,又习惯地轻轻抚摸自己的左胸,感到了柔软的堇色丝绢手帕的滑润。

黑蛇在草丛中轻轻蠕动。

金鹰博斯腾转身走向艾义德尔老人的毡房。他轻叩毡房,掀开垂帘,跨步进入。

油灯下，老人正在读书，不时，拿起鹅毛笔在书上写批语。

"老人家，晚上好！"

老人放下鹅毛笔，轻揉自己的眼睛，细看博斯腾兴奋的面孔，说："你又有新的谋划了。"

"还有一件事情，想请教您。"

"说吧。"

"克里木可汗是不是有一幅绘着黄金和钻石的矿藏地图？如果是，那么宝图现在在哪儿？"

"我想需要从头讲起。宝图共有两份，一份是实的，一份是虚的。早年你的父亲和克里木可汗共同费尽千辛万苦，踏遍冰川雪山。他们返回穆拉罕草原。克里木可汗凭借回忆绘制了地图。两人相约：由克里木可汗珍藏他们开采加工制作的珍宝，由你的父亲收藏珍宝矿藏地图的实图。另一份是虚图，珍藏在克里木可汗的心中。克里木可汗离开了我们，也就把它带走了。据我所知，人间现在只有一份珍贵的宝藏地图是在你的父亲那里。"

金鹰博斯腾心中十分清楚，还有一份，也许是更重要的一份，就在自己的杯中。他伸手抚摸自己胸前，感到那幅柔软的丝绢手帕。这就是阿依古丽公主给他包着红蓝钻石的丝绢手帕。阿依古丽嘱咐他将丝绢手帕带给自己的父王。阿依古丽公主当时并未多说什么，但是，聪明的金鹰博斯腾已经猜出，一定是克里木可汗自知年迈，凭着记忆将有关宝藏地图的信息隐在丝绢上了。金鹰博斯腾记得父王曾经说过，克里木可汗当年翻山越岭查勘矿脉。他最熟悉宝藏所有矿脉的地形。金鹰博斯腾在自己的毡房灯下展示堇色的丝绢手帕，看到丝绢手帕上用极细的银丝绣着的图示，它与父王珍藏的宝图互相补充。

此刻，他才明白为什么克里木可汗嘱咐阿依古丽公主一定要将丝绢手帕转交给自己。

金鹰博斯腾一边静静地听着老人的回忆，一边凝神细辨四处的声音。在老人说到珍宝实图在父亲那里的时候，金鹰博斯腾听到毡房一角出现一丝颤抖的声音。

金鹰博斯腾微微点头，心说：

"好，你听清楚了！"

金鹰博斯腾又重复一遍艾义德尔老人的话：

"人间现在只有一份珍贵的宝藏地图是在我的父亲艾布·纳斯尔可汗那里。"

他的话音刚落，他又听到微微的悉索声。

金鹰博斯腾又微微点头，心说：

"你快去回报这个信息吧。"

果然，刚才的悉索声音，是那条隐在毡房一角的黑色毒蛇轻轻移动，蜿蜒溜出毡房。它就是暗害阿依古丽公主的阿西娅。它溜出毡房，立刻恢复人形，骑上隐在暗处的黑马，迅速驰过草原，踏过黑石戈壁，翻过雪山冰峰，向王城飞驰。她自忖她窃听到的消息足以将功补过。

她迅速跑进王宫。看见魔王萨泽江，她立刻卑微地匍匐在地。

魔王萨泽江看到这个跪在地上的妖冶女人，厉声问道：

"阿依古丽公主在哪儿？"

阿西亚俯首回答：

"尊贵至圣至善的萨泽江王，卑贱的女奴得知阿依古丽公主已经将红蓝钻石交给金鹰博斯腾，就把樱桃金簪留在她的发髻间了。"

魔王萨泽江听到她毒杀阿依古丽公主,怒火再次涌上心头。他恨不得立即撕碎这个女奴,但是,他又不得不把这个念头压下来。阿西娅偷眼看到他的眉宇间涌出一股怒气,周身禁不住颤抖,恐惧万分地垂首伏地,等待治罪。为了最后挽救自己的生命,阿西娅抢着说道:

"尊贵至圣至善的萨泽江王,女奴打探到了宝藏地图的消息。地图一共有两份:一份是实的,一份是虚的。早年博斯腾的父亲和克里木可汗共同踏遍冰川雪山,探察宝藏。他们返回穆拉罕草原后,克里木可汗凭借回忆绘制了地图。两人相约:由克里木可汗珍藏他们开采加工制作的珍宝,由博斯腾的父亲收藏珍宝矿藏地图的实图;另一份是虚图,在克里木可汗的记忆中。他的死亡,也就把他记忆中的矿藏地图带走了。所以人间现在只有一份珍贵的宝藏地图是在博斯腾的父亲那里。"

"真的?"这个消息果然打动了魔王萨泽江的心。他急切地问道。

"卑贱的女奴不敢虚言。我是亲耳从博斯腾的口中听到的。"阿西娅颤抖地回答。接着,她详细叙说她如何化蛇隐匿,潜入艾义德尔老人的毡房,窃听他们的交谈。

听到这个卑微奴才的话,魔王萨泽江不由得仰面沉吟着。阿西娅低首等待降罪,乞望着一线生机。毡房里静静的。空气似乎凝住了。

魔王萨泽江思忖着,这次冒险深入克里木可汗的领地,失去了儿子,不可能带走雪山冰峰的宝藏,打探到宝图的踪迹也许就是最大的收获。

这时阿西娅听到魔王萨泽江的声音。他用虚伪的声调说:

"好,你立了大功劳。我将奖励你。起来吧。从今以后,你就在我身边,忠心服侍我。"

阿西娅周身已经被冷汗浸透,听到魔王萨泽江这样说,她眼中涌出冰冷的泪水。

阿西娅已经知道艾罕丁永远深陷雪山冰峰了,她原来以为自己的皇后梦永远破灭了。现在,她惊喜地听到魔王萨泽江的话,又重新燃起她的皇后梦。她看着魔王萨泽江的目光,缓缓地试探着,向他身边偎依过去。

四十七、取回财宝

在王宫的城墙外边，聚集着几群无业的青年。你要是细数他们的人数，就会知道共有一百八十一个人，你也就会猜到他们是谁，他们是从哪儿来的了。他们穿得破破烂烂的。有的靠在墙边晒太阳，有的拨弄琴弦，哼着忧郁的情歌，还有的正在热闹地打嘎嘎。打嘎嘎，是当地的小伙子们最喜欢的一种比赛游戏。他们把半尺长的木棍两头削尖做成嘎嘎，用短木棍打击两头尖的嘎嘎。比赛看谁打得远。这时，一个没有打远的胖小子输了，大家就罚它喊"瓦来"。他边跑边喊着"瓦来，瓦来……"他每喊一声，人们就哄笑一阵。

巴赫迪江遵照魔王萨泽江的旨意，匆匆出宫，招募苦工。他看着这些喧闹的青年，心想这些健壮的奴才一定能够很快把金砖挖出来。

"谁是你们的头？"巴赫迪江厉声问道。

穆吉孜放下手中的热瓦甫，敏捷地从地上站起来。

巴赫迪江说：

"带这些奴才进宫，有活干。不能偷懒！"

说着，巴赫迪江挥动一下他手持的一个带刺的铁棍。这是他模仿主子艾罕丁手持的黑鞭制作的。

巴赫迪江将这些纯朴的牧民带到宁静湖边，说：

"限你们两天内将湖水排干！轮班吃饭，但是，不允许任何人睡觉。工作日夜不停地进行。"

穆吉孜爽朗地笑道：

"可以，我们都是干重活的。苦干，是我们的天性！"

巴赫迪江寸步不离，监督着他们排出湖水。狠毒的巴赫迪江手持带刺的铁棍，看到谁动作慢了一点，他就立刻抽打过去。铁棍落处总是带下皮肉来。被打的小伙子握紧手中的铁锹，怒瞪巴赫迪江。这时候，穆吉孜迅速站在他们中间。巴赫迪江才躲过一劫。从此，他稍微收敛了一些。第三天，湖水才被抽干。巴赫迪江又露出凶相，强迫大家连夜挖掘湖底的淤泥。

夜幕开始低垂，一个瘦弱一些的小伙子悄悄对自己最好的朋友穆吉孜说：

"我们乘着今晚月黑风高，逃回草原吧。"

"不，我们不能走！一个也不能走！该走的时候，我会告诉大家的。"穆吉孜说。

在昏暗中，他们很快把淤泥清除干净了，露出湖底白色的巨石。

巴赫迪江兴奋地看着巨石，心想这一定是金库库顶了。

穆吉孜对巴赫迪江说：

"巨石太大一时无法启动。"

这时夜风骤起，果然是月黑风高之夜。鸥枭断断续续地发出令人胆颤的叫声。

巴赫迪江看看夜空。他担心在黑暗中金砖被这些奴才藏匿，于是下令：

"明天再干！"

大家立刻放下撬杠，一个个倒在巨石上。他们好像已经累极了。一个个很快发出鼾声来。巴赫迪江躲进自己的毡棚里，由于一连几夜他都没有睡觉，很快，他也闭上他的鼠眼。

穆吉孜用胳膊肘轻轻碰触身边的兄弟，低声说：

"起来吧！"

很快，他把所有的兄弟都"叫醒"。不过，大家"醒了"，但是嘴里依然大声发出鼾声，仿佛他们还在沉睡。一个兄弟用他手中的撬杠用力一撬，一块巨石就被启开。大家把这块巨石抬到一边。穆吉孜首先钻进洞口。他摸到金库中的金砖，搬出第一块，说：

"谁拿到金砖，谁就立刻翻墙出宫，回穆拉罕草原。尽力避免他们发现。先走一个是一个！"一百多名兄弟每个人都拿到一块金砖。他们先后翻过宫墙，奔向草原。穆吉孜搬起最后一块金砖，从金库洞口钻了出来，发现周围还有两兄弟没有走。他低声问：

"为什么还不走？"

两人回答道：

"等待你！"

"走！"他们一齐敏捷地翻过宫墙，向着穆拉罕草原飞奔。晨光微熹，早醒的百灵鸟唱起欢快活泼的晨歌，仿佛是她们的晨歌把光明撒遍穆拉罕草原，迎接这些勇士，迎接悦目的朝霞。一百八十一名生龙活虎的草原勇士聚集在赛里木大爷的毡房前。大家把金光闪亮的一百八十一块金砖整齐地堆放在大爷的毡房里。

看着闪光的金砖，赛里木大爷说：

"这些财富是穆拉罕草原牧民的。我们将利用它们开辟水源,让穆拉罕的草原永远清泉潺潺,碧草丰茂。这是世世代代穆拉罕草原牧民的期盼。草原人民会记住你们的功劳的。"

四十八、魔王的苦笑

天亮时分,巴赫迪江醒来,急忙去看掘宝工地。他远远看去,干涸的宁静湖底一个人也没有。他几乎不相信自己的眼睛。他急速跑到盖着石板的地方,一看金库洞口已经被打开了。石洞里面黑黝黝的,空荡荡的什么也没有了。惊疑、恐惧令他一阵晕眩,倒在洞前。他记起魔王萨泽江的话,掘宝失败,他就会被埋葬在这个黑洞中。他再也没有力量站起来。

魔王萨泽江清晨洗漱完毕,仔细穿好他的王服,戴上他的王冠。他算计掘宝时间已经五天了,应该有一个结果了。他挺了一下自己已经微驼的腰身,昂起头来。他尽力装扮出威严的仪表,摆出狂傲的神态,显示出王者的仪态。他背着双手,缓步走向宁静湖。阿西娅紧随在他的身后。远远地,魔王萨泽江就看清楚了一切。看到那里空无一人,只有巴赫迪江倒在地上。

在他的脸上,没有愤怒,没有失望,隐隐地透出的是一丝苦笑。他对巴赫迪江说:

"这是预料之中的。你起来吧!"

失去金砖，魔王萨泽江并不怎样痛心。再说这正好检验了他对自己对手的估计是准确的。他们已经不再是盲目、简单、被动等待的敌手了。他们开始主动进攻了。他欣赏自己的预测。这件事情正在提醒自己需要加快作出迎战的准备。何况，他要得到的是无尽的宝藏。他最憎恶的是因小利而失大局。他的爱子不能理解自己的谋略，追求小利而失去生命。

魔王萨泽江转身对阿西娅说：

"你带回的消息十分重要。人们的生命大致是一样长的。在同样长的时间里，做小事情是度过一生，做大事情，也是度过一生。在同样有限的时间里，你说应该做大事，还是做小事呢？"

阿西娅说：

"您忠实的女奴，明白了。女奴理解您豪壮宽阔的心胸和高瞻远瞩的目光！"

此刻，巴赫迪江依旧匍匐着，不断以头触地。

"你起来吧！记住是你贪睡，造成了功亏一篑！"

"奴才该死！"

"去吧！去休息吧！"说着，魔王萨泽江拉着阿西娅的小手，缓缓地离去。

巴赫迪江依然跪在地上，目送他们走远。他们的背影消失了，他依然双膝跪在那里。他不知道为什么魔王萨泽江没有处死他。他猜不透魔王萨泽江的心思，一向凶狠残忍的魔王萨泽江，怎么突然变得宽容仁慈起来。是不是一会儿，他会用更加狠毒的手段残杀自己。他心中充满疑惑，双腿无力站起来，久久跪在地上，等待着最后命运的降临。

他百思不得其解，是因为他无法进入魔王萨泽江的内心。萨泽江此时内心充满强烈的危机感。他感到穆拉罕的牧民正在收拢系在他脖子上的绳索。这种感觉，从他听到黑山谷遍布穆拉罕草原的勇士开始。他十分清楚这是在堵住他回师的山口。他想到这里内心就感到一阵战栗。更令他恐惧的是，他不知道不断收拢的绳索在哪里，这绳索将会怎样收紧。更何况他感到自己已经身单力薄，身陷盲目的黑暗中，不知所措。此刻他的身边已经不能再随便减少一个奴才了，即使是最愚蠢的奴才，也不能少了。不过，此刻魔王萨泽江并不惊慌失措。他的心中感到还没有动用自己的力量。

魔王萨泽江拉着阿西娅柔软的小手，仿佛他的生命就寄托在这只小手上。当他们携手回到从前卫士住室的时候，魔王萨泽江从他的怀中取出一张穆拉罕草原的地图，上面分散标志着五十个黑点。魔王萨泽江指着这些黑点对阿西娅说：

"这些标志显示的是我的军队荫蔽的地点。进入穆拉罕草原之前，我曾经派来五十个骆驼商队。他们暗中驮运的货物，实际上全是盔甲和利剑。他们隐藏在穆拉罕草原的各地。你迅速深入他们隐藏的这些地方，尽快召集他们，立即集结王城。他们将组成五千战甲武装的精锐队伍，人人手持利剑，跨上战马，迎击愚蠢的穆拉罕牧民，保证我们能够顺利返回我的领地。"

说到最后一句话的时候，魔王萨泽江又一次紧握阿西娅的小手，阿西娅感到非常疼痛。她知道这是生命攸关的重托。魔王萨泽江看着阿西娅，把地图放在她的手上。阿西娅小心地将这张标志着各分队隐藏地点的地图放在胸前的衣襟里。

魔王萨泽江说：

"去吧,去召回我们所有的'骆驼商队'!"

"请您等待女奴!"阿西娅回答。

她迅速跨上她的黑马,按照地图上标志的位置,去寻找魔王萨泽江的各个分队。她想一定要完满实现自己新主子的嘱托。但是,她永远也不可能实现这个打算了。她跑遍地图上标志的所有荫蔽地点,也看不见魔王萨泽江的一个士兵。

他们到哪儿去了呢?聪明的读者也许能够猜到。

四十九、伏兵瓦解

赛里木大爷看着闪光的那堆金砖，对自己眼前一百多名淳朴的青年说：

"这些财富是穆拉罕草原牧民的。草原人民会记住你们的功劳的。"

艾义德尔老人耳聪目明，什么也逃不过他的眼睛和耳朵，更逃不过他缜密的智慧。克里木可汗宫廷中，无论是宁静湖底珍藏的金砖，还是雪山冰峰珍藏的珠宝玉石，还是宝藏地图的所在，都是最大的秘密。这些秘密原本是除去博斯腾的父亲艾布·纳斯尔可汗、克里木可汗和老臣艾义德尔三个人以外，谁也不知道，谁也不能知道。在金鹰博斯腾询问的时候，老人也清晰地听到毡房顶上悉悉索索的声音，看出博斯腾侧耳细辨这个声音的神情。特别是博斯腾询问之后，还有意识地在重复自己的话。老人立刻觉察到，金鹰博斯腾是要让那个发出悉索声音的家伙听清楚，听明白。他也感到了那只黑蝙蝠暗暗钻出毡房，匆匆飞去。他也感到了那条黑蛇悄悄溜出毡房，匆匆奔去。他为金鹰博斯腾的智慧而感到欣慰。

他知道博斯腾透出这些秘密是为了引诱魔王萨泽江中计。

当时，艾义德尔老人看着金鹰博斯腾，目光里充满对这位富有智慧的青年人的赞许。

他对金鹰博斯腾说：

"还有一件事情需要我们去做。这件事情如果做好了，有可能瓦解魔王萨泽江的军队。"

"请您指教晚辈。"

"你派人化妆成魔王萨泽江的特使，派往他隐在各地的'骆驼商队'，把你将要带着艾罕丁去雪山冰峰宝库的事情，告诉所有'骆驼商队。'"

博斯腾听到这个建议，激动万分地连连说：

"好！好！好！"

现在聪明的读者一定知道了，阿西娅跑遍地图上标志的魔王萨泽江骆驼商队所有荫蔽地点，为什么一个士兵也看不见。因为，他们都接到"魔王萨泽江的特使"带去的消息——艾罕丁王子登上雪山冰峰，夺取那里的五百箱珍宝。这个消息点燃了每个人心中的贪婪，他们每个人都渴望能够占有一份，使自己立刻成为百万富翁。但是一时他们不知道怎样才能够找理由奔赴雪山冰峰抢宝。

这时，他们的一个机会突然出现了。卡拉尼耶提打探出金鹰博斯腾答应给艾罕丁红蓝钻石，并且还要亲自带着艾罕丁登雪山冰峰，寻宝库。他感到万分愤怒：自己费尽心机夺得克里木可汗的王位，魔王萨泽江到来后，颐指气使，使自己沦为他的奴才。卡拉尼耶提刚刚占据的克里木可汗的宫殿，几天之内就被魔王萨泽江彻底毁坏了，涌动在卡拉尼耶提内心的怒火时时刻刻都要爆发出来。他听到艾罕丁奔赴雪山冰峰,气得浑身颤抖。宝库一直是卡拉尼耶提早就觊觎,时时梦寐以求的,如果宝库的财宝也被艾罕丁占为己有,那么自己多年苦心经营的全部心血都将付诸东流。夺宝的强烈欲望驱使他化恐惧为仇恨。他立刻召集自己的五十一名近卫军,悄悄地紧随艾罕丁之后,奔赴雪山冰峰。

卡拉尼耶提尽力避免暴露自己的行动,命令所有卫士都将他们的马蹄用羊皮裹起来。他们踏着金鹰博斯腾和艾罕丁的足迹,暗中追随,向雪山冰峰奔去。卡拉尼耶提这五十多人的诡秘行踪很快被一支隐藏在沙丘的魔王萨泽江的军队发现了。他们很快聚集起来,悄悄紧随在卡拉尼耶提的后面。他们的首领意识到最好的机会来了。他们可以以保护艾罕丁王子的名义,开赴雪山冰峰。

这个首领问他的士兵:

"我们有责任保护王子艾罕丁吗?"

所有士兵都领悟出他们首领的真正目的,他们齐声回答:

"有!"

"我们必须防止卡拉尼耶提背后偷袭艾罕丁王子!"

"我们必须防止任何人背后偷袭我们的艾罕丁王子!"他们大声呼应。

他们每个人都知道嘴上讲的是保护王子,心里想的是夺取雪山冰峰的财宝。他们每个人都强烈渴望夺得一份财宝。

一个分队举起了保护王子的旗帜,其他分队很快也举起了这个"高尚的"旗帜。他们主动离开了自己的荫蔽点,奔赴雪山冰峰。各个分队各自躲在一座冰峰的后面。他们看见在雪山冰峰上发生的一切。他们看到了艾罕丁打开宝库,看到了宝库里发放出来的五彩光华,看到了宝库石门关闭，将艾罕丁封闭在里面的情景。他们也看到艾罕丁的卫士匆匆逃离。他们万分惊异的是金鹰博斯腾击碎金杯和银杯的情景。在金杯银杯被击碎的时候，它们幻化出刺目的金光和银光，场面惊心动魄。躲在阴暗沙丘后面的他们吓得一动也不敢动。等待这一切都过去的时候，他们急速站了起来。他们用利剑砍挖石门。石门坚实不可动摇。于是他们决定挖山，凿洞。五十名首领带领五千士兵开山。他们心中想的只是那些光彩夺目的财宝。每个人都在梦想尽快夺到财宝，马上成为富翁。

贪婪正在瓦解魔王萨泽江的整个军队。

卡拉尼耶提和他的卫士也加入这个紧张挖掘雪山的行列。他们更加拼命地挖掘，企望能够赶在那些士兵前面首先进入宝库。

魔王萨泽江派出的黑狗经过雪山，听到挖掘石山的声音。它循声来到冰峰，看见那紧张开山的场面。它凶恶地扑过去，企图阻止他们。但是，没有一个人停下来。愤怒的黑狗与他们搏斗。

阿西娅跑遍穆拉罕草原各个荫蔽的地点找不到一个士兵。她知道必须尽快告诉魔王萨泽江。她必须抄近路返回王城，这就需要穿过雪山冰峰那最危险的山谷。当她接近雪山冰峰的时候，听到远处人与狗厮打的声音，她循声而至，看到黑狗与士兵恶斗的情景，她惊呆了。这些和黑狗厮打的士兵就是她跑遍穆拉罕草原要寻找的。一些士兵拼命和黑狗搏斗，一些士兵疯狂地继续挖山。

阿西娅看到他们挖掘得已经深入山体了。她预感这有可能引起山崩。她懂得她已经无法阻止贪婪疯狂的人们的行动。她知道大势已去，需要尽快告诉魔王萨泽江。

她高声叫回黑狗，扔掉疲劳不堪的黑马。她跨上黑狗的脊背，说：

"尽快赶回王宫！"

那些士兵仍然在拼命挖山。他们掘进得更深了,忘记了这有可能引发山崩。果然,一连串的石块从山顶飞落,接着一声巨响,山崩地裂了。宝库的洞口被深深地掩埋在冰峰的深处。迸发四起的石土,烟尘滚滚,许久许久才消散。这时候,雪山渐渐恢复宁静。那些贪婪的士兵被山石吞噬,永远被埋葬在自己挖掘的山坳中了。卡拉尼耶提还算幸运。他们到来得晚,没有挖掘到深处。他们只是被灰尘掩埋。他们从灰尘中一个个地钻出来。卡拉尼耶提惊魂未定,从掩埋他的厚厚尘土中爬出来,无力地瘫倒在地上。他挣扎着抬起头来,清点自己的卫士,只剩下十二个人。他低头思忖,知道现在只有一条路了,就是继续投靠魔王萨泽江。他召集幸存的十几名卫士,寻找惊逃的战马,爬上马背,匆匆向王城逃去。

阿西娅和黑狗听到身后的巨响。山崩扬起的碎石和灰尘从他们的身后追过来,似乎也要把他们拉回去,吞噬掉。他们吓得毛骨悚然,魂不附体。阿西娅庆幸自己的果决。黑狗感激阿西娅的救命之恩。那些士兵的命运无法挽救,阿西娅也不再去想,但是,艾罕丁的身影突然显现在她的眼前。她想这是贪婪酿成的,还是命运造成的。她也不敢深思。她自己同样贪婪,不知道自己将面临什么命运,想到这里她胆战心惊。她骑在黑狗背上。黑狗不断向前飞蹿,不能再多想了。她不敢再回头去看了。她骑在黑狗背上,只能不断向前飞蹿。

这时天空黑云密布,山风骤起,林涛呼啸。山谷是没有路的,有的只是乱石冰碛。马是无法行进的,但是,黑狗如履平地,它不停地飞蹿。夜是浓黑的,他们却顺利地穿过冰谷。山风凛冽,但阿西娅感到黑狗身上热汗淋漓。

王城也笼罩在浓黑之中。

魔王萨泽江的毡房里灯火通明。他怎么能够入睡呢？他焦急地等待阿西娅，急切地等待他的五千士兵和他们的首领。他听到黑狗的脚步声，迅速站起来，跑向门口。

阿西娅从黑狗背上跳下来，扑到魔王萨泽江的怀里。疲劳使她无力站立。她喘着气说：

"尊贵的可汗，卑贱的奴婢辜负了您的重托！我马不停蹄地跑遍穆拉罕草原上所有士兵的驻地，但是，一个士兵也没有见到。我的身后只有卡拉尼耶提和他的十二名卫士。"

魔王萨泽江的面色骤然冷峻下来，问：

"为什么？"

"他们都去雪山冰峰寻宝了！"

"从那里，召回他们！"

"已经不可能了！"

"为什么？"

阿西亚简要地讲述了她在雪山冰峰看到的一切。

魔王萨泽江听了阿西娅的述说，恼恨地顿足，愤愤地说：

"急功近利毁了我的战略宏图！"

魔王萨泽江看看墨黑的天色，又说：

"走，也许黑暗能够代替士兵。让黑暗送我们穿过黑山谷。"

这时他听到马蹄声。他知道是谁回来了。他大声命令：

"卡拉尼耶提带路！去黑山谷！"

他们抛弃了所有不必要的东西，跨上战马，趁着漆黑不见五指的夜晚，匆匆出发。夜风携着黑沙不时狠狠地抽打着这一行黑衣人。卡拉尼耶提和他的十几名卫士走在最前面,巴赫迪江和黑狗随后,魔王萨泽江和阿西娅紧跟着。只有五十名卫士在周围保护他们。他们迅速溜出王城,经过穆拉罕草原,踏过黑石戈壁滩,穿过雪山冰峰的峡谷。黑山谷就在眼前了。这里正是克里木可汗遇害的地方。魔王萨泽江想,跨出黑山谷就是自己的领地了。他感到一些轻松。就在这时,突然,四面八方的火把亮了起来。

正面骑在一匹高大骆驼上的是草原英雄巴拉提。

草原英雄巴拉提说:

"我们在这里等候多时了。我想黑暗能够把你们送来,果然,你们按时到达。"说着,巴拉提高举自己手持的火把,向四周照去,说:

"请看,草原的勇士引弓张弩,迎接你们!"

魔王萨泽江顺着火把的光辉向四周看去。山谷、山上布满弓箭手。他心内涌出一阵濒临死亡的恐惧。他入侵穆拉罕草原之前,曾想只要五千披甲戴盔、剑利矛长的骑兵,足以征服穆拉罕草原,取得克里木可汗的一切。但是,他万万想不到,没有经过任何战斗,他的军队就全部瓦解了。失望、懊恨吞噬着他的心。他抬眼望去,火把的光辉映照着数不清的穆拉罕草原勇士。他胆战心惊。

魔王萨泽江用颤抖的声音乞求:

"我们可以谈谈条件吗?从今以后,我的士兵不再越过黑山谷半步!"

草原英雄巴拉提说:

"可以放过你!但是,必须把叛徒留下!叛徒必须处死!"

魔王萨泽江用冷峻的目光扫过自己身边的人。阿西娅、卡拉尼耶提和巴赫迪江感到一股寒气扫过周身。他们禁不住周身颤抖。

魔王萨泽江说：

"可以！"

阿西娅哀求：

"您不是说，让我永远在您的身边吗？"

魔王萨泽江说：

"这是要看我的需要。"

随后，魔王萨泽江指着这三个周身颤抖的家伙，对草原英雄巴拉提说：

"可以把他们留下。"

草原英雄转身，对自己的兄弟们下令：

"放箭！"

飞箭带着银光，刺破夜空，射向阿西娅、卡拉尼耶提和巴赫迪江。

奇怪的事情发生了：

当飞箭接近阿西娅胸前的时候，她的身影突然消失了。人们只看见一条巨大的黑蛇窜向黑色的草丛，瞬间消失在黑暗中。

当飞箭接近巴赫迪江胸前的时候，他的身影突然消失了。人们只看见一只黑色的蝙蝠钻进黑色的密林，瞬间消失在黑暗中。

当飞箭接近卡拉尼耶提胸前的时候，他的身影突然消失了。人们只看见一条黑色的野狗窜向黑色的山谷，瞬间消失在黑暗中。

他们来自黑暗，隐藏在黑暗，躲入黑暗，得以苟延残喘。

魔王萨泽江跨上黑狗，向西逃去，瞬间消失在黑暗中。

五十、永生的伊犁河

　　天边出现一抹玫瑰红曙色。晴空碧透。云朵宛如初放的玫瑰花，奉献给胜利的草原勇士。五百名勇士跨上自己的战马，奔向穆拉罕草原。年迈的沙拉米和巴拉提驰骋在最前面。

　　沙拉米在飞奔，巴拉提的心更是急切。他比任何时候都更加思念阿依古丽。思念化为他心中的歌：

　　　清凉的晨风

　　　你是她的秀发，

　　　轻柔地抚摩我的脸颊。

　　　清凉的晨风

　　　你是她的身影，

　　　朦胧地显现在我的心中。

　　　清凉的晨风

　　　你是她的眼睛

　　　在我的耳边倾吐她的心声。

清凉的晨风

你是她的心灵，

轻轻地说出她的深情。

清凉的晨风

你的轻盈胜过我的骏马

请带着我的歌声

飞回穆拉罕草原，

让我的歌声，

萦绕在她的身边。

然而，巴拉提不知道，那化为黑蛇隐去的阿西娅，她留下的毒簪，喷出的毒涎正在不断吞噬着阿依古丽的生命。

巴拉提和沙拉米在疾驰。穆拉罕草原勇士的骏马在急驰。胜利带给勇士们的豪情化为雄壮的颂歌。歌声回荡在辽阔的穆拉罕草原。

阿西娅的毒涎能够伤害公主的身体，夺走她的生命，却丝毫不能侵犯她高尚纯洁的心灵。阿依古丽公主清醒地知道自己处在生命的最后一刻。她深知生命的意义就是奉献，把自己的一切奉献给真爱自己的穆拉罕草原人民，让生命的最后一刻焕发出异样的光华。

穆拉罕草原的牧民听到了阿依古丽公主心灵的声音。

穆拉罕草原的牧民看到，从阿依古丽公主的身边焕发出彩虹般的光环，向着草原，向着天宇弥散开，弥散开。

艾义德尔、赛里木老人和阿娜尔罕大婶抬起阿依古丽公主的小床。小伊娜、阿肯和草原所有的孩子们跟在后面。金鹰博斯腾和鹦鹉姑娘跟在后面。小金雕姑娘和阿米尔跟在后面。巴拉提和穆拉罕草原的牧民跟在后面。年迈的沙拉米跟在后面。人们向幸福泉走去。

碧空飘来一团一团玫瑰花般的云朵。云朵聚集在穆拉罕草原的上空。它们冉冉飘落，轻轻笼罩在穆拉罕草原。云朵静静地凝聚在沉睡的阿依古丽身边，渐渐聚集成一朵巨大的玫瑰花，花瓣轻轻地围拢在沉睡的阿依古丽身边。阿依古丽就是这朵红色玫瑰的金色花蕊。玫瑰花瓣紧紧地围拢在她的身旁，轻轻地托起她，缓缓地上升，把沉睡的阿依古丽带上云天，飞向雪山冰峰。

一个奇迹出现了。玫瑰花般的红云缓缓笼罩冰峰。冰峰顶上的白雪开始消融。水晶般明洁的雪水奔流而下，流入幸福泉。翡翠绿的幸福泉化为奔腾、宽阔的洪流，静静地涌向穆拉罕草原。

金鹰博斯腾和鹦鹉姑娘伫立泉边。

小金雕姑娘和阿米尔伫立泉边。

巴拉提和穆拉罕草原的牧民伫立在泉边。沙拉米伫立在泉边。他们仰望着玫瑰花彩云冉冉升起，笼罩雪山冰峰。他们看着洁白的雪峰缓缓融化，露出了褐色的山峰。他们看到幸福泉渐渐变成宽阔奔腾的洪流。

巴拉提心中涌出一首含泪的哀歌：

　　我心中金色的月亮，

　　你的光芒照亮我的心房。

　　你的离去让我的心

　　永远悲伤。

我再也听不到你甜美的歌声,

　　再也看不到你美丽明亮的眼睛。

　　你的离去让我的心

　　永远悲伤。

热瓦甫的琴弦断了。琴箱呜咽声久久未绝。

"不,你错了,你看这幸福泉化为奔腾的洪流吧!阿依古丽就在这儿。在这儿,她得到了永生!阿依古丽永远和穆拉罕草原在一起,阿依古丽永远活在穆拉罕草原牧民的心中。"穆尔扎·艾义德尔老人说。

穆拉罕草原的人们知道,这水晶般明洁的河水,是阿依古丽纯洁的心。蜿蜒平静流淌的河水,是在春风中飘动的阿依古丽的柔发,清澈闪亮的河水是阿依古丽明亮的眼睛,欢腾奔流的河水是阿依古丽的心胸,她把自己的一切奉献给穆拉罕草原,奉献给穆拉罕草原的牧民。她永远活在穆拉罕草原牧民的心中。

穆拉罕草原的人们知道,阿依古丽公主是我们牧民的伊犁姑娘。他们就把永远奔流、宽阔的幸福泉叫做伊犁河。

伫立在伊犁河边的沙拉米弯下它的脖颈,亲吻奔流的伊犁河水。从此以后,沙拉米再也没有回到它在瀚海的族群中,再没有离开伊犁河畔。至今,圆月在地平线上露出她明亮脸庞的时候,人们在圆月的边上常常看见一个淡淡骆驼的身影。它就是永远守候在伊犁姑娘身边的沙拉米。

五十一、结伴同行

巴拉提双手捧着红蓝钻石,递给金鹰博斯腾说:

"红蓝钻石帮助我们战胜了魔王萨泽江。蓝钻石打开了武器库,武装了草原勇士。红钻石瓦解了魔王萨泽江的队伍。请你珍藏这两颗帮助我们胜利的珍宝吧!"

金鹰博斯腾说:

"不,现在是实现阿依古丽公主嘱托的时候了。"

他接过红蓝钻石。钻石依旧发出绚丽多彩的光辉。他对着红蓝钻石说:

"你们的光彩使贪婪者赴死,使善良的人们受难。财富的华丽是带毒的利箭。克里木可汗的嘱托是对的。阿依古丽公主的重托是对的。现在,实现他们遗愿的时刻到来了。我应该把你们击碎。"

说着,他抽出自己的宝剑,将红蓝钻石掷向空中,挥剑猛击。像鸣放两颗彩色的礼花一样,它们腾空而起,一朵放出蓝色的光辉,一朵发放红色的光辉。

令人感到万分新奇的是这两团彩色的礼花轻轻飘落,渐渐凝聚。大家仔细看去，发现它们凝聚成两本书。一本蓝色封皮，一本红色封皮，都是金字书名。它们先后落到金鹰博斯腾的手中。两本书的书名金光夺目，吸引着每一个人的目光。大家惊奇万分，仔细看去，蓝色封皮上金字书名是《泉水的源泉》，红色封皮上金字书名是《智慧的源泉》。

金鹰博斯腾打开蓝皮书的扉页。扉页上端正地写着：

"当你寻找到泉水源泉的时候，你将令沙漠消失，你将使碧草铺满大地，无边的沙漠将变成无垠的草原。"

金鹰博斯腾打开红皮书的扉页。扉页上端正地写着：

"当你寻找到智慧起源的时候，你将看到智慧的真正面目，智慧的起源将使你有能力揭开无边宇宙的一切奥秘。"

"作者是谁？"聪明的小金雕姑娘眨动着她明亮的眼睛，急切地问。

突然，来自蓝天深处一个洪亮的、带着金石光泽的声音回答：

"作者是我。我是智慧源泉之神。读我的书吧！"

这声音回荡在天宇，响彻四方。

"读我的书吧！""读我的书吧！"声音连绵不断，渐渐远去，大家感到他的声音仿佛来自白云，来自蓝天，来自太阳，来自宇宙。当声音消失的时候，太阳的光芒更加夺目了。

世间真正的财富不是珠宝钻石，而是充满人类智慧的书籍。英雄的青年人迫不及待地看这些书的内容。

书，不是我们见过的书。书上的字是流动的，像泉水一样不断地流淌着，奔腾着，涌现着，时而翻滚，时而跳荡，无尽无休地涌动，喷发着。你仿佛能够听到这知识的洪流奔腾呼啸的声音，激励你急切投身到这洪流中去。

人类的智慧是不断流动的，奔腾的，永远无尽无休地涌动喷发的洪流。她的奔腾，在召唤你。过去是这样，现在是这样，将来也是这样。

巴拉提和阿米尔接过蓝皮书。他们共同携手，不畏任何艰险，为草原的牧民，去寻找泉水的起源，他们要彻底改变浩瀚沙漠的面貌。

金鹰博斯腾拿着红皮书。他知道只有不停地探索智慧的源泉，在智慧的洪流中遨游，才有可能接近宇宙的奥秘。

曙光夺目。满天玫瑰花般的彩霞，映红这群英气勃勃的青年人。他们陶醉在未来的希望中。

亲爱的年轻读者，你愿意和他们结伴同行，一起踏上寻找和探索智慧和真理起源的道路吗？

看，草原的勇士们，他们正在向我们招手：

"走，让我们同行！不要忘记天鹅一千双眼睛的敏锐！让我们结伴同行，我们才有千百万双眼睛，我们才有探索宇宙一切奥秘的力量和智慧！"

后 记

故事新编并非始于现在,早在先秦时代就有。

庄子在《齐谐》中鲲鹏的故事基础上,加工《逍遥游》。那气势磅礴的开端,寓含他的哲学思想。

庄子的《逍遥游》云:

"北冥有鱼,其名为鲲。鲲之大,不知其几千里也;化而为鸟,其名为鹏。鹏之背,不知其几千里;怒而飞,其翼若垂天之云。是鸟也,海运则将徙于南冥——南冥者,天池也。"

故事中,庄子做了如下的哲学解读:

"且夫水之积不厚,则其负大舟也无力。覆杯水于坳堂之上,则芥为之舟,置杯焉则胶,水浅而舟大也。风之积也不厚,则其负大翼也无力。"

用现代科学哲学的语言来破译庄子的这段说明,我们将看到他是在强调"规模"的作用,展示大小的区别,揭示气势、力量和规模这样具有普遍意义的哲学概念。

而鲁迅,将干将和莫邪的故事演化为《眉间尺》,塑造了一个为了复仇,敢于奉献自己头颅的特立独行的眉间尺的形象。眉间尺将自己的头颅托付给黑衣人。不负重托的黑衣人协助眉间尺,共同成功复仇。一个勇于献身,一个不负重托,是何等泣鬼神惊天地的气概。这是那个时代的需要,也是我们民族战胜一切艰难困苦的需要,是我们民族最可宝贵的精神财富,我们民族数千年来巍然屹立于天地之间的精神。

《巴拉提和金鹰》一书改编自《伊犁河的传说》。作者继承了"故事新编"的传统,将维吾尔族的民间故事再创作成关于巴拉提的故事。其间,作者塑造了一位勇士,他虽已身中数箭,但仍受命于弥留之际的可汗。为此,他跃马飞驰,奔赴宫中,召唤公主。沿途,泼洒鲜血。当他将公主接到之时,鲜血已流净,生命早已离开,是使命和责任支撑他的灵魂往返奔驰。当他将公主带到可汗身边的时候,已化为一座不朽的铜像,屹立在草原之上。使命感,不正是新一代需要具备的吗?今天,中华文化复兴的使命,理应由当代中华少年飞身跃马去完成。

五千年,中华民族有无数传说,我们民族的故事宝库,更是华夏民族的精神宝库,是等待我们加工创作"故事新编"的不竭的素材。试看,精卫的勇敢和坚持不懈、夸父的无畏与气贯长虹……挑战—应战,完成的都是看似不可能完成的使命。新一代中华少年将要完成的,是人类从来没有尝试过的事业。这和敢于射九日的后羿为人类造福,别无二致。我们要用这些伟大的传说激励一代一代的少年!像先辈曾将四大发明贡献人类那样,未来的一代俊杰将会以更加伟大的发明奉献给人类。

让至伟、豪迈的传统民族精神滋养和激励 21 世纪的中华少年去探索、去克难攻坚!

搜集、整理和编辑各民族的民间故事,出版中国民间故事集成,是一个宏大的文化工程。精选优秀民间故事,演化铺陈成为故事新编,使之更加适合当代少年儿童的审美情趣,更是我们文学艺术创作者的使命。